BREISGAUER FINSTERNIS

Gudrun Schmauks, Jahrgang 1952, hat ihre Wurzeln sowohl in dem winzigen Ortsteil Stockmatt im kleinen Wiesental des Südschwarzwalds als auch in dem malerischen Dorf Michelbach im Nordschwarzwald. Sie studierte in Freiburg und wurde Lehrerin. Den größten Einschnitt in ihrer Laufbahn erfuhr sie, als das Bundesverwaltungsamt sie für fünf Jahre an die Deutsche Schule nach Kapstadt entsandte. Gudrun Schmauks ist verheiratet, hat zwei Kinder und lebt seit ihrer Rückkehr aus Afrika mit ihrem Mann im Ortenaukreis.

GUDRUN SCHMAUKS

BREISGAUER FINSTERNIS

Kriminalroman

emons:

Bibliografische Information der Deutschen Nationalbibliothek
Die Deutsche Nationalbibliothek verzeichnet diese Publikation
in der Deutschen Nationalbibliografie; detaillierte bibliografische
Daten sind im Internet über http://dnb.d-nb.de abrufbar.

© Emons Verlag GmbH
Alle Rechte vorbehalten
Umschlagmotiv: mauritius images/Fotoping/Alamy/
Alamy Stock Photos
Umschlaggestaltung: Nina Schäfer, nach einem Konzept
von Leonardo Magrelli und Nina Schäfer
Umsetzung: Tobias Doetsch
Gestaltung Innenteil: DÜDE Satz und Grafik, Odenthal
Lektorat: Julia Lorenzer
Druck und Bindung: CPI – Clausen & Bosse, Leck
Printed in Germany 2024
ISBN 978-3-7408-2044-2
Originalausgabe

Unser Newsletter informiert Sie
regelmäßig über Neues von emons:
Kostenlos bestellen unter
www.emons-verlag.de

Für Larissa

EINS

Wäre zu dieser späten Stunde jemand aus dem Wald hinaus auf die angrenzende Wiese getreten, hätte er die zwei Lichter gesehen, die in unregelmäßigem Rhythmus dort unten, wo es zum Feldweg hin schon wieder eben wurde, in der Dunkelheit wie Irrlichter auf und ab tanzten.

Aber niemand kam aus dem Wald. Nicht einmal ein Reh. Auch sonst war weit und breit keiner zu sehen, der die beiden Männer mit ihren Stirnleuchten hätte beobachten können.

Sie arbeiteten schweigend.

Der Boden war durch den Regen der letzten Tage an der Oberfläche aufgeweicht, aber je tiefer sie mit ihren Spaten gruben, umso schwerer wurde es. Wäre man näher herangegangen, hätte man auch ihre kurzen, heftigen Flüche hören können, wenn der Spaten wieder auf einen Stein getroffen und der Rückstoß schmerzhaft bis in ihre Schultern hineingefahren war. Auf ihren Stirnen hatten sich Schweißtropfen gebildet, die sie achtlos mit dem Ärmel abwischten. Die Jacken hatten sie längst ausgezogen und auf die Wiese geworfen.

An allem war nur Carsten schuld. Carsten Zapf. Seit er diesen sündhaft teuren Metalldetektor hatte, war er wie besessen von der Idee, einen Schatz zu finden, und er, Jonas, hatte sich als sein bester Freund von dem Wahn anstecken lassen. Wie immer.

Schon in der Schulzeit hatte Carsten Zapf das Sagen gehabt, und seine Freunde waren ihm gefolgt. Für ihn hatte sich bis heute nichts daran geändert. Jonas war zur Stelle, wenn Carsten rief. So auch bei seiner neuen Leidenschaft – der Schatzsuche.

Die beiden schwitzten und keuchten, da das Graben immer anstrengender wurde. Schließlich war keiner von ihnen körperliche Arbeit gewohnt. Jonas leitete das Autohaus Hansmann in Kenzingen, und Carsten war Eigentümer der Firma Industriebau Zapf in Herbolzheim. Einen Spaten hatten sie zum letzten Mal in ihrer Kindheit angerührt. Und da auch nur zum Spaß.

Normalerweise wäre Bastian Rauer, der Dritte im Bunde, Zahnarzt in Ettenheim und der Einzige von ihnen, der verheiratet war, auch mit von der Partie gewesen. Aber Bastian schmollte noch.

Carsten bedauerte inzwischen, dass er den Verlockungen der hübschen Gattin seines Freundes nicht hatte widerstehen können. Ein schwerer Fehler, im Nachhinein gesehen. Aber was hätte er auch machen sollen? Die Frauen flogen nun mal auf ihn. Auch das war immer schon so gewesen. Frauen hatten ihre Freundschaft bisher noch nie gefährdet. Bis jetzt. Bastian würde sich wieder einkriegen. Davon war Carsten überzeugt. Auch das war schon immer so gewesen. Selbst wenn sie sich wegen etwas zerstritten hatten, hielt es nie lange an. Ihre Freundschaft war unzerbrechlich.

Plötzlich stieß Jonas mit seinem Spaten auf etwas Hartes. Und diesmal handelte es sich nicht um einen Stein.

»Carsten, hier ist was!« Augenblicklich ließ er seinen Spaten fallen und ging in die Knie. Behutsam begann er, mit seinen Händen die Erde auf die Seite zu schaffen, während Carsten ihm dabei zusah.

»Jetzt hilf mir doch mal, Carsten. Mit dem Spaten können wir nicht weitermachen, sonst geht noch was kaputt.«

Carsten warf seine Schippe auf die Wiese und nahm sein Leatherman aus der Hosentasche. »Da. Versuch es damit.« Er reichte sein Multifunktionstaschenmesser an Jonas weiter, der nach kurzer Überprüfung den kleinen Löffel herausklappte und nun begann, die Erde in einem Oval um den Fund herum wegzukratzen.

Auch Carsten kniete nun auf dem Boden. Die Erregung hatte beide gepackt. Hier lag etwas vergraben. Das Gerät hatte sie nicht getäuscht.

Sie wechselten sich jetzt ab, denn es war mühsam. Beim nächsten Mal würden sie Spachtel oder so etwas Ähnliches mitnehmen müssen. Das wäre auf jeden Fall effektiver als dieser kleine Löffel vom Leatherman.

Da! Jetzt konnte man etwas sehen. Der Löffel legte eine glatte

Oberfläche an den Rändern frei. Eine Scherbe? Nein, das Gerät hatte doch Metall angezeigt. Sie mussten wahrscheinlich einfach noch tiefer graben, wenn das hier nur eine Scherbe war. Der Schatz war vielleicht darunter.

Carsten hatte sich inzwischen einen Stock aus dem Gebüsch, hinter dem sich ihre Grube befand, abgebrochen und versuchte nun auch damit, die Erde vorsichtig abzukratzen. Langsam kamen sie dem verborgenen Gegenstand näher. Und dann erkannten sie, was sie vor sich hatten: einen Tonbehälter. Eine Art Vase. Nahezu unversehrt.

»Ich habe dir doch gesagt, die Römer waren hier überall. Siehst du? Ich wette, da liegt noch mehr.« Carsten hatte glänzende Augen.

Jonas ging es nicht anders. »Vorsicht, nicht dass wir sie noch kaputt machen, wenn wir sie herausnehmen. Das wäre zu blöd«, warnte er seinen Freund und hob das Fundstück so hoch, dass er mit den Fingern darunterfassen konnte.

Carsten griff ebenfalls zu, und endlich gelang es ihnen, das Gefäß aus der Grube herauszuheben. Sie stellten den bauchigen Tonbehälter auf die Wiese und befreiten ihn mit den Handflächen grob von Erdresten.

»Wir müssen später noch mit einer weichen Bürste den restlichen Dreck entfernen«, meinte Jonas. »Irgendwie sieht sie ja ziemlich schlicht aus, unsere Vase.«

»Das machen wir nachher bei mir daheim. Aber den Dreck, der im Innern ist, den will ich nicht mitnehmen. Komm, hilf mir mal. Du hältst sie schräg, und ich lockere die Erde, damit sie rausfällt.«

Gesagt, getan. Die beiden Schatzsucher saßen nun, ungeachtet der Feuchtigkeit, nebeneinander auf dem Boden, während Carsten in der fest gewordenen Erde des Behälters stocherte, bis diese sich löste und allmählich herausfiel. Aber nicht nur die. Auf einmal glitten zahlreiche runde Metallstücke in verschiedenen Größen und andere Objekte heraus. Welch triumphaler Moment.

Sie hatten ihn also doch gefunden, ihren Schatz! Münzen,

zwei Medaillons, eine Kette und mehr. Oh Gott! Sprachlos und überwältigt sprangen beide auf und klatschten sich ab.

»Du bist ein Genie, Carsten!«

»Ich weiß!«

»Meinst du, da liegt noch mehr?«

»Schon möglich. Wir füllen jetzt erst mal wieder alles zurück in den Behälter, dann können wir ja noch ein bisschen weitergraben, wenn du willst. Aber Jonas: Zu niemandem ein Wort! Hörst du? Auch nicht zu Bastian. Erst einmal wenigstens. Sonst müssen wir unseren Fund noch abgeben.«

»Wieso denn abgeben? Das ist doch das Grundstück meiner Familie.«

»Ja, schon. Aber das heißt nicht, dass man automatisch alles behalten darf, was man ausgräbt. Drum sage ich ja: Kein Wort darüber! Machen wir jetzt weiter?«

Die beiden nahmen ihre Spaten und schaufelten wieder. Nun nicht mehr so ungeduldig wie eben, aber dafür wesentlich vorsichtiger. Schließlich könnten sie ja schnell auf etwas Neues stoßen.

Plötzlich schrie Jonas auf: »Fuck! Hier liegt einer!«

Carsten fuhr herum und starrte dann erschrocken auf das, was dort aus der Grubenwand neben Jonas herausragte: eine Hand.

Es sah aus, als griffe die Skeletthand aus dem festen Erdreich geradewegs in die Grube hinein. Unheimlich. Hastig verließen sie die Ausgrabungsstelle und starrten von oben auf ihre Entdeckung hinunter.

»Was machen wir jetzt bloß, Carsten?«, flüsterte Jonas. Und dann, einer Eingebung folgend: »Komm, lass uns doch einfach die Erde wieder darüberschaufeln und schnell verschwinden.« Er hatte ein sehr ungutes Gefühl.

»Aber vielleicht ist das das Grab eines alten Römers, Jonas. Stell dir das mal vor! Und wir beide die Entdecker. Das können wir doch nicht für uns behalten. Das ist historisch.«

»Ja, aber dann kommt doch alles raus, und unseren Schatz sind wir auch los.«

»Von dem Schatz brauchen wir ja nichts zu sagen. Aber überleg doch mal, was der Fund eines Römergrabes mit sich bringt, Jonas. Wir werden berühmt! Die Presse wird sich darauf stürzen. Echt, Jonas, als Geschäftsmänner können wir doch auf so eine Gelegenheit gar nicht verzichten. Mal abgesehen von der Ehre, die damit verbunden ist. Nein, das melden wir«, entschied Carsten.

»Und wie sollen wir erklären, dass wir hier gegraben haben?« Sah denn Carsten das Problem gar nicht?

»Stimmt«, lenkte der nun ein, »lass mich mal überlegen.«

Carsten stand eine Weile sinnend neben der Grube, dann setzte er sich in Bewegung. Ohne seinem Freund mitzuteilen, was er zu tun beabsichtigte, ging er zum Auto, ließ den Dackel seines Vaters aussteigen und kam mit seinem Jagdgewehr, das sich im Kofferraum befunden hatte, zurück.

»Was hast du vor?«, fragte Jonas alarmiert und nahm den Tonbehälter an sich, damit der Dackel ihn nicht noch umwarf.

»Ich rette die Situation.« Damit legte er das Gewehr an, zielte kurz und schoss.

Der Dackel fiel neben der Grube zu Boden.

Jonas starrte seinen Freund an. »Was machst du da? Bist du jetzt völlig durchgedreht? Du hast den Dackel deines Vaters erschossen. Du weißt doch, wie er an ihm hängt.«

»Der Köter war sowieso schon alt. Ich kaufe meinem Vater einen neuen. Und jetzt hör mir genau zu: Wir beide waren im Wald auf der Jagd. Der Dackel ist ausgebüxt und genau in dem Moment, als ich auf einen Hasen zielte, in die Schusslinie gelaufen. Das dumme Vieh. Pech. Wir wollten ihn hier begraben, um meinem Vater den Anblick zu ersparen. Dabei haben wir die Hand gefunden. Na, wie klingt das?«

»Ja, das hat Hand, äh, und Fuß. Trotzdem: Dein Vater wird wütend sein. Und jetzt?«

»Nichts. Wir packen alles ein, und ich hole noch die Plane, die im Auto liegt. Die legen wir über den Dackel und die Grube, damit nicht noch Aasfresser angelockt werden, bis hier jemand nach unserem Römergrab schaut. Gleich morgen früh rufe ich bei der Polizei an.«

Jonas hätte es besser gefunden, wenn sie gleich die Polizei informiert hätten, aber Carsten hatte natürlich recht. Der Römer lag jetzt schon so lange da. Da kam es auf eine weitere Nacht auch nicht mehr an. Und sie hatten jetzt Besseres zu tun. Sie wollten zu Hause die Münzen reinigen und im Internet recherchieren, um herauszufinden, ob sie tatsächlich etwas Wertvolles gefunden hatten.

Als sie sich auf den Heimweg machten, ahnten sie nicht, welche Turbulenzen ihr Fund noch mit sich bringen würde. Auch nicht, dass einer von ihnen zwei Tage später bereits tot wäre.

Henry stieg aus und dehnte sich unauffällig. Die lange Fahrt von Bremen nach Freiburg steckte ihr in den Knochen, was sie wieder daran erinnerte, dass sie mit ihren zweiundvierzig Jahren eindeutig die magische Grenze der Jugend überschritten hatte. Dennoch war ihre Entscheidung richtig gewesen, nachts zu fahren. Davon war sie überzeugt. Tagsüber hätte sie auf der überfüllten Autobahn sicher viel länger gebraucht. Henry unterdrückte den Impuls zu gähnen. Wieder etwas, das sie an ihr Alter erinnerte. Noch vor zehn Jahren war Schlafmangel für sie überhaupt kein Thema gewesen. Innerlich seufzte sie ein wenig.

Bevor sie noch weitere unerfreuliche Gedanken hochkommen ließ, die sowieso nur wieder bei ihrer Scheidung und den damit verbundenen schmerzlichen Demütigungen geendet hätten, straffte sie ihre Schultern und ging auf das Gebäude des Polizeipräsidiums zu.

Ein Neuanfang. Sie brauchte einen Neuanfang weit weg von Bremen, wo sie alles an ihr altes Leben erinnerte. Weit weg von ihrem Ex-Mann und seiner hochschwangeren zwanzigjährigen Fußpflegerin. Weit weg von den Freunden, die sie durch ihr Mitleid stetig an ihr Unglück erinnerten. Weit weg von allem. In Freiburg würde sie diesen Neuanfang finden. Energisch betrat sie das Gebäude und meldete sich an.

Ihr neuer Chef, Horst Baltes, erwartete sie bereits in seinem Büro und stellte sie dann ihrem Team vor. »Es ist mir eine Freude, dass es uns gelungen ist, Frau Henryke Wunsch als Kollegin zu gewinnen, die ab sofort die Leitung unseres neuen Teams in der Mordkommission übernimmt. Sie kommt aus Bremen und hat dort kürzlich den ›Rotkäppchen-Mörder‹ überführt, ein spektakulärer Fall, über den die Presse ausführlich berichtet hat, wie ihr euch sicher erinnern werdet. Mit nun zwei Mordermittlungsteams sind wir für die Zukunft gut gerüstet. Ich wünsche Ihnen einen guten Start, Frau Wunsch. Wenn Sie noch Fragen haben: Meine Tür steht immer offen.« Horst Baltes verabschiedete sich mit einem freundlichen Nicken und überließ Henry das Feld.

Alle Augen waren nun auf sie gerichtet.

»Jetzt sollte ich wohl eine Art Antrittsrede halten, oder? Aus meiner Sicht werden solche Reden völlig überschätzt, denn was wir voneinander zu halten haben, wird sich schnell und von allein herausstellen. Nur eines vorweg: Ich bin Henry. Niemand sollte den Fehler begehen, mich Henryke zu nennen. Und jetzt lassen Sie uns einfach miteinander anfangen.«

Damit ging sie nacheinander zu jedem Einzelnen der Gruppe, ließ sich den Namen sagen und wechselte mit jedem ein paar Worte. Als Letzter stellte sich ihr Oskar Wolf vor. Ihr neuer Partner. Henry holte innerlich tief Luft. Wenn sie überhaupt noch an Männern interessiert gewesen wäre, was sie seit ihrer Scheidung definitiv nicht mehr war, hätte dieser ihr durchaus gefallen können. Groß, sportlich, mit vollem dunklem Haar und einem charmanten Lachen in den Augen, das sich rasch über sein markantes Gesicht ausbreitete und dann Grübchen in den Wangen bildete. Zum Anbeißen! Wenn sie denn noch an Männern interessiert gewesen wäre. War sie aber nicht.

»Zwar habe ich keine Probleme mit meinem Vornamen«, sagte er, »aber alle hier nennen mich Wolf.«

»Aus der Märchennummer scheine ich wohl nicht mehr so leicht rauszukommen«, flachste sie. »Zeigen Sie mir jetzt unser Büro?«

Und nett war er auch noch. Henry beschloss, sich hier wohlzufühlen. Wenn sie jetzt noch eine Dusche nehmen könnte und danach einen starken Kaffee bekäme, wäre sie für Freiburg bereit. Wolf verwies auf die Umkleide und versprach, für einen Kaffee zu sorgen. Ging doch.

Keine halbe Stunde später war Henry zurück an ihrem Schreibtisch und genoss jeden einzelnen Schluck des heißen Getränks, das die Anstrengung der langen Autofahrt erst einmal vertrieb.

Es klopfte an der Tür. Ihr Kriminalassistent und Sekretär Julian Weinig hatte Neuigkeiten. Auf einem Feld unweit der B 3 zwischen Kenzingen und Herbolzheim hatte man eine Skeletthand entdeckt. Er streckte Henry den Zettel mit den Koordinaten entgegen.

»Wir nehmen meinen Wagen, ich kenne die Strecke«, schlug Wolf vor, während sie bereits auf dem Weg nach draußen waren. Henry hatte nichts dagegen einzuwenden. Für heute war sie schon genug gefahren.

Oskar Wolf pflegte keinen allzu zügigen Fahrstil. Das wunderte Henry ein bisschen, war ihr aber angenehm. Er fragte nicht, was sie bewogen hatte, Bremen den Rücken zu kehren. Auch das fand sie erfreulich. Er redete überhaupt nicht viel. Das war für den Moment das Allerbeste.

Henry betrachtete die Landschaft links und rechts der Autobahn. Auf der rechten Seite musste der Schwarzwald liegen. Das wusste sie immerhin. Aus der Großstadt kommend, war sie an so viel unbebaute Fläche überhaupt nicht gewöhnt. Mal sehen, wie das werden würde. Soeben fuhren sie durch Herbolzheim, und auf dem Richtungspfeil las sie den Namen Kenzingen. Na, jetzt wusste sie wenigstens, wo sie nach Dienstschluss hinmusste. Sie hatte sich nämlich kurz entschlossen für die ersten paar Wochen eine Ferienwohnung in diesem Ort gemietet. Das war ihr praktisch erschienen. Aber noch ehe sie dort ankamen, bog Oskar Wolf von der Straße ab und nach wenigen Metern in einen schmalen Weg ein, der sie schon bald zum Fundort brachte.

Sie parkten hinter einer Reihe anderer Wagen, die die ganze Fahrbahnbreite versperrten. Da waren einige wohl schneller gewesen als sie. Der Polizist in Uniform, der an der Absperrung stand, ließ sich ihre Ausweise zeigen, ehe sie passieren durften.

Ein schwer atmender, übergewichtiger Mann eilte ihnen entgegen, sofern man das überhaupt eilen nennen konnte. Er stellte sich Henry als Leo Wanninger, Leiter der KTU, vor. »Wir haben noch nicht viel, weil wir das Opfer erst ganz freilegen müssen. Der tote Dackel, den der Besitzer hier begraben wollte, als er die Hand entdeckte, ist angeblich bei der Jagd versehentlich erschossen worden. Aber dort, wo das passiert sein soll, konnten wir bisher noch keine Kugel finden. Wir suchen weiter. Mehr habe ich noch nicht. Herzlich willkommen im Team.« Damit wandte er sich um und folgte der Stimme, die ihn wieder zu der Grube rief.

Henry und Wolf folgten ihm. Jetzt konnten sie zum ersten Mal einen Blick auf den Grund ihres Einsatzes werfen. Die Grube hatte die Form eines großen L. Der kürzere rechte Teil war doppelt so tief und nur halb so lang wie der linke, an dem die Kriminaltechniker bereits so viel Erde abgetragen hatten, dass allmählich ein vollständiges menschliches Gerippe zum Vorschein kam.

Als sie freundlich in die Runde grüßten, stieg der Pathologe aus dem Loch zu ihnen heraus und stellte sich Henry ebenfalls vor. »Bernd Meisner. Es freut mich wirklich sehr, Sie kennenzulernen, Frau Wunsch. Ich habe jedes Detail aus dem ›Rotkäppchen-Fall‹ verfolgt. Höchst interessant, muss ich sagen, wirklich.«

»Nennen Sie mich einfach Henry. Ja, das stimmt. Aber was sagen Sie denn zu unserem aktuellen Fall, Herr … Meisner, wenn ich richtig gehört habe?«

»Bernd. Ich kann seit eben wenigstens sicher sagen, dass wir keinen Archäologen hinzuziehen müssen. Die Knochen sind keine menschlichen Überreste aus der Römerzeit, wie von den Entdeckern vermutet, denn unser Opfer trug eine Armbanduhr. Aller Wahrscheinlichkeit nach wurde hier also eine Leiche entsorgt, sodass ich ein Tötungsdelikt nicht ausschließen kann. Aber um das zu klären, bedarf es genauerer Untersuchungen.«

»Vielen Dank, Bernd. Wissen Sie denn schon, ob es sich um eine Frau oder um einen Mann handelt und wie lange das Opfer etwa hier lag?«

»Das ist schwer zu sagen. Aber oberflächlich betrachtet deutet so einiges auf eine weibliche Person hin. Ich werde Ihnen nach der Obduktion Genaueres mitteilen können. Was das Alter angeht: Der Boden ist ziemlich lehmhaltig. Haare und Schuhe sind noch teilweise vorhanden. So auf den ersten Blick denke ich, es müssen mehr als zehn Jahre, aber weniger als fünfzig sein. Sie erhalten in meinem Bericht ein engeres Zeitfenster.«

Henry und Wolf hatten fürs Erste genug gesehen. Sie mussten dringend mit den beiden Herren sprechen, die hier gegraben hatten. Die waren heute in ihren Firmen zu finden. Ein Kollege in Uniform gab ihnen die Adressen.

Zuerst führte ihr Weg sie zum Autohaus Hansmann, das direkt in Kenzingen lag. Jonas Hansmann würde ihnen erklären müssen, weshalb sie den Fund erst am nächsten Tag gemeldet hatten. Unter anderem.

emons: **Tel. 0221-56977-0 · info@emons-verlag.de**

Bitte senden Sie mir das aktuelle Verlagsprogramm zu

☐ **Ich möchte den Newsletter von** emons: **per E-Mail erhalten**

☐ **Ich habe Interesse an Krimis aus folgender Region:**

ⓕ **Besuchen Sie uns auch auf www.facebook.com/EmonsVerlag**

Name

Straße

PLZ/Ort

E-Mail

emons: **verlag**
Cäcilienstraße 48

50667 Köln

Ich bin damit einverstanden, dass meine hier angeführten Daten zu dem folgenden Zweck »Versand von Kundenprospekt« erhoben, verarbeitet und genutzt sowie unter Umständen an unseren Dienstleister zum Versand des angeforderten Kundenprospektes weitergegeben bzw. übermittelt und dort ebenfalls zu dem folgenden Zweck »Versand von Kundenprospekt« verarbeitet und genutzt werden. Hier werden die Daten unmittelbar nach dem Versand gelöscht. Im Fall des Widerrufs werden mit dem Zugang meiner Widerrufserklärung meine Daten gelöscht.

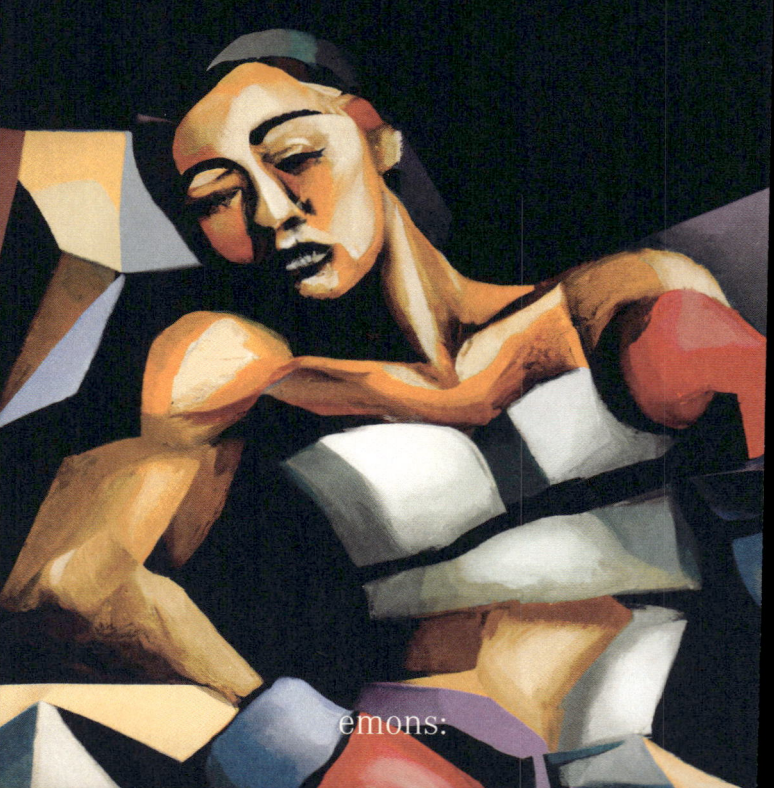

I. L. CALLIS

DOCH DAS MESSER SIEHT MAN NICHT

KRIMINALROMAN

emons:

ZWEI

Henry hatte gehofft, während der Fahrt einen ersten Blick auf ihren neuen Wohnort werfen zu können. Aber das war leider nicht möglich, das Autohaus Hansmann befand sich gleich hinter dem Ortsschild. Nun gut. So wichtig war es auch wieder nicht. Spätestens nach Feierabend würde sie sich alles in Ruhe ansehen können.

Jonas Hansmann sah aus wie ein typischer Autoverkäufer, wenn man dem Klischee trauen durfte. Erster Eindruck: aalglatt. Henry schätzte ihn auf Anfang vierzig. Er war groß, schlank, mit einem hellgrauen Anzug bekleidet und trug eine Fliege über dem weißen Hemd. Den Mangel an üppigem Haar und seine abstehenden Ohren versuchte er durch eine modisch auffällige Brille auszugleichen. Nicht ungeschickt. Henry bemerkte jedoch, dass er bemüht war, seine Nervosität vor ihnen zu verbergen, als sie in seinem Büro auf der Besuchercouch Platz nahmen.

»Sie waren also gestern Abend mit Ihrem Freund und einem Dackel auf der Jagd?« Henry ließ es langsam angehen.

»Ja, wissen Sie, das Gelände dort gehört weitgehend meiner Familie, aber Carstens Vater ist der Pächter. Deshalb darf Carsten dort auch jagen. Und ich begleite ihn manchmal.«

Henry nickte, und Oskar Wolf übernahm. Er ließ Jonas Hansmann berichten, wie es zu dem tödlichen Schuss auf den Dackel gekommen war. Die Erklärung klang plausibel. Es sei eigentlich schon zu dunkel gewesen, um überhaupt noch einen Schuss abzugeben, räumte Herr Hansmann bedauernd ein, und der Dackel sei plötzlich unkontrolliert losgerannt. Dadurch sei es dann eben passiert. Die Kugel habe den Hund getroffen, nicht den Hasen. Der Hund sei sozusagen genau in die Kugel hineingelaufen. Ein Jagdunfall.

»Und wieso haben Sie ihn dann nicht im Wald begraben, sondern erst noch über die ganze Wiese nach unten getragen?«, fragte Wolf ungläubig.

»Wegen des Spatens. Wissen Sie, Carsten hatte seinen Spaten im Kofferraum, und weder er noch ich hatten Lust, ihn zu holen und den ganzen Weg zweimal zu laufen. Außerdem wussten wir, dass man dort unten leichter graben kann. Die Wiese war ja ganz matschig. Der Wald aber nicht. Es war so einfacher für uns.«

»Was ich dann aber nicht verstehe«, mischte sich nun wieder die Kommissarin ein, »ist, dass Sie nicht schon gestern Abend die Polizei gerufen haben.«

»Das war der Schock. Wir wollten einfach nur den Hund begraben – und dann so etwas! Damit haben wir nicht gerechnet. Das war zu viel, wissen Sie. Wir mussten das erst mal verdauen. Und auf eine Nacht mehr kam es unserer Meinung nach nicht an. Frische Spuren gab es dort doch sowieso nicht, so lange, wie dieser Typ dort gelegen haben muss.« Jonas Hansmann schaute sie beinahe trotzig an.

»Gut, dann belassen wir es fürs Erste dabei. Bitte halten Sie sich aber weiter zu unserer Verfügung, Herr Hansmann.« Henry erhob sich und gab ihrem Kollegen damit das Zeichen zum Aufbruch.

Auf dem Weg zum Auto betrachtete Oskar Wolf seine neue Chefin. Unter ihren mindestens eine Nummer zu großen Kleidungsstücken schien sich eine gute Figur zu verbergen, wie er ihrem anmutigen Gang entnahm. Warum versteckte sie sie unter solchen Kleidern? Er war bisher noch keiner einzigen Frau begegnet, die sich betont unvorteilhaft gekleidet hätte. Auch die Haare. Sie hatte sie so straff in einen glatten, wenn auch langen Seitenzopf gezurrt, dass er ihrer Erscheinung zusätzlich eine nüchterne Strenge verlieh. Seltsam. Vielleicht wollte sie sich vor unnötiger Anmache der doch überwiegend männlichen Kollegen schützen. Oder der Männer insgesamt. Oder sie war lesbisch. Nein, Oskar schüttelte den Kopf. Wäre sie lesbisch, würde sie sich vor keinem Mann verstecken. Da kannte er sich aus.

Beim Einsteigen warf er noch einen flüchtigen Blick auf ihr Gesicht. Sie war schön, ohne Zweifel. Auch wenn ihre großen blauen Augen hinter einer breitrandigen Brille lagen. Er würde schon noch dahinterkommen, was das sollte.

»Ist Ihnen an der Grabstelle nicht auch etwas aufgefallen?«, fragte Henry ihren in Gedanken versunkenen Kollegen.

»Was meinen Sie?«

»Na ja, wie tief muss man graben, um einen Hund zu beerdigen? Hätte da nicht ein Meter locker gereicht?«

»Sie haben recht. Die Grube war mindestens einen Meter fünfzig tief. Wesentlich tiefer als die Stelle mit dem Skelett. Sie meinen, die beiden haben aus ganz anderen Gründen da gebuddelt?«

»Könnte doch sein. Zumal sich die Geschichte mit dem Hund auch komisch anhört, finden Sie nicht?«

»Aber wonach sollte man an dieser Stelle denn suchen?«

»Was weiß ich? Hat nicht der Pathologe etwas von Überresten aus der Römerzeit gesagt? Kann es sein, dass die beiden Herren dort so etwas vermutet haben?« Henry legte grübelnd ihre Stirn in Falten.

»Ja, das hat er gesagt. Wenn die beiden tatsächlich an einen historischen Fund geglaubt haben, könnte es natürlich sein, dass sie gezielt nach römischen Relikten gegraben haben. Fragt sich nur, ob sie fündig geworden sind. Verboten ist es allemal.«

»Vielleicht erfahren wir bei Carsten Zapf gleich noch Genaueres.« Henry nahm ihr Handy und rief im Präsidium an. Sie bat ihren Kriminalassistenten Julian, dessen Nachnamen sie schon wieder vergessen hatte – eine ärgerliche Schwäche ihrerseits –, schon mal alle Vermisstenmeldungen über Frauen herauszusuchen, die mehr als zehn, aber weniger als fünfzig Jahre zurücklagen und vom Einzugsbereich her in Frage kamen. Dann waren sie an ihrem Ziel.

Das Firmengebäude von Industriebau Zapf war ein echter Hingucker. Holz, Glas und Stahl vermittelten in Kombination mit einer großzügigen Bogenform den Eindruck von Leichtigkeit. Henry war beeindruckt und gespannt auf den Firmenchef. Er musste jedenfalls Geschmack haben.

Die Gestaltung des Empfangsbereichs unterstützte diese Einschätzung. Während sich Henry ein wenig umsah, meldete Wolf sie bei der Empfangsdame an. Mara Schiffer war ihr Name.

Ja, Herr Zapf habe schon mit ihnen gerechnet. Henry und Wolf folgten der freundlichen Dame vorbei an hellen Büroräumen, die von allen Seiten einsehbar waren. Das Chefbüro ordnete sich diesem Prinzip nur teilweise unter. Dennoch überwog auch hier das Prinzip der Leichtigkeit, das durch die geschwungene Decke und die filigranen Glasflächen zur Außenseite hin hervorgerufen wurde.

Carsten Zapf kam ihnen mit ausgestreckter Hand entgegen und begrüßte sie so überschwänglich, als wären sie langersehnte Gäste. Er bot ihnen Platz in einer Sitzecke mit weißen Ledermöbeln an. Kurz darauf huschte eine Angestellte herein und brachte unaufgefordert Kaffee und Gebäck. Ganz der perfekte Gastgeber.

Weder Henry noch Wolf bedienten sich. Sie ließen sich von Carsten Zapf noch einmal die Ereignisse des gestrigen Abends erzählen und wunderten sich überhaupt nicht darüber, dass sie fast den gleichen Wortlaut zu hören bekamen wie bei Jonas Hansmann. Offenbar hatten sich die beiden Freunde sorgfältig abgesprochen. Vor allem was den Grund anging, weshalb sie den Dackel nicht im Wald, sondern auf der Wiese hatten begraben wollen.

Henry hakte an der Stelle ein und fragte: »Nehmen Sie immer einen Spaten mit, wenn Sie auf die Jagd gehen, Herr Zapf?«

Herr Zapf zuckte ein wenig. Mit dieser Frage hatte er wohl nicht gerechnet. »Auf die Jagd nicht, nein. Aber ich habe immer ein gewisses Sortiment Werkzeuge im Kofferraum, wissen Sie. Ebenso wie Gummistiefel. Das braucht man, wenn man sich wie ich häufig auf Baustellen aufhält.« Jetzt schien er wieder Oberwasser zu haben.

»Das verstehe ich. Aber wäre da nicht eine Schaufel passender als ausgerechnet ein Spaten?«

»Schaufel, Spaten! Was soll das? Wollen Sie mir etwas unterstellen? Dann nur raus mit der Sprache. Ich habe nicht den ganzen Morgen Zeit.« Jetzt war dem charmanten Gastgeber die gute Laune doch ziemlich vergangen.

»Könnte es nicht sein, dass Sie von vornherein vorhatten, dort auf der Wiese gezielt nach etwas zu graben, Herr Zapf? Und dass die Version mit dem Dackel Ihres Vaters erst nachträglich entstanden ist?« Henry beobachtete ihn bei ihren Worten genau, aber er wich ihrem Blick kein bisschen aus. Der Mann verfügte über ein äußerst gefestigtes Selbstbewusstsein.

»Ihre Phantasie in Ehren, Frau Kommissarin Wunsch, aber wonach hätte ich denn ausgerechnet dort graben sollen?«

Oskar Wolf mischte sich ein. »Besitzen Sie einen Metalldetektor, Herr Zapf?«

Ohne seine Augen von Henry abzuwenden, antwortete er: »Nein. Sie entschuldigen mich jetzt bitte, ich habe noch zu tun.« Damit erhob er sich und komplimentierte die beiden freundlich, aber bestimmt hinaus.

Henry und Wolf tauschten auf der Fahrt zurück ins Präsidium ihre Eindrücke über Carsten Zapf aus.

Wolf war empört. »Er hat uns ins Gesicht gelogen. Und seine Aussage war so was von abgesprochen mit seinem Freund. Wie kann er nur glauben, dass wir so doof sind, das nicht zu bemerken?«

»Ein interessanter Mann, dieser Carsten Zapf. Er hält sich für unangreifbar. Aber was soll's? Verbotene Schatzsuche ist nicht unsere Baustelle, wenn es denn wirklich darum ging. Wir haben einen Mord aufzuklären. Höchstwahrscheinlich jedenfalls. Und die beiden Herren stehen eher nicht unter Verdacht, weil sie ja wohl kaum ausgerechnet dort gegraben hätten, wo sie in früheren Jahren selbst eine Leiche entsorgt haben.«

Plötzlich wurde Henry von einer heftigen Müdigkeit übermannt. Am liebsten hätte sie die Augen zugemacht und ein bisschen geschlafen. Die acht Stunden Fahrt von Bremen nach Freiburg rächten sich jetzt. Aber konnte sie sich gleich am ersten Tag so gehen lassen? Auf gar keinen Fall. Da gab es nur eines. »Wolf, ich bin total unterzuckert. Können wir bitte irgendwo anhalten und etwas essen? Ich hatte nämlich noch kein Frühstück.«

»Es gibt eine Kantine im Präsidium.«

»Nein, nicht heute. In meinem Kopf ist schon genug Kuddel-muddel wegen der ganzen neuen Namen. Das reicht für einen Tag. Kennen Sie nicht etwas anderes? Egal, was. Hauptsache, Frühstück.«

Oskar Wolf grinste. Er mochte Frauen, die gern aßen und nicht nur Kalorien auswichen. Ein Pluspunkt aus seiner Sicht. Wolf entschied, sie zu mögen.

Zehn Minuten später saßen sie sich in einem Selbstbedie-nungscafé gegenüber, und Wolf, der zu Hause bereits ausgiebig gefrühstückt hatte und nur Kaffee trank, registrierte amüsiert, dass Henry ordentlich zulangte. Dabei unterhielten sie sich über den Leichenfund.

»Hoffentlich kann der Pathologe das Alter bald genauer ein-grenzen, damit wir richtig loslegen können. Möglicherweise weiß er ja schon etwas, der Herr – wie hieß er doch gleich noch mal?«

»Bernd Meisner«, half Wolf Henry auf die Sprünge. »Unser Chefpathologe.«

»Ja richtig. Bernd Meisner. Also, auf geht's. Statten wir unse-rem Chefpathologen doch einen Besuch ab. Vielleicht hat er schon was für uns.«

Henry stand auf. Die Müdigkeit war wie weggeblasen.

»Gut, dass Sie kommen!« Bernd Meisner schien sehr zufrieden, als die beiden Ermittler den Obduktionssaal betraten. Er winkte sie an seinen Tisch heran, auf dem das Gerippe vollständig aus-gebreitet war. »Ich habe interessante Entdeckungen gemacht.«

Henry und Wolf kamen neugierig näher. Im Unterschied zu sonst mussten sie heute nicht gegen den Brechreiz ankämpfen. An dieser Leiche war sämtliches Körpergewebe, das unange-nehme Gerüche hätte verbreiten können, bereits verwest.

»Ich konnte bei der Untersuchung sowohl eine Haarprobe als auch eine Nagelprobe entnehmen. Wie Sie sehen, sind noch verschwindend geringe Reste davon am Skelett erhalten.« Dabei zeigte er auf die wenigen dünnen Haare, die nun neben dem

Schädel lagen, und auf einen Zehennagelrest. Danach fuhr er unbeirrt fort:»Der Boden, in dem die Überreste gefunden wurden, ist äußerst lehmhaltig. Und Lehm wirkt konservierend. Das hat die Verwesung stark verzögert. Ich hoffe, Sie werden sich bei uns wohlfühlen, Henry. Ist das eigentlich die Abkürzung von Henriette?« Bernd Meisner hielt inne und schaute die Kommissarin neugierig an.

»Das werde ich todsicher, wenn Sie sich freundlicherweise mit Henry abfinden und nicht länger nachbohren. Können Sie inzwischen sagen, ob wir von einer weiblichen Person ausgehen können?«

Das konnte er. Ohne näher auf ihre Abfuhr einzugehen, bestätigte er, dass es sich bei der Toten zweifellos um eine Frau handelte. Und er wusste noch mehr: Sie hatte etwa dreißig Jahre an der Fundstelle gelegen. Ihre Armbanduhr, die das Handgelenk noch immer umspannte, würde vielleicht noch exaktere Rückschlüsse ermöglichen. Was den Täter anging, müsse man also davon ausgehen, dass er oder sie heute mindestens fünfzig Jahre oder älter sei.

Henry und Wolf warfen sich bei Meisners Ausführungen einen kurzen Blick zu. Zwar hatte für sie schon davor kein Zweifel bestanden, aber jetzt war es endgültig: Carsten Zapf und Jonas Hansmann konnten nichts mit dem Tod dieser Frau zu tun haben, da sie zum Todeszeitpunkt noch Kinder gewesen waren.

Der Pathologe machte die beiden Ermittler nun noch auf eine Besonderheit aufmerksam: Das Skelett wies eine scharfe Einkerbung am linken Rippenbogen auf.»Ich vermute, dass sie durch ein Messer entstanden ist, das dem Opfer direkt von vorn in die Brust gestoßen wurde und dabei diese Rippe verletzt hat. Wahrscheinlich wurde das Herz getroffen. Henry gefällt mir übrigens ganz ausgezeichnet. Ich hoffe nur, ich habe es mir mit Ihnen nicht schon verscherzt!«

»Machen Sie sich da mal keine Sorgen, Bernd. Ich bin mit drei Brüdern aufgewachsen, da hat man keine Chance, wenn man sich piepelig anstellt.« Dabei lächelte sie ihn schelmisch an, sodass ihm klar werden musste, was sie mit diesem eigenartigen Wort gemeint hatte.

Wolf starrte noch immer ungläubig auf die Kerbe im Rippenbogen. »Sie wollen damit sagen, dass das Opfer erstochen wurde?« Seine Stimme hatte einen bewundernden Unterton. Immerhin war von der Dame nicht mehr viel übrig.

»So ist es. Dass sie keines natürlichen Todes gestorben ist, lässt ja schon allein der Fundort vermuten. Aber diese Kerbe hier erlaubt keinen anderen Schluss.«

»Und können Sie uns auch einen Hinweis zu diesem Messer geben, Bernd?«

Der Pathologe ließ sich nicht lange bitten. »Nach meiner Einschätzung muss die Klinge etwa fünfzehn Zentimeter lang gewesen sein. Viel mehr kann ich leider nicht sagen ohne Stichkanal.«

Henry war dennoch zufrieden. Jetzt hatten sie gute Belege, mit denen sie etwas anfangen konnten.

Sie bedankten sich bei Bernd Meisner und fuhren zurück ins Präsidium.

DREI

Jonas Hansmann war wütend auf Carsten. Er, Carsten und Bastian waren zwar schon seit der Grundschule miteinander befreundet, aber immer wieder reizte Carsten die Grenzen ihrer Freundschaft aus. Immer wieder und immer ein bisschen weiter. Es passte Jonas nicht, dass er die Polizei hatte anlügen müssen. Und dass Carsten einfach kaltblütig den Hund seines Vaters erschossen hatte, schockierte ihn noch immer.

Manchmal ging Carsten einfach zu weit. Das war schon früher so gewesen. Aber sie hatten dennoch immer zusammengehalten. Und dann verblüffte Carsten einen aber auch wieder, wenn es einem einmal schlecht ging. Wie damals, als Jonas sich hatte scheiden lassen. Da war Carsten beinahe täglich zur Stelle gewesen. Hatte ihn überallhin mitgenommen, ihn abgelenkt, mit ihm geredet, war ein guter Freund gewesen. Ja, so war Carsten eben auch. Allerdings, was er Bastian angetan hatte, indem er mit seiner Frau geschlafen hatte, überschritt die Grenze der Freundschaft deutlich. Oder etwa nicht?

In letzter Zeit beschlichen Jonas immer wieder Zweifel an dieser Verbindung. Er sollte eine klare Grenze ziehen. Freundschaft hin oder her, er wollte dadurch nicht noch mehr in Bedrängnis geraten. Auf keinen Fall! Schließlich waren sie erwachsen. Die Zeit der Kinderstreiche war vorbei. Er musste Carsten anrufen. Jetzt gleich. Oder zuerst doch lieber Bastian?

Entschlossen griff Jonas zum Telefon und wählte. Und er tat gut daran, denn die Zeit lief …

Es klingelte an der Tür. Olaf Disch legte sein Cello, auf dem er gerade eine schwierige Passage aus der Ouvertüre zu »Figaros Hochzeit« geübt hatte, zur Seite und ging nachsehen.

»Ach, du bist es, Charly. Komm rein.«

Olaf marschierte voraus in die Küche und setzte Teewasser auf. Charly, eigentlich Charlotte Urban, folgte ihm wie selbstverständlich und stellte ihre braune Bügeltasche energisch auf dem Küchentisch ab. Seine Besucherin war eine bemerkenswerte Erscheinung: klein, drahtig und wie immer mit einem wadenlangen Rock bekleidet. Heute in Apfelgrün, sporadisch durchsetzt mit dunkelblauen Linien. Und darüber trug sie einen ihrer selbst gestrickten, weiten Pullover in Knallgelb. Die zierlichen Füße steckten in flachen hellbraunen Lederschuhen. Auf ihrem Kopf saß ein breitrandiger Hut mit einem Arrangement aus grünlichem Blattgewusel unter einer üppigen Blütenpracht. Ein wandelndes Frühlingsereignis sozusagen. Nichts Ungewöhnliches bei ihr. Olaf mochte sie.

»Hat Wolf nichts gesagt?«, fragte sie ihn mit vor Neugier blitzenden Augen.

»Was soll er denn gesagt haben, Charly?« Olaf brühte den Tee auf und trug die Kanne mit zwei Tassen auf einem zierlichen Tablett ins Wohnzimmer.

Charly folgte ihm. »Die Polizei war beim Hansmann. Sie haben ein Skelett auf seiner Wiese gefunden!«

»Charly, woher weißt du das denn wieder?«

»Ich kenn doch die Sekretärin vom Hansmann. Sie war früher in meinem Kunstkurs. Eine nette Person. Sie hat mich soeben angerufen. Ich fahre jetzt da hin. Das will ich mir genauer ansehen. Und du kommst mit.«

»Das geht nicht. Ich muss jetzt wirklich üben. Diese Mozart-Ouvertüre hat ein paar knifflige Stellen.«

»Papperlapapp! Das sind doch alles Ausreden. Komm jetzt. Oder willst du eine alte Frau allein zu einem Tatort schicken?«

Olaf seufzte. Charly wusste immer, welche Knöpfe sie bei ihm drücken musste. Sie kannte ihn zu gut. Und neugierig war er natürlich auch. Außerdem hätte er noch genug Zeit zum Üben. Er musste ja nicht mal zum Dienst heute Abend. Allerdings durfte er den neuen Mieter seiner Ferienwohnung im Obergeschoss nicht verpassen. Der wollte irgendwann am späten Nachmittag eintreffen. Nun, bis dahin war es noch lange hin. Und eine Unterbrechung seines einsamen Spiels tat ihm wahrscheinlich sogar gut. Also nichts wie los.

Kurze Zeit später ließ Olaf Charly in seinen VW Kombi einsteigen und startete den Wagen. Er hatte Charly schon gekannt, als seine Eltern noch in dem Haus gelebt hatten. Sie war eine enge Freundin seiner Mutter gewesen und hatte ihm mit ihrem ungezwungenen Lebensstil schon immer imponiert. Charly hatte an derselben Schule, in der auch seine Eltern gearbeitet hatten, Kunst unterrichtet. Und als seine Eltern auf einer lange geplanten Europatour mit ihrem Wohnmobil tödlich verunglückt waren, war sie für ihn da gewesen. Das war sie immer noch. Sie war schließlich seine Patentante. Aber Kriminalgeschichten waren nun einmal ihre Leidenschaft. Und Hüte.

In Kenzingen war Charly immer schon eine stadtbekannte Erscheinung gewesen. Seit sie aber den Einbruch in einen Fahrradladen quasi ganz allein aufgeklärt und den jugendlichen Täter aufgespürt hatte, wurde sie von den Ortsansässigen heimlich »Miss Marple« genannt. Olaf wusste: Charly kannte ihren Spitznamen und trug ihn mit Stolz.

Olaf und Charly mussten eine Weile suchen, bis sie die richtige Wiese gefunden hatten. Charly rief zwischendurch sogar noch einmal bei der Sekretärin von Hansmann an, um sich den Weg genauer beschreiben zu lassen. Die Ausgrabungsstelle war abgesperrt, das sahen sie gleich. Aber außer der Grube in Form eines L gab es nichts zu sehen. Charly machte mehrere Fotos aus allen erdenklichen Perspektiven. Sie schien ganz in ihrem Element und wieselte emsig hin und her.

Olaf stand lediglich ruhig da und sann über die Grubenform nach. Eine komische Grube für eine Leiche. »Charly, hast du gesehen, wie seltsam die Ausgrabungsstelle geformt ist?«

»Bin ich blind, oder was? Das ist alles höchst interessant. Du musst unbedingt Wolf anrufen, damit wir mehr Informationen bekommen.«

»Das geht zu weit. Du weißt doch, wie er ist. Wir müssen abwarten, ob er heute Abend etwas erzählt. Anrufen kann ich ihn nicht. Dann ist er sauer und stellt auf stur. Hast du vergessen, wie es beim letzten Mal war?«

»Ist ja schon gut.«

Charly hielt für einen Moment inne und überlegte. Dann kam ihr offenbar ein Gedanke, denn ihre Miene hellte sich mit einem Mal auf, und sie fragte in unschuldigem Ton: »Du, Olaf? Hast du schon die Sommerreifen drauf?«

»Wieso fällt dir das jetzt ein? Aber um deine Frage zu beantworten, nein, habe ich noch nicht.«

»Die lagern bei Hansmann, oder? Lass uns doch da vorbeifahren und einen Termin ausmachen.«

Charly grinste Olaf übers ganze Gesicht an – und der konnte nicht anders, er grinste zurück. Wenn sie schon vorsichtig sein mussten, was Wolf anging, dann konnten sie trotzdem diesem Hansmann einen Besuch abstatten.

Während der Fahrt verabredeten sie, dass Olaf sich um seinen Reifenwechsel kümmern und Charly in der Zwischenzeit versuchen würde, Jonas Hansmann kurz zu sprechen.

Olaf hatte seinen Part nach zehn Minuten erledigt. Nun saß er wartend im Wagen. Hoffentlich gab es bei Charly keinen Ärger. Es wäre nicht das erste Mal.

Zwanzig Minuten dauerte es, bis er sie endlich mit schnellen Schritten über den Parkplatz eilen sah. Und wie sie so heranstürmte, in der einen Hand die kompakte braune Bügelhandtasche, die andere schützend auf ihren Hut gelegt, um ihn am Wegfliegen zu hindern, während sich der Rock nach hinten flatternd aufbauschte, so als würde sie jeden Moment abheben, musste er unwillkürlich an Mary Poppins denken und lächelte ihr entgegen.

»Fahr los, Olaf. Wir wissen jetzt Bescheid!«

»Na, dann wirst du mir doch jetzt hoffentlich auch mitteilen, worüber wir Bescheid wissen?«

»Der Jonas Hansmann hat nichts rausgerückt, obwohl meine Wiedersehensfreude als seine ehemalige Kunstlehrerin durchaus echt gewirkt haben muss. Das kannst du mir glauben.«

»Zweifellos. Hast du ihn denn tatsächlich wiedererkannt?«

»Nicht die Bohne. Aber er hat mir das Theater abgenommen. Nur was das Skelett und seine Rolle in diesem Fall betrifft, war er verschlossen wie eine Auster. Er hat mich lächelnd abgewimmelt.«

»Und das hast du nicht hingenommen.«

»Doch, das habe ich. Du kennst mich doch.«

»Ja eben!« Olaf musste schmunzeln.

»Aber seine Sekretärin, die Bettina, hat mir erzählt, dass er auf seinem Schreibtisch seit einer Woche einen Katalog über Metalldetektoren liegen hat und sie ihm aus der Bibliothek alles über römische Funde an der Rheinschiene besorgen musste. Du weißt, was das heißt?«

»Es heißt, dass Hansmann sich für römische Ausgrabungen interessiert.«

»Es heißt, dass er neben der Leiche etwas ausgegraben hat.« Triumphierend schaute sie ihn an.

»Das kannst du nicht einfach so behaupten«, versuchte Olaf, sie zu beschwichtigen.

»Aber sicher doch. Du hättest ihn mal sehen sollen. Der schaut absolut nicht aus wie einer, der freiwillig ein Buch aufschlägt. Glaub mir. Und schon gar keins über Geschichte. Nein, nein, den hat die Leidenschaft des Schatzsuchens gepackt. Deshalb der Katalog mit den Metalldetektoren. Und bestimmt hat er mit seinem Freund, diesem Carsten, gestern Abend etwas gefunden. Aber das soll wahrscheinlich niemand erfahren. Ich wüsste zu gern, was die entdeckt haben.«

Charly war in ihrem Element. Olaf kannte das schon. Sie würde so lange nicht lockerlassen, bis sie alles genau wusste. Miss Marple eben. Der Spitzname passte wirklich gut zu ihr.

Als sie aus seinem Wagen stieg, erinnerte sie ihn noch einmal daran, Wolf nach den Fakten zu dem Skelett zu befragen. »Oder soll ich rüberkommen und das selbst übernehmen?«

»Nein, Charly. Besser nicht. Du weißt doch, wie er ist, wenn er einen neuen Fall hat. Außerdem lernt er heute auch noch seine neue Chefin kennen. Und wir haben keine Ahnung, was das für eine ist. Mal sehen, in welcher Laune er sich befindet, wenn er heimkommt. Wir sprechen besser morgen früh.«

Charly war es recht. Sie umarmte ihn kurz und ging dann

nach Hause. Sie wohnte nur ein paar Häuser weiter und hatte es abgelehnt, von ihm bis vor die Tür gefahren zu werden. Charly war gern zu Fuß unterwegs. Ganz besonders, wenn so wie heute in jedem Strauch, jedem Baum, überhaupt überall auf ihrem Weg entlang der Gärten die Zeichen des Neubeginns in der Natur nur so hervorzuquellen schienen. Der Frühling war einfach herrlich. Er war definitiv Charlys Lieblingsjahreszeit. Außerdem waren ihr beim Gehen schon immer die besten Ideen gekommen. Und es gab schließlich einiges, worüber sie nachdenken wollte.

Olaf hingegen musste sich jetzt sputen. Seine Zeit war knapp. Er musste das Abendessen vorbereiten, und üben wollte er auch noch. An Tagen, an denen er abends keinen Dienst hatte, kochte er immer. Das war eines seiner Hobbys. Außerdem gehörte ein gepflegtes gemeinsames Essen seiner Meinung nach zu einer guten Partnerschaft. Und darauf legte er Wert.

Olaf kannte Wolf schon seit der dritten Klasse. Er würde nie vergessen, wie verloren er sich am Anfang vorgekommen war, als seine Eltern mit ihm aus Steinen im Wiesental, einem kleinen Ort im südlichen Schwarzwald, nach Kenzingen gezogen waren. Endlich hatten sie eine kleine Stadt gefunden, in der sie beide als Lehrer eingesetzt werden konnten. Nahe genug an Freiburg, wo sie ihrem musikbegabten Sohn eine qualifizierte Cello-Ausbildung angedeihen lassen konnten.

Trotzdem war Olaf über all die Veränderungen am Anfang ziemlich unglücklich gewesen. Bis eines Tages die Klassenzimmertür aufging und der Rektor einen neuen Schüler vorstellte. Oskar Wolf.

Da nur noch neben Olaf ein Stuhl frei gewesen war, hatte er neben ihm Platz genommen. Neben ihm, dem kleinen Jungen mit der Brille, der bis dahin so viele Hänseleien über sich hatte ergehen lassen müssen, der zwar Cello spielen konnte, sich aber im Sportunterricht äußerst ungeschickt anstellte und überhaupt insgesamt ein Loser war. Nach Meinung der anderen. Wolf war da ganz anders. Er war ein Sieger. Er konnte Fußball spielen und sah super aus. Schon damals. Und sofort wollten alle mit ihm befreundet sein. Auch die Mädchen. Olaf musste bei der

Erinnerung daran lächeln. Aber Wolf hatte sich ausgerechnet ihn ausgesucht. Vielleicht hatte ja ein wenig dazu beigetragen, dass Wolf, der aus dem Markgräflerland stammte, auch im alemannischen Dialekt zu Hause war. Das verband sie. Wenn sie allein waren, sprachen sie Alemannisch miteinander. Bis heute. Damals hatten sie ihren Dialekt im fremden Kenzingen wie eine Geheimsprache benutzt, mit der sie sich mühelos in ihre verlorene Heimat zurückversetzen konnten. Das hatte beiden geholfen.

Dass sie noch mehr gemeinsam hatten, nämlich dass sie beide schwul waren, hatten sie erst viele Jahre später gemerkt. Aber von Beginn an waren sie unzertrennlich gewesen, und mit Wolf an seiner Seite war Olaf in der Schule niemals wieder gehänselt worden.

Das alles ging Olaf durch den Kopf, während er den Kopfsalat putzte. Hoffentlich würde der neue Mieter nicht ausgerechnet dann kommen, wenn sie beim Essen waren.

Henrys Team, die Abteilung Tötungsdelikte 2, hatte sich zu einer Besprechung in dem dafür vorgesehenen Raum eingefunden. Es ging unaufgeregt zu. Als Nächstes war Leo Wanninger, der Leiter der KTU, an der Reihe. Er hatte noch etwas gefunden.

»Nachdem uns die Gerichtsmediziner die Armbanduhr der Toten überlassen und wir sie gründlich gesäubert hatten, konnten wir sie eindeutig der Firma Swatch zuordnen. Wahrscheinlich würde sie mit einer neuen Batterie sogar noch laufen. Da sieht man mal wieder, dass unsere Produkte teilweise eine längere Lebenserwartung haben als wir selbst.« Er räusperte sich. Offenbar empfand er seine Bemerkung im Nachhinein als unangebracht.

»Aber«, fuhr er fort, »wir haben, nachdem das Skelett geborgen war, noch ein bisschen weitergegraben. Dabei waren wir erfolgreich: Wir haben eine silberne Kette mit einem Medaillon gefunden. Leider kann man das Foto darin nicht mehr erkennen. Und im anderen Grubenteil lag eine Tonscherbe mit einem Muster.« Er ließ die eingetüteten Fundstücke herumgehen und weidete sich noch einen Moment an dem Eifer, mit dem die Kollegen sich darüberbeugten. Danach verabschiedete er sich.

Henry sprach die abschließenden Worte: »Nach dem augenblicklichen Kenntnisstand haben wir es also sicher mit einem weiblichen Opfer zu tun. Die Frau war laut Bericht der Gerichtsmedizin ungefähr zwanzig Jahre alt, als sie erstochen wurde. Sie trug eine Swatch-Uhr und eine silberne Kette mit einem Medaillon. Möglicherweise hatte sie sich mit ihrem Mörder am Fundort verabredet, sodass wir wohl damit rechnen können, dass mindestens eine der beiden Personen aus der näheren Umgebung stammte. Einer musste sich in der Gegend ausgekannt haben. Vielleicht auch beide. Wie sieht es mit dazu passenden Vermisstenmeldungen aus?«

Während ihrer Zusammenfassung hatten die Kollegen ihre Angaben mit denen in ihren Unterlagen verglichen. Die Jüngste der Truppe, Natalie Beckmann, meldete einen Treffer.

»Hannes und ich haben hier eine Vermisstenanzeige von vor einunddreißig Jahren. Vermisst wurde damals Dagmar Drechsler aus Ringsheim. Sie war zu diesem Zeitpunkt neunzehn Jahre alt und hatte einen einjährigen Sohn. Ihre Mutter hat die Anzeige aufgegeben.«

»Sehr gut. Dann gehen Sie dem bitte gleich morgen früh weiter nach. Mit dem Sohn der Vermissten sollten wir zuerst sprechen. Für heute wünsche ich Ihnen allen einen angenehmen Feierabend.«

Henry war müde. Sie war seit elf Uhr gestern Nacht ununterbrochen unterwegs gewesen. Sie wollte jetzt endlich in ihre Wohnung, ein Bad nehmen, etwas essen und sich ausruhen. Heute würde sowieso nichts mehr passieren. Als Wolf und sie wieder in ihrem Büro ankamen, musste sie herzhaft gähnen.

Ihr Kollege schaute sie belustigt an. »Es war ein langer Tag für Sie. Müssen Sie heute noch Umzugskartons auspacken?«

»Nein, zum Glück nicht. Ich habe die Koffervariante gewählt. Für den Anfang jedenfalls.«

»Wenn Sie Hilfe brauchen, scheuen Sie sich nicht, es zu sagen.«

»Hoffentlich wird Ihnen dieses leichtsinnige Angebot nicht noch irgendwann leidtun. Aber im Ernst, danke. Ich komme gern darauf zurück. Für heute habe ich alles, was ich brauche.«

»Nun, dann wünsche ich Ihnen einen schönen Feierabend. Und herzlich willkommen bei uns.«

»Danke, Wolf. Genießen Sie den Abend. Wir sehen uns morgen.«

Henry nahm ihre Tasche und verließ kurz nach Wolf das Büro. Der erste Tag ihres Neuanfangs war geschafft. Sie wollte nicht vorschnell urteilen, aber sie hatte ein gutes Gefühl. Den ganzen Tag hatte sie nicht ein einziges Mal an Thomas, ihren Ex-Mann, gedacht. Und damit würde sie heute Abend nicht noch anfangen!

Aus ihrer Handtasche kramte Henry den Zettel mit der Adresse hervor, gab die Daten ins Navi ein und fuhr los. Kenzingen. Mal sehen, was dieser Ort zu bieten hatte. Hoffentlich war die Ferienwohnung einigermaßen schön. Obwohl, so wichtig war das auch wieder nicht. Es sollte schließlich nur ein Übergang sein. Bis sie eine geeignete Wohnung gefunden hatte.

Mittlerweile war es schon dunkel, und Henry bekam deshalb schon wieder fast nichts von Kenzingen mit, als sie den Angaben des Navis folgte und in ein freundliches Wohngebiet einbog, um dort die Straße mit dem seltsamen Namen »Im Kohler« zu suchen.

Da. Sie hatte es gefunden. Der Eingang des Hauses war beleuchtet. Man erwartete sie. Henry wuchtete den großen Koffer und eine schwere Tasche aus dem Auto und schleppte beides zur Tür. Es stand kein Name an der Klingel, aber sie wusste ihn auch so: Disch. Olaf Disch wohnte hier. Von ihm hatte sie die Ferienwohnung gemietet.

Unmittelbar nach dem Läuten wurde geöffnet. Ein zierlicher, liebenswürdig erscheinender Mann um die vierzig öffnete und begrüßte Henry überschwänglich, wenngleich er auch etwas erstaunt schien.

»Herzlich willkommen, Frau Wunsch. Henry Wunsch? Sie sehen mich doch einigermaßen überrascht. Bei dem Vornamen hatte ich mit einem Herrn gerechnet.« Herr Disch bückte sich nach dem Gepäck und komplimentierte sie hinein.

»Ein verständliches Missverständnis, Herr Disch. Aber Frauen sind hier schon erlaubt, oder?«

Da lachten sie beide, und Olaf Disch verneigte sich galant. »Es ist mir eine Ehre, Frau Wunsch, wenn ich das so sagen darf. Ich gehe dann eben mal vor.« Noch immer lächelnd führte er sie eine relativ breite Treppe hinauf ins Obergeschoss. Dann stellte er das Gepäck ab und schloss die Wohnungstür auf.

»Bitte, treten Sie ein, Frau Wunsch. Ich hoffe, Sie fühlen sich wohl bei uns.« Damit trat er zur Seite und ließ ihr den Vortritt.

Henry warf einen kurzen Blick in alle Räume. Es sah kommod aus. Moderne Möbel, geschmackvoll ausgesucht. Sie war mehr als zufrieden. Die Wohnung war deutlich besser als erwartet.

»Ich werde mich hier sehr wohlfühlen, das sehe ich jetzt schon.«

Herr Disch freute sich sichtlich über ihre Worte. Dann trug er das Gepäck in die Wohnung und gab ihr die Schlüssel. »Kommen Sie doch bitte noch kurz mit nach unten, damit ich Sie meinem Mann vorstellen kann. Nicht dass Sie beide sich als Fremde im Haus begegnen.«

Henry folgte ihm die Treppe hinunter und dann in ein behagliches Wohnzimmer.

»Chasch grad amol übere cho?«, rief Herr Disch.

Welche Sprache war das denn? Henry traute ihren Ohren nicht.

Die Erwiderung, die aus einem der hinteren Räume kam, war nicht leichter verständlich. »I chum gli!«

Aber die Stimme, die kannte sie doch! Und wie sie die kannte. Auf einmal war Wolf im Zimmer. Ihr Kollege Wolf.

Einen Moment lang stand er völlig erstarrt da, dann hieb er mit der Faust auf den Türrahmen und polterte los: »Damminomol!«

Henry drehte sich um, eilte die Treppe hinauf und schloss rasch die Wohnungstür hinter sich. Sollten die beiden das unter sich klären. Sie war jetzt zu müde für die Probleme anderer Leute.

Während das Badewasser in die Wanne lief, schaute sie in den Kühlschrank. Überraschung! Es gab etwas zu essen. Das war ja nett. Jetzt erst merkte sie, wie hungrig sie war. Seit ihrem späten Frühstück hatte sie nichts mehr zu sich genommen.

Nach dem Bad schlüpfte sie in ihren kuscheligen Bademantel und setzte sich mit einem Teller voller Leckereien auf die Couch. Da klingelte es an der Tür. Einen Moment lang überlegte sie, nicht zu reagieren, aber dann stand sie doch seufzend auf und ließ ihre Vermieter herein. Sie hatten Gläser und Sekt dabei und waren etwas verlegen, als sie sich wieder in ihre Couchecke hockte, die Knie zu sich zog und kommentarlos weiteraß.

»Äh, Chef. Ich habe nicht Sie gemeint mit meinem Fluch.« Dabei drehte Wolf das Sektglas, das er in der Hand hielt, hin und her und schien nicht zu wissen, wo er hinschauen sollte.

»Wolf ist eigentlich ziemlich charmant zu Frauen, wirklich.« Herr Disch hatte die Sektflasche im Arm und zwei weitere Sektgläser in der Hand. Auch er sah irgendwie schuldbewusst aus.

Henry schaute von einem zum anderen, wie sie da unschlüssig in ihrem Wohnbereich standen, während sie, die Chefin des einen und Untermieterin des anderen, in ihrer Ecke lümmelte. Auf einmal wurde ihr die Komik der Situation bewusst. Und eine beginnende Lachsalve bahnte sich den Weg nach oben. Das verwirrte ihre beiden Besucher noch mehr, und es sah so aus, als würden sie gleich pikiert den Rückzug antreten. Aber da holte Henry tief Luft und deutete einladend auf die Sessel.

»Wenn ihr nicht wollt, dass ich einen steifen Hals kriege oder mir noch die Luft ausgeht, dann setzt euch endlich hin und schenkt den Sekt ein.«

Damit war das Eis gebrochen. Blitzschnell nahmen sie Platz, und Olaf füllte die Gläser.

Wolf hatte sich bereits wieder gefangen. Er erhob sein Glas. »Dann also auch herzlich willkommen in unserer sehr privaten Wohngemeinschaft, Henry, in die du wie eine Bombe geplatzt bist.« Das Du kam ihnen allen plötzlich ganz natürlich vor.

»Tut mir leid, Leute, ich hatte keine Ahnung. Ist es denn ein Problem, dass ich von euch weiß?«

»Nein!«, tönte es ihr von beiden mit fester Stimme wie aus einem Mund entgegen.

Dann fuhr Olaf fort: »Es war überhaupt noch nie ein Problem. Wir leben schließlich im 21. Jahrhundert. Nur mit seinem Präsidium, da ist Wolf nach wie vor komisch. Er will nicht, dass jemand dort von uns erfährt.«

»Ich trenne eben Arbeit und Privatleben. Das ist doch normal, oder?« Wolf klang leicht vorwurfsvoll, als er Olaf trotzig ansah. Wahrscheinlich hatten die beiden darüber schon häufiger gesprochen.

Henry wollte einen Schlusspunkt setzen, ehe dieses Thema zu einer Diskussion ausartete. »Also von mir erfährt keiner was, da kannst du ganz beruhigt sein, Wolf. Ich habe genug damit zu tun, meine eigenen Probleme geheim zu halten. Oder meint ihr etwa, ich habe mich einfach so zum Spaß derart reingehängt, um von Bremen nach Freiburg versetzt zu werden?«

Damit streckte sie Olaf ihr Glas entgegen und ließ sich nachschenken. Jetzt waren die beiden ganz Ohr. Und es dauerte nicht lange, da wurde aus dem kurzen Willkommens- und Entschuldigungsritual eine gemütliche Plauderrunde. Olaf schleppte immer wieder etwas Neues an, zuerst die übrig gebliebene Hälfte eines Apfelkuchens, danach gefüllte Blätterteig-Pastetchen und zum Schluss eine rasch arrangierte Käseplatte mit einem Baguette.

Henry fühlte sich in ihre Studenten-WG zurückversetzt. Nirgendwo sonst hatte sie seitdem wieder eine solche Zwanglosigkeit verspürt. Und das mit völlig Fremden! Obwohl sie normalerweise zu der spröderen Sorte gehörte und nicht so gern etwas Persönliches von sich preisgab, hörte sie sich zu ihrem eigenen Erstaunen von ihrer verkorksten Scheidung sprechen. Von Thomas, ihrem Ex-Mann, der sie monatelang mit seiner Fußpflegerin betrogen hatte.

»Zu mir hat er gesagt, er will keine Kinder. Böse Welt und so. Und als ich endlich herausbekommen habe, dass er mich betrügt, war seine Thusnelda schon im siebten Monat schwanger! Könnt ihr euch das vorstellen?«

Olaf saß inzwischen neben Henry. Er war erschüttert. Es fehlte nicht viel, und er hätte ihre Hand genommen. Stattdessen sagte er nur: »Mein Gott, wie konntest du das nur aushalten?«

»Gar nicht. Deshalb habe ich mich nach der Scheidung doch auch sofort um eine Versetzung bemüht. Aber jetzt fange ich ganz neu an. Jawohl!« Henry gab sich einen Ruck. Genug gejammert, auch wenn es gutgetan hatte.

Sie stießen noch einmal an. Dann wandten sie sich anderen Themen zu, und Henry kam sich beim Klönen mit den beiden beinahe wie in ihrer Stammkneipe im heimatlichen Bremen vor.

VIER

Jonas Hansmann kniff die Lippen zu einem schmalen Strich zusammen, als das Telefongespräch beendet war. Das hätte nicht passieren dürfen. Carsten wusste doch, dass er finanziell sowieso schon mit dem Rücken zur Wand stand. Gerade jetzt, wo der Dieselskandal sich so negativ auf den Absatzmarkt niederschlug und seine Hausbank ihm keinen neuen Kredit mehr bewilligen wollte. Wie konnte er in einem solchen Moment aus dem Vertrag über seine Firmenwagen aussteigen wollen? Sie waren doch Freunde! Zählte das etwa nichts mehr? Und alles nur, weil ihn das neu eröffnete Autohaus in Herbolzheim mit Lockangeboten köderte? Und die Qualität? Hatte Carsten das übersehen? Die verkauften doch ausschließlich Japaner. Nicht zu vergleichen mit dem, was er bot.

Jonas ließ sich von seiner Sekretärin die Unterlagen zu dem Vertrag mit Carsten bringen und überschlug den Posten. Es durfte einfach nicht passieren, dass Carsten absprang. Dieser finanzielle Ausfall wäre nicht zu verkraften. Also was tun?

Er lehnte sich in seinem Stuhl zurück und dachte nach. Vielleicht konnte er Carsten ja noch umstimmen. Sie hatten schon lange nicht mehr zusammen Golf gespielt, und Carsten gewann doch so gern. Eine super Idee, die nach sofortiger Umsetzung schrie. Jonas überprüfte die Internetseite des Golfclubs Breisgau und buchte eine Abschlagszeit für heute Nachmittag. Dann schickte er Carsten eine lustige WhatsApp mit seinem Vorschlag inklusive einer Essenseinladung. Wennschon, dennschon. Kein Wort über den Vertrag.

Drei Minuten später kam die Antwort: »Die beste Idee des Tages! Wir treffen uns am Club. Carsten«.

Hätte Jonas Hansmann auch nur annähernd ein Gespür für herannahendes Unheil gehabt, hätte er sich über die Antwort seines Freundes nicht so gefreut.

38

Henry und Wolf fuhren am Morgen mit zwei Autos ins Präsidium. Wolf blieb dienstags immer noch länger in Freiburg. Er trainierte regelmäßig Karate.

Manchmal ging er stattdessen auch ins Theater. Immer dann nämlich, wenn Olaf ihm eine Vorstellung besonders ans Herz gelegt hatte. Natürlich nur, wenn sie nicht gerade in einem komplizierten Fall ermittelten, dann musste er auch das Training sausen lassen.

Das Skelettmädchen, wie die Presse die Überreste der toten Frau nannte, stellte eine Herausforderung für sie dar. Besonders, weil die Spuren bereits kalt und die damals Beteiligten nicht so leicht aufzustöbern waren. Aber unter Zeitdruck standen sie deshalb nicht. Es sah also ganz danach aus, als könnte er heute getrost am Training teilnehmen. Bis dahin aber gab es noch viel zu tun.

»Wolf, lass uns zuerst zu diesem Sohn der Vermissten fahren, von dem Natalie gesprochen hat. Damit wir möglichst bald Klarheit darüber haben, ob er wirklich der Sohn unseres Opfers ist. Vielleicht hat Julian ja schon seine Adresse«, schlug Henry vor. Und da ihr Kollege das genauso sah, besorgte er sich von ihrem Assistenten Julian rasch die Angaben.

Als er ins Büro zurückkam, stand ihm die Überraschung ins Gesicht geschrieben. »Du glaubst nicht, wo dieser Sascha Drechsler arbeitet.«

»Na, nun mach's nicht so spannend.«

»Sascha Drechsler ist in der Finanzbuchhaltung der Firma von Carsten Zapf in Herbolzheim tätig. Er wohnt auch in dem Ort. Welch unglaublicher Zufall!«

Das fand Henry allerdings auch. An Zufälle glaubten beide nicht. Ihrer Erfahrung nach waren die doch eher selten.

Jetzt beeilten sie sich. Unterwegs gab Henry die Information an Wolf weiter, die Julian außerdem noch notiert hatte: Sascha Drechsler war einunddreißig Jahre alt. Nach seiner Ausbildung zum Finanzbuchhalter hatte er seine erste Stelle in der Firma Zapf angetreten. Seither arbeitete er dort.

»Ein treuer Mitarbeiter also«, fasste Wolf zusammen.

Henry nickte. Danach schwiegen sie. Dennoch entging Henry nicht, dass Wolf heute direkt zügig fuhr. Und als er dann noch mit Schwung auf das Gelände der Firma einbog, konnte Henry sich nicht verkneifen zu sagen: »Na, heute scheinst du ja besonders gut drauf zu sein.«

Wolf grinste nur. Dann gingen sie hinein und baten die Dame am Empfang darum, mit Herrn Drechsler sprechen zu dürfen, was kein Problem darstellte. Sie begleitete Henry und Wolf zu Drechslers Büro, klopfte und kündigte sie mit den Worten »Die Polizei möchte Sie sprechen« an. Dann zog sie sich zurück.

Sascha Drechsler trat hinter seinem Schreibtisch hervor, um sie zu begrüßen. Er war ein schmächtiger, eher unscheinbarer Typ. Irgendwie wirkte er linkisch. Da sein Büro nicht für Gäste ausgestattet war, musste er einen weiteren Stuhl besorgen, damit sie alle Platz nehmen konnten.

Danach kam Henry ohne Umschweife zum Thema. »Herr Drechsler, was können Sie uns über Ihre Mutter sagen?«

»Meine M…Mutter? Nichts. Ich bin bei m…meiner Oma aufgewachsen. Meine M…Mutter ist abgehauen, als ich g…gerade mal ein Jahr alt war.«

Die Bitterkeit in seiner Stimme war nicht zu überhören. Aha, deshalb stotterte er. So sanft wie möglich fuhr Henry fort: »Haben Sie in der Zeitung von dem Skelettfund gelesen, Herr Drechsler?«

»Ja.«

»Bitte erschrecken Sie jetzt nicht, aber wir haben Grund zu der Annahme, dass es sich bei der Toten um Ihre Mutter handelt. Um ganz sicherzugehen, brauchen wir dafür Ihre DNA, Herr Drechsler.«

Seltsamerweise nahm er die Information eher gleichmütig auf. Zumindest äußerlich.

Henry wagte noch einen Vorstoß. »Was ist mit Ihrem Vater?«

Sascha Drechsler verzog das Gesicht zu einer Grimasse. »Mein Vater! Ich weiß nichts über einen V…Vater.«

Schwang da nicht ein wenig mehr als Bitterkeit in seiner

Stimme? Hass? Henry und Wolf warfen sich einen kurzen Blick zu. Er hatte es also auch wahrgenommen.

Wolf bat Herrn Drechsler nun um die DNA-Probe und versprach, gleich Bescheid zu geben, sobald ein Ergebnis vorlag. Henry wechselte das Thema. »Darf ich Sie noch etwas Persönliches fragen, Herr Drechsler?« Da er nickte, fuhr sie fort: »Haben Sie diese Sprachprobleme schon seit der Kindheit?« Ihre Frage schien ihm nicht unangenehm zu sein. Er gab an, dass er erst vor einem Jahr angefangen habe zu stottern. Als seine Oma wegen ihrer Demenzerkrankung in eine Einrichtung nach Emmendingen gekommen war. Das habe ihm sehr zu schaffen gemacht. Vielleicht sei das die Ursache. Es gebe aber auch gute Tage, an denen die Störung sehr zurücktrete und manchmal sogar für eine kurze Zeit ganz verschwinde.

Henry bedankte sich bei ihm für seine Offenheit. Wolf ließ sich die Adresse der Einrichtung geben, in der seine Oma jetzt lebte.

Am Ende des Gesprächs stieß Carsten Zapf zu ihnen. Selbstverständlich war ihm nicht entgangen, dass die Polizei schon wieder im Haus war. Und da wollte er natürlich wissen, weshalb. Sascha Drechsler teilte es ihm etwas widerwillig mit.

Auf einmal stellte sich Herr Zapf als ein ganz anderer dar. Er zeigte sich von seiner fürsorglichsten Seite, als ihm klar wurde, worum es beim Besuch der beiden Ermittler ging. Er bekundete sogleich sein Beileid und wollte Sascha Drechsler auf der Stelle freigeben. Der aber wies diese großzügige Geste fast schon schroff zurück. Nichts sei erwiesen. Er schien keinen Wert auf die Anteilnahme seines Chefs zu legen. Er wolle jetzt lieber allein sein und weiterarbeiten.

Auf der Rückfahrt stellten Henry und Wolf fest, dass sie sich mit ihrer Einschätzung Sascha Drechsler betreffend ziemlich einig waren. Auch Wolf war die unterschwellige Aversion gegenüber Carsten Zapf nicht verborgen geblieben. »Vielleicht war es ihm einfach unangenehm, dass etwas so Privates vor seinem Chef ausgebreitet wurde, so verklemmt, wie er mir vorkam«, meinte er.

»Das kann sein. Oder aber er mag Carsten Zapf einfach nicht. Das wäre ja auch nicht ganz ungewöhnlich zwischen einem Chef und seinem Untergebenen, oder?«

»Stimmt, Chef«, sagte Wolf und grinste breit.

Henry konnte ein Kichern nicht unterdrücken.

Anschließend fuhren sie noch in der Einrichtung in Emmendingen vorbei, in der Drechslers Oma untergebracht war. Sie hofften, dass Frau Drechsler noch genügend helle Momente hatte, in denen sie sich an ihre Tochter erinnern würde. Aber es war aussichtslos. Zwar komme es immer mal wieder vor, erklärte ihnen die Stationsleiterin, dass Frau Drechsler irgendetwas aus ihrer Vergangenheit einfalle, aber das geschehe ganz spontan. Man könne es nicht provozieren. Die Krankheit habe Frau Drechsler gnadenlos im Griff. Da sei leider nichts zu machen.

In der darauffolgenden Besprechung einigte sich das Team recht schnell darauf, mögliche Freundinnen von Dagmar Drechsler über ihre Abschlussklasse in der Schule ausfindig zu machen und auch die damaligen Nachbarn, soweit sie noch dort wohnten, zu befragen. Wolf wollte indessen den ehemaligen Hausarzt der erkrankten Frau Drechsler kontaktieren, da er ja wahrscheinlich auch Dagmar Drechsler, die Tochter, gekannt hatte. Viel Kleinarbeit.

Henry erstattete ihrem Vorgesetzten Horst Baltes über den Fortgang des Falls Bericht. Dabei lernte sie Renato Rupp, den Leiter des Ermittlungsteams für Tötungsdelikte 1, kennen, als der, ohne anzuklopfen, in ihre Besprechung platzte. Nicht gerade höflich, aber wow! Was für ein Mann. Obwohl Henry mit Männern doch eigentlich fertig war und diese Entscheidung auch nach außen hin deutlich demonstrierte, fühlte sie sich von seinem Charme angesprochen. Als sie nach diesem erfreulichen Zwischenfall im Aufzug stand und nach unten fuhr, fiel ihr auf, dass sie noch immer ein Lächeln im Gesicht hatte.

Energisch riss sie sich zusammen und konzentrierte sich wieder ganz auf den Fall. Es gab schließlich genug zu tun. Und sie hatte gerade zugestimmt, nachher am Pressetermin teilzunehmen. Da wäre es ja wohl ratsam, sich vorher noch ein paar Gedanken zu machen. Zumal die Journalisten ihr möglicherweise auch ein paar persönliche Fragen stellen würden. Ihr Chef wollte sie nämlich heute offiziell als Leiterin des neu eingerichteten zweiten Ermittlungsteams präsentieren. Schließlich erfuhr der Standort Freiburg dadurch eine Aufwertung, und die Anwesenheit eines zweiten Teams würde in der Öffentlichkeit sicher positiv aufgenommen. Aber Henry hatte es noch nie gemocht, in der Presse zu erscheinen. Und was ihr Privatleben anging, schon gar nicht. Von daher sollte sie sich genau überlegen, wie sie mit persönlichen Fragen umgehen wollte.

Ihre Befürchtung diesbezüglich erwies sich als völlig unbegründet. Niemand hakte bei ihren knappen Worten zu ihrer Person nach. Die Pressekonferenz verlief sogar insgesamt recht gut. Auch ihr Chef zeigte sich zufrieden.

Mit einem Lächeln im Gesicht betrat Henry wieder ihr Büro. Wolf begrüßte sie mit den Worten: »Gut, dass du kommst. Wir haben den Namen einer Schulfreundin von Dagmar Drechsler. Mit etwas Glück weiß die etwas über den Vater von Dagmars Kind. Freundinnen wissen doch alles voneinander, oder?«

»Das ist ja wunderbar. Wir werden morgen mit ihr sprechen. Du kannst ruhig schon gehen, Wolf.«

Sie verabschiedeten sich voneinander, und Wolf verschwand durch die Tür.

Henry war froh, das Büro noch eine Weile für sich zu haben. Sie musste erst einmal in Ruhe nachdenken. Hätte sie nicht vielleicht mehr auf Distanz gehen sollen, anstatt sich mit dem – zugegebenermaßen sehr sympathischen – Hausbesitzerpaar so schnell privat einzulassen? Besonders, weil einer davon auch noch ihr Kollege war. Hoffentlich würde sie das nicht bald bereuen.

Ganz sicher hatte die Tatsache, dass die beiden ein Paar waren, maßgeblich zum Über-Bord-Werfen jeglicher Vorbehalte beigetragen. Sie hatte sich gleich so gut gefühlt mit ihnen. Und natürlich hatte auch die Übermüdung eine Rolle gespielt.

Andererseits war es durchaus üblich, sich mit seinen Kollegen zu duzen. Und da sie Wolfs Geheimnis durch Zufall aufgedeckt hatte, war es ja wohl angemessen, dass auch er etwas Persönliches über sie erfahren hatte. Die Antwort war also Nein. Sie hätte nicht mehr Distanz wahren müssen. Und die Zusammenarbeit mit Wolf war bisher nur angenehm gewesen.

Also doch alles richtig gemacht?

Dann ab nach Hause. Feierabend.

Charly läutete am nächsten Morgen schon in aller Frühe bei Olaf Disch.

»Charly! Mit dir habe ich jetzt gar nicht gerechnet«, neckte er sie.

Sie knuffte ihn liebevoll in die Seite und marschierte schnurstracks an ihm vorbei ins Wohnzimmer, wobei sie sich noch im Gehen aus ihrem in leuchtenden Farben gehaltenen Schultertuch wickelte und es achtlos auf einen Sessel fallen ließ.

Olaf konnte nicht umhin, es bewundernd wieder aufzunehmen. »Ist das neu, Charly? Das kenne ich noch gar nicht. Ein echter Hingucker. Wunderhübsch!«

»Ja, ja. Gestern fertig geworden. Danke. Aber komm, lass das jetzt. Ich habe sensationelle Neuigkeiten.«

Charly, die heute einen schlichten bordeauxroten Hut trug, nahm ihm das Tuch aus der Hand und legte es hinter sich. »Hol doch mal deinen Laptop, Olaf. Ich muss dir was zeigen.« Ihre Augen blitzten übermütig.

Olaf kannte sie gut genug, um zu tun, was sie sagte. Seine Neugier war inzwischen sowieso geweckt.

Zu zweit beugten sie sich über das Gerät, auf dem Charly mit flinken Fingern die entsprechende Seite suchte. Und dann tippte sie triumphierend auf die römischen Goldmünzen, die dort bei eBay angeboten wurden. Wert: knapp zehntausend Euro.

»Ja und? Könntest du ein wenig deutlicher werden, Charly?« Olaf verstand nicht, was sie an diesem Münzangebot so faszinierend fand – außer dem Preis natürlich.

»Ich bin wegen des Metalldetektors draufgekommen. Wenn Hansmann und Zapf römische Gegenstände ausgegraben haben, möchten sie doch sicher wissen, welchen Wert sie haben, oder?«

»Da stimme ich dir zu.«

»Und was bietet sich da mehr an, als das bei einer Versteigerung bei eBay herauszufinden? Man ist als Anbieter nicht erkennbar, und der Partner kann durch Mitbieten verhindern, dass man den Gegenstand verliert. Ist das nicht einfach genial?« Olaf war noch nicht ganz überzeugt. »Aber das kann doch jetzt ein Zufall sein mit diesen Münzen. Woher willst du denn wissen, dass einer der beiden das Angebot ins Netz gestellt hat?«

»Zufall? Gestern Nachmittag waren die Münzen noch nicht verfügbar. Das habe ich überprüft. Aber gestern Abend schon. Und das soll Zufall sein? Das glaube ich nicht. Mal sehen.«

»Wie, mal sehen? Du hast doch nicht etwa geboten?« Olaf war entsetzt. »Charly! Bist du denn verrückt geworden? Was, wenn das alles Betrug ist? Bei so viel Geld!«

»Jetzt krieg dich wieder ein, mein Junge. Erstens mache ich das nicht zum ersten Mal. Und zweitens wäre doch so eine Goldmünze eine ganz nette Kapitalanlage, nicht wahr?«

»Charly, wenn die Münze illegal ausgegraben wurde, dann ist der Verkauf auch strafbar. Und der Ankauf ebenfalls.«

»Weiß ich doch. Ich will auch nur wissen, wer dahintersteckt. Mach dir mal keine Sorgen, ich passe schon auf.« Charly zwinkerte ihm zu.

Olaf war sich da nicht so sicher. Es wäre nicht das erste Mal, dass Charly in die Klemme geriet. Wenn auch fast immer aus hehren Absichten, wie er zugeben musste. Da sie ihm sehr am Herzen lag, machte er sich schnell Sorgen um sie. Charly war seit dem Tod seiner Eltern zu einem festen Bestandteil seiner Familie geworden. Es gab nur ihn, Wolf und Charly. Mehr Familie hatte er nicht.

Im Folgenden berichtete Olaf, was er von Wolf über die Identität der Toten erfahren hatte und was sowieso demnächst in der Zeitung zu lesen sein würde. Charly hing an seinen Lippen. Obwohl sie nichts sagte, entging Olaf nicht, dass sie bei der Nennung des Namens der Toten leicht zuckte und es danach plötzlich eilig hatte, wegzukommen. War ihr der Name etwa bekannt? Durch ihre Zeit in der Schule kannte Charly viele Leute. Und ihr Gedächtnis war gut.

Olaf hoffte nur, dass sie Wolf nicht bei seinen Ermittlungen behindern würde. Das wäre gar nicht gut. Wolf wusste zwar, dass Charly aus purer Neugier gern am Rande etwas mitmischte, und er duldete es auch aus Rücksicht auf Olaf und weil Charly ihrerseits nichts weitergab, aber dennoch war die Sache heikel. Und dass Charly jetzt so plötzlich schwieg, trug nicht gerade zu Olafs Beruhigung bei. Schließlich fühlte er sich für ihre Hobbyrecherchen immer etwas mitverantwortlich und hatte schon deshalb stets ein Auge auf sie. So konnte er am besten gewährleisten, dass Wolf keinen Grund zur Klage hatte. Jetzt aber musste er selbst auch weg. Er hatte Probe.

Nachdem sie sich an der Tür verabschiedet hatten, schaute Olaf seiner mütterlichen, überaus unternehmungslustigen Freundin noch eine Weile mit gemischten Gefühlen hinterher. Was wusste sie? Er hatte das ungute Gefühl, dass er sie nicht aus den Augen lassen sollte. Aber jetzt musste er ins Theater.

FÜNF

Henry sah durchs Fenster ihrer Dachwohnung, wie ein weißer Mercedes direkt vor dem Haus stehen blieb. Mein Gott, durchzuckte es sie. Das war Thomas! Ihr Thomas. Er war gekommen, um sie um Verzeihung zu bitten.

Hastig flitzte sie zwischen Badezimmer und Kleiderschrank hin und her. Was anziehen? Runter mit den Schlabberklamotten. Sie wollte schön sein. Thomas hatte sie immer »meine Schöne« genannt. Und jetzt würde er jeden Moment vor ihrer Tür stehen. Oh Gott, wie hatte sie ihn vermisst!

Es klingelte. Sie war noch nicht fertig. Es klingelte erneut. Schuhe. Sie brauchte noch Schuhe. Es klingelte ein drittes Mal. Wo waren nur die verdammten Schuhe? Die roten mit den Pfennigabsätzen. Es klingelte noch einmal. Henry suchte fieberhaft im Schrank. Sie musste aufmachen. Aber sie konnte nicht. Erst die Schuhe. Er würde weggehen, wenn sie nicht aufmachte. Ein weiteres Klingeln.

»Warte!«, schrie sie aus Leibeskräften. Mit dem Schrei auf den Lippen fuhr sie schweißgebadet aus dem Schlaf hoch.

Das Handy. Es war nur ein Traum gewesen. Ihr Puls raste, als sie nach dem Telefon griff und sich atemlos meldete. »Henry Wunsch.«

»Frau Wunsch. Es tut mir leid, wenn ich Sie geweckt habe. Wir haben eine Leiche auf dem Golfplatz Breisgau. Rafael Schick, der Leiter der Polizeidienststelle in Kenzingen, wird Sie dort erwarten.« Horst Baltes informierte sie mit sachlicher Stimme und hielt sich kurz. Allmählich beruhigte sich ihr Herzschlag wieder.

»Ich bin in fünfzehn Minuten da.«

Nun aber los. Henry konnte schnell sein, wenn es darauf ankam. Zum Föhnen blieb allerdings keine Zeit. Sie legte ihre langen Haare einmal um ihren Kopf herum und stülpte eine Mütze darüber. Das musste genügen. Es war sicher noch kühl so früh am Morgen. Da war eine Mütze nicht verkehrt. Nun war sie bereit.

Sie klingelte Sturm an Wolfs Tür. Olaf öffnete. Er schlurfte mehr in seinen Filzpantoffeln, als dass er ging, und machte den Eindruck, als schlafwandelte er. Dennoch rief er nach einem gemurmelten »Solli, Henry« mit klarer Stimme in die Tiefen der Wohnung: »Wolf, schick di! D' Henry isch scho do!«

»Jo, i chum jo! Hesch du mi Schlüssel gseh?«

»I mein, i ha ihn in dr Chuchi gseh. I lueg emol grad.« Und kurz darauf: »Jo, do isch er.«

Henry hörte trotz der gebotenen Eile dem Wortwechsel der beiden fasziniert zu und wunderte sich, dass sie doch so viel verstand von diesem Alemannisch.

Dann trat Wolf in den Flur. Er grüßte Henry und nahm Olaf den Schlüssel aus der Hand. Der winkte ihnen nur müde zu und verzog sich wieder, während Wolf und Henry zügig das Haus verließen.

»Wir fahren mit deinem Wagen«, bestimmte Henry. »Du kennst dich hier besser aus.«

»Sehr wohl, Chef«, flachste er. »Ich warne dich aber: Die Kollegen werden uns ein Verhältnis andichten, wenn wir am frühen Morgen gemeinsam aus einem Auto steigen. Denen entgeht so gut wie nichts.« Dabei grinste er vergnügt.

»Na, das wird dir doch helfen, dein Geheimnis noch tiefer zu vergraben, oder? Mir macht es jedenfalls nichts aus. Also komm, Schatz.« Auch Henry fand den Gedanken amüsant und neckte gern zurück. Sollten die Kollegen doch denken, was sie wollten. Sie hatten anderes zu tun.

Wieder war es Henry nicht vergönnt, viel von der reizvollen Landschaft, durch die sie kurvten, zu erkennen. Es war noch zu dunkel. Auf dem Rückweg würde es sicher besser sein.

»Sag mal, spielst du eigentlich Golf?«, fragte sie Wolf.

»Leider nein. Zu wenig von beidem: Zeit und Geld. Du etwa?« Wolf warf einen schnellen Blick zu ihr hinüber. Mit der Mütze, die ihre Gesichtsform stark heraushob, sah sie besser aus als mit ihrem strengen Zopf. Er sagte aber nichts dazu.

»Leidlich. Ich war hin und wieder gezwungen, meinen Ex auf seinen gesellschaftlich so wichtigen Runden auf dem Golfplatz zu begleiten. Ohne den ganzen Tüddelkram hätte mir das Spiel sogar richtig Spaß gemacht.« Henry verstummte. Kurz dachte sie an den Traum, den sie heute gehabt hatte. Die Erinnerung an vergangene Golfrunden mit ihrem Ex-Mann trug auch nicht gerade dazu bei, dass es ihr besser ging.

Sie beobachtete Wolf. Er sah gut aus und hatte Humor. Und was die Dauer seiner Beziehung anging, war er ja wohl die krasse Ausnahme im Vergleich zu den anderen Fischen im Teich. Henry war gar nicht bewusst, dass sie seufzte.

»Stimmt etwas nicht?« Wolf klang besorgt.

»Doch, doch, alles okay. Ich bin nur noch ein wenig müde.«

Und sensibel war er auch noch.

Dann waren sie da. Das Clubhaus war hell erleuchtet, aber die Dunkelheit der Nacht lichtete sich bereits. Ein Kollege in Uniform holte sie ab und stellte sie dem Chef des Polizeipostens von Kenzingen, Rafael Schick, vor. Ein freundlicher Mann, der froh war, die Verantwortung an Spezialisten abgeben zu können. Danach fuhr er sie mit einem Golfcart durch die Anlage bis ganz hinauf zum höchsten Punkt, wo man den Leichnam gefunden hatte: Loch 14. Ein Par-3-Loch.

Die Kollegen der Spurensicherung hatten Scheinwerfer aufgestellt und vermittelten in ihren weißen Overalls den Eindruck einer gespenstischen Filmszene. Neben der Leiche kniete Bernd Meisner, der Pathologe. Als er sich ein wenig aufrichtete, gab er die Sicht auf den Leichnam frei. Es handelte sich um Carsten Zapf.

Henry und Wolf tauschten einen Blick miteinander, sagten aber kein Wort.

»So schnell begegnet man sich wieder. Verstehen Sie etwas vom Golfspiel, Henry? Oder vielleicht Sie, Wolf?«, fragte Meisner gut gelaunt, was Wolf mit einem Kopfschütteln beantwortete.

»Ein wenig«, gab Henry zögerlich zu. Sie hatte die Erfahrung gemacht, dass es nicht überall gut ankam, wenn man sich dazu bekannte. »Warum fragen Sie?«, hakte sie nach.

»Sehen Sie das Hämatom auf der Stirn?«

Wolf trat nun interessiert näher. »Er ist also erschlagen worden?«

»Er wurde zumindest mit einem harten Gegenstand an der Stirn getroffen. Es könnte ein Schläger gewesen sein. Ich vermute mal – so kurz vor dem Grün –, mit einem Wedge. Was denken Sie?«

»Ja, ein Wedge kommt hin. Könnte es auch ein Unfall gewesen sein?«, fragte Henry, die daran dachte, dass unerfahrene Spieler schon mal in den Schwung des Partners geraten konnten, wenn sie nicht aufpassten. Besonders wenn Alkohol im Spiel war.

»Schwer zu sagen. Ich muss das noch genauer untersuchen. Carsten Zapf könnte infolge des Schlages auf jeden Fall gestürzt, vielleicht sogar in Ohnmacht gefallen sein. Aber es ist unwahrscheinlich, dass er dadurch zu Tode kam. Dafür war der Schlag nicht heftig genug, soweit ich das jetzt schon sagen kann. Ich tippe eher auf Herzversagen. Aber die äußeren Umstände sind sehr merkwürdig, finden Sie nicht? Oder kennen Sie jemanden, der mitten in der Nacht Golf spielt?«

Nein, Henry kannte natürlich keinen, der so verrückt gewesen wäre. »Wir sollten Ihrer Meinung nach also nach einem zweiten Mann suchen, der hier mit von der Partie gewesen ist?«

Das Hämatom hatte sich der Tote sicher nicht selbst zugefügt. So viel stand für Henry fest. Ein Sturz schied ebenfalls aus. Worauf hätte das Opfer in dieser gepflegten Umgebung denn fallen sollen, um sich so eine Beule zuzuziehen? Überall kurzes, weiches Gras. Kein Stein, nichts. Falls es hier passiert war.

»Nun, wenn Sie meinen bescheidenen Hinweis annehmen möchten, wäre es bestimmt nicht verkehrt, nach einer zweiten Person zu suchen.« Bernd Meisner schien den Verlauf des Gespräches zu genießen.

»Ist das hier auch der Tatort? Und wann war denn der ungefähre Todeszeitpunkt?«, unterbrach Wolf, dem das Golfspiel offenbar einerlei war und der an Meisners Ratschlägen auch nicht sonderlich interessiert zu sein schien.

»Ungefähr vor fünf Stunden, schätze ich. Das wäre dann so

gegen ein Uhr nachts gewesen. Und ja, ich habe hier Blutspuren gefunden. Das dürfte also auch der Tatort sein.« Bernd Meisner hob bedauernd seine Schultern, als hätte er verstanden, dass seine kriminalistischen Fähigkeiten nicht von jedermann gleichermaßen geschätzt wurden. »Ich werde ihn noch heute Vormittag obduzieren«, fuhr er fort. »Bin wirklich gespannt, woran dieser Sportsfreund tatsächlich gestorben ist. Ich sehe Sie dann in der Pathologie?«

Henry versicherte ihm, dass sie zur Obduktion vorbeikommen würden, wenn es zeitlich möglich wäre, und wandte sich dann Leo Wanninger zu, der eben noch mit den Schlägern aus dem Golfbag beschäftigt gewesen war und sich die Tasche nun kurzerhand über die Schulter hängte, als er zu ihnen trat. Einen der Schläger trug er, bereits eingetütet, in der Hand.

»Haben Sie den passenden Wedge gefunden, Leo?«, fragte Henry ihn neugierig.

»Guten Morgen, Henry. Guten Morgen, Wolf. Ich kenne mich mit den Schlägern leider nicht so gut aus. Aber dieser hier lag nicht weit vom Toten entfernt. Vielleicht passt der ja. Bernd soll sie am besten selbst mit dem Hämatom abgleichen, wenn er obduziert. Blutspuren sind auf den ersten Blick nicht zu erkennen. Wahrscheinlich wurde der Schläger abgewischt. Sagen Sie mal, ist das nicht verrückt? Jemand ist so besessen vom Golfspiel, dass er sich sogar nachts auf den Platz schleicht. Hätte er zum Spielen nicht wenigstens einen Scheinwerfer gebraucht? Ist aber keiner zu finden. Bis jetzt wenigstens. Meine Leute suchen noch in der Umgebung weiter.«

»In diesem Fall liegt es nahe, dass eine zweite Person dabei war, die einen Scheinwerfer oder Ähnliches dabeihatte und den wieder mitgenommen hat, nachdem das Unglück passiert war«, folgerte Henry. »Sonst stünde ja auch der Wagen, mit dem das Opfer hergekommen ist, hier irgendwo.«

Leo kratzte sich am Kopf. »Das ist natürlich richtig. Wir werden sehen. Ein ungewöhnlicher Tatort jedenfalls.« Sichtlich irritiert schleppte er sich weiter. Man sah ihm an, dass der steile Hang ihm einiges abforderte. Tatsächlich wirkte er unbeholfen.

Aber der Eindruck täuschte: Schon gestern hatte Wolf ihr gegenüber Leo Wanninger in den höchsten Tönen gelobt. Er hatte behauptet, wenn es etwas zu finden gebe, finde Leo es auch. Korpulenz hin oder her.

Wolf hatte sich inzwischen beim Kollegen Schick erkundigt, wer den Toten entdeckt hatte. Es sei der Greenkeeper gewesen, erklärte er Henry, also eine Art Landschaftsgärtner, soweit er das verstanden habe. Der Mann heiße Rico Cervantes und warte im Sekretariat.

Henry bedeutete Wolf, in das Golfcart einzusteigen, und fuhr los, nachdem sie mit Herrn Schick ausgemacht hatte, dass er so lange wie nötig am Tatort bleiben würde. Sie würden sich später auf der Polizeidienststelle treffen.

Henry fuhr ziemlich forsch, denn das Gelände war groß. Wolf hielt sich vorsichtshalber am Sitz fest, als der Wagen über die erste Vertiefung holperte. Es war nicht die letzte, und Wolf wunderte sich über Henrys verwegenen Fahrstil.

»Das ist hier ziemlich uneben, nicht?«, bemerkte er.

»Och, das ist doch gerade das Schöne beim Golfen, dass man querfeldein geht und den Boden unter den Füßen so spürt, wie ihn das Gelände eben hergibt.«

»Ja, aber jetzt fahren wir ja. Und fahren sollte man wahrscheinlich nicht allzu schnell bei den Unebenheiten.«

»Wolf? Mache ich dir etwa Angst? Keine Sorge, mit den Dingern kann gar nichts passieren. Ich kenne mich da aus.«

Henry klang unbekümmert. Dennoch atmete Wolf auf, als Henry das Fairway verließ und auf eine befestigte Straße einbog. Kurz darauf waren sie am Clubhaus.

Sie fanden den Greenkeeper im großzügig gestalteten Sekretariatsbereich an einem kleinen Tisch sitzend. Vor ihm stand eine Tasse Kaffee.

»Oh, Kaffee!«, platzte Henry heraus, als sie auf Herrn Cervantes zugingen und ihn mit Handschlag und der gebotenen Sachlichkeit begrüßten. »Guten Morgen, Herr Cervantes«, begann sie, »wann fangen Sie denn gewöhnlich mit Ihrer Arbeit an?«

Rico Cervantes war bleich, wirkte aber gefasst. Er trank einen Schluck aus seiner Tasse, ehe er ruhig antwortete:»Normalerweise komme ich in dieser Jahreszeit um sieben Uhr morgens. Es hängt halt davon ab, wann es hell wird und was so ansteht. Heute war ich schon um halb sechs da.«

»Gab es denn einen Grund dafür, dass Sie heute so früh da waren?«, erkundigte sich Wolf interessiert.

Die Sekretärin kam mit frischem Kaffee an den Tisch.

»Herzlichen Dank! Den können wir jetzt gut gebrauchen.« Henry lächelte die Dame dankbar an.»Und wenn Sie vielleicht unseren Kollegen da draußen auch ein paar Becher schicken könnten? Die werden Sie dafür lieben.«

»Ist schon in Arbeit, Frau Kommissarin«, versicherte ihr die Sekretärin und entfernte sich dann geräuschlos, um nicht weiter zu stören. Man wusste hier, was sich gehörte.

Henry wandte sich nun wieder dem Greenkeeper zu und nahm dabei einen gierigen Schluck des heißen Getränks aus der edlen Porzellantasse.

Herr Cervantes erklärte:»Zwei meiner Mitarbeiter haben sich krankgemeldet. Ganz plötzlich. Das ist eine Katastrophe, kann ich Ihnen sagen. Ich steh jetzt ganz allein da. Ausgerechnet heute, wo wir das Promiturnier haben! Und nun auch noch das.« Rico Cervantes schien sich plötzlich an die Dringlichkeiten seiner Aufgaben zu erinnern und wurde ganz hektisch.

»Sie waren also schon um fünf Uhr dreißig hier. Und wann haben Sie den Toten gefunden?« Wolf versuchte, durch seine eigene Gelassenheit beruhigend auf ihn einzuwirken.

Das klappte. Rico Cervantes konzentrierte sich auf die Frage, legte die Stirn in Falten und sagte:»Also zuerst wollte ich nachsehen, ob der Sturm heute Nacht in dem Wäldchen neben Loch 14 irgendeinen Schaden angerichtet hat. Ob dort vielleicht ein Baum umgefallen ist und Äste herumliegen oder so. Deshalb bin ich da sofort hingefahren. Das war ungefähr um Viertel vor sechs. Und da habe ich dann Herrn Zapf liegen gesehen.«

»Sie haben ihn gleich erkannt?«

»Ja logo! Er ist doch Clubmitglied. Die kenne ich alle. Und

mich kennen sie auch.« Der Stolz in seiner Stimme war nicht zu überhören.

»Haben Sie ihn angefasst?«, erkundigte sich Henry.

»Das brauchte ich gar nicht. Ich habe gleich gemerkt, dass er tot ist. Dann habe ich sofort den Notruf gewählt. Kann ich jetzt wieder an meine Arbeit gehen?«

»Einen Augenblick noch, bitte, Herr Cervantes«, schaltete sich Wolf ein. »Sind Sie irgendjemandem begegnet heute Morgen? Oder ist Ihnen vielleicht ein Fahrzeug entgegengekommen, als Sie zu Loch 14 fuhren?«

»Nein. Ich habe niemanden gesehen.«

Als Cervantes Anzeichen machte, aufzustehen, fragte Henry noch schnell: »Ist es denn schon einmal vorgekommen, dass mitten in der Nacht jemand hier Golf gespielt hat?«

»Im Sommer bei Vollmond habe ich schon einmal zwei erwischt. Übrigens auch an Loch 14. Sie hatten ihr Auto oben auf dem Weg stehen, der dort außerhalb des Clubs vorbeiführt. Da gibt es eine recht abschüssige Ausweichstelle, sodass bei eingeschalteten Scheinwerfern das Fairway ganz ordentlich ausgeleuchtet wird. Junge Burschen halt. Es ging um 'ne Wette. Harmlos eigentlich, aber ich habe sie natürlich verscheucht. Jetzt muss ich aber wirklich.«

»Eine Frage habe ich noch, Herr Cervantes«, bohrte Henry nach. »Wie kam es denn, dass Sie die jungen Burschen damals mitten in der Nacht an Loch 14 erwischen konnten?«

Man sah Rico Cervantes an, dass er diese Frage ungern beantwortete. Schließlich gab er sich einen Ruck und sagte verlegen: »Ja, also … meine Frau hatte mich ein paar Tage ausgesperrt. Da habe ich hier heimlich im Clubhaus gepennt. Kann das bitte unter uns bleiben?« Die letzten beiden Sätze hatte er fast schon geflüstert. Und als die beiden Polizisten nickten, fuhr er fort: »Die jungen Männer hatten bei offenen Fenstern die Musik so laut aufgedreht, dass man den Lärm nicht überhören konnte. Da habe ich eben nachgesehen.«

Henry und Wolf verstanden seinen Zeitdruck und ließen ihn gehen, baten ihn aber, sich weiterhin zur Verfügung zu halten.

Inzwischen war der Vorstandsvorsitzende des Golfclubs eingetroffen, Martin Schnack. Henry sprach mit ihm, während Wolf mit ihrem Assistenten im Präsidium, Julian Weinig, telefonierte, um notwendige Recherchen einzuleiten.

Herr Schnack war völlig fertig. Ausgerechnet an diesem Tag müsse so etwas passieren, an dem der Bürgermeister von Kenzingen mit seinen politischen Freunden und Geschäftspartnern zu einem Turnier geladen sei. Wie sehe das denn aus? Ein Toter an Loch 14! »Hoffentlich haben Ihre Leute alle Spuren beseitigt, bis die illustren Gäste eintreffen. Punkt acht Uhr ist Abschlag. Da darf nichts mehr zu sehen sein! Ist das klar?«

Henry musste Herrn Schnack leider enttäuschen: Loch 14 war ab sofort gesperrt. Niemand durfte dort heute spielen.

Das war zu viel für den Vorstandsvorsitzenden. Da sei das letzte Wort aber noch nicht gesprochen. Er werde jetzt sofort mit dem Polizeipräsidenten telefonieren. Schließlich gehe es hier um wesentlich mehr als nur um ein Spiel. So könne man nicht mit ihm umspringen. So nicht!

Henry schaute dem aufgebrachten Herrn kopfschüttelnd hinterher, als er in sein Büro verschwand. Fast konnte Herr Schnack einem leidtun, denn er würde auch beim Polizeipräsidenten keinen anderen Bescheid bekommen, das wusste sie. An seiner Stelle hätte sie sich lieber um eine Alternative zu Loch 14 gekümmert, ehe die ersten Spieler eintrafen. Aber darauf würde er bestimmt auch allein kommen.

Henry folgte dem noch immer telefonierenden Wolf nach draußen und sah sich suchend nach dem uniformierten Kollegen um, der sie empfangen hatte. Es war sicher ratsam, erneut auf das strikte Betretungsverbot des Tatorts hinzuweisen. Endlich erblickte sie ihn. Er stand vorn auf dem Parkplatz und sprach gerade mit einem der eintreffenden Gäste. Energisch ging Henry auf ihn zu und unterbrach sein Gespräch mit einem ihm wohl bekannten Herrn in schicker Golfkleidung.

»Entschuldigen Sie, Herr Kollege. Auf ein Wort?« Der so Angesprochene erschrak ein wenig und folgte Henry fast schuldbewusst die paar Schritte zur Seite.

»Hören Sie. Es ist von größter Wichtigkeit, dass Sie keine Informationen über die Tat weitergeben. Lassen Sie sich nicht einschüchtern. Von niemandem. Sie sind dienstlich hier, und außer Ihren Vorgesetzten hat Ihnen keiner etwas zu sagen. Haben wir uns verstanden? Bitte geben Sie das unverzüglich an Ihren Kollegen an Loch 14 weiter. Privatpersonen dürfen den Tatort nicht betreten. Keine Ausnahmen! Ich verlasse mich auf Sie. Danke.« Sie lächelte ihm zu und hoffte, dass er durch ihren Ton beeindruckt genug war, um sich an die Vorgaben zu halten. Immerhin telefonierte er bereits. Na also. Ging doch.

Als sich Henry weiter nach Wolf umsah, fing sie ein offenes Lächeln des Mannes auf, mit dem der junge Kollege gerade noch geplaudert hatte. Er kam näher.

»Wir kennen uns, Frau Wunsch. Ich war gestern auf der Pressekonferenz. Darf ich mich Ihnen nun auch persönlich vorstellen? Jochen Sturm, freier Journalist.« Seine grauen Augen schienen vor Vergnügen zu funkeln, als er mit breitem Grinsen und ausgestreckter Hand auf sie zuging.

Was war nur los im Moment? Wo kamen denn auf einmal all diese gut aussehenden Männer her? Henry ergriff seine Hand und war überrascht, wie angenehm sich sein Händedruck anfühlte. »Möglich, dass wir uns auf der Pressekonferenz gesehen haben. Es tut mir leid, dass ich mich nicht erinnere, Herr Sturm. Aber jetzt müssen Sie mich entschuldigen. Ich habe zu tun.«

Damit drehte sie sich um und schloss zu Wolf auf, der schon Richtung Wagen ging und im Vorbeigehen lediglich einen kritischen Blick auf Sturm geworfen hatte.

Noch ehe sie eingestiegen war, hatte Jochen Sturm sie eingeholt und drängte ihr seine Karte auf. »Rufen Sie mich an. Bitte. Es geht um Carsten Zapf.« Dann musste er schnell vom Wagen zurücktreten, weil Wolf bereits anfuhr. Im Rückspiegel sah Henry, dass er ihnen nachschaute.

»Ein Zeitungsfritze? Der hat uns gerade noch gefehlt. Wie hat der nur so schnell von Carsten Zapfs Tod erfahren?« Wolf schien ungehalten.

»Er wollte zum Golfturnier, nehme ich an. Hast du seine

Kleidung nicht bemerkt? Ich glaube, es ist purer Zufall, dass der da war.«

»Jetzt auf einmal? Ich dachte, du glaubst nicht an Zufälle?«

»Normalerweise nicht. Aber dieser Jochen Sturm war nicht wegen uns da. Er spielt sicher bei dem Turnier mit.«

Da sie seine Zweifel spürte, griff Henry zum Telefon. Als sie mit der Sekretärin des Clubs verbunden wurde, fragte sie, wann Jochen Sturm heute Abschlag habe.

»Um neun ist er dran«, erklärte Henry ihrem Kollegen, als sie das Gespräch kurz darauf beendet hatte. »Und da es durchaus üblich ist, sich eine Stunde vorher an der Driving Range einzuspielen, war es wohl doch Zufall, dass er da war.«

»Spielt das eine Rolle?«

»Weiß nicht. Er sagte: ›Es geht um Carsten Zapf.‹ Was meinst du, was das bedeuten könnte?«

»Das bedeutet, dass er dich gern nach Carsten Zapf ausgefragt hätte. Ist doch klar.« Wolf war offenbar noch nicht bereit, Positives über den Journalisten zu denken.

»Das natürlich auch. Aber hätte er es dann nicht anders formuliert? Hätte er dann nicht versucht, den wahren Grund zu verstecken und mich heimlich auszufragen?«

Jetzt hörte Wolf ihr zu.

»Er hat aber ganz deutlich gesagt, dass es um Carsten Zapf gehe. So als gäbe es da etwas zu wissen. Verstehst du, was ich meine?«

»Du kannst sehr überzeugend sein, Henry. Jetzt glaube ich es auch schon. Was willst du tun? Ihn anrufen?«

»Anrufen? Nein. Doch keinen Journalisten! Ich werde auch so irgendwie herausbekommen, was er weiß. Falls er denn etwas wissen sollte. Und wohin fahren wir jetzt, Wolf?«

»Wir fahren zum Vater des Toten. Zu Manuel Zapf. Ich dachte, du willst das bestimmt zuerst hinter dich bringen, oder?«

»Ich sehe, wir verstehen uns.«

SECHS

Charly hatte nach dem Besuch bei Olaf gestern sofort ihre alten Fotoalben herausgesucht und lange darin geblättert. Viele Erinnerungen an die Zeit, als sie frisch von der Kunstakademie gekommen und als Kunstlehrerin am Gymnasium ihre erste Stelle angetreten hatte, waren da bei ihr hochgekommen. Es waren lebendige, ereignisreiche Jahre gewesen. Charly musste schmunzeln, wenn sie daran dachte, mit welcher Euphorie sie damals versucht hatte, ihre Schüler von der emotionalen Kraft der Kunst zu überzeugen. War es ihr gelungen? Bei einigen vielleicht. Noch heute hielten manche aus diesem ersten Kurs Kontakt zu ihr.

Helen Winkler zum Beispiel arbeitete sogar mit ihr zusammen. Beziehungsweise stellte sie in einer kleinen Firma das her, was Charly in ihrem Atelier entwarf. Zum Teil wenigstens. Denn nicht alles, was Charly designte, konnte umgesetzt werden. Aber das, was möglich war, realisierte Helen. Sie ließ Tücher und Schals nach Charlys Entwürfen weben. Sündhaft teure Hingucker. Auf den Schultern getragene Kunstwerke.

Es war die Idee ihrer begabten Schülerin gewesen, Charlys Leidenschaft für ausgefallene Stoffkreationen zu vermarkten. So hatte Helen nach ihrem Wirtschaftsstudium schon bald ein paar Frauen gefunden, die in ihren Herkunftsländern reichlich Erfahrung mit Webstühlen gesammelt hatten und nun auch hier in Kenzingen die Kunst des Webens ausüben wollten. Für sie war es ein Schritt in die Selbstständigkeit, für Helen ein Schritt zur Verwirklichung ihres Traumes. Eine Win-win-Situation.

Charly ließ Helen freie Hand. Sie selbst hätte weder das Geld noch die Energie gehabt, eine Firma aufzubauen. Helen jedoch hatte an ihre Geschäftsidee geglaubt. Und so hatte sie nicht nur ihr ganzes Erbe für die Umsetzung ihres Traums eingesetzt, sondern auch ihr wirtschaftliches Know-how. Sie hatte Glück gehabt, der Plan war aufgegangen.

Charly war nur für die Entwürfe und die Auswahl der Materialien zuständig. Sie verkauften ihre Schals, allesamt Unikate, an ausgewählte Boutiquen und Hotels weltweit. Es lief nicht schlecht.

Aber jetzt schweifte sie ab. Charly riss sich zusammen und konzentrierte sich wieder auf das, was sie eigentlich gesucht hatte: das Gruppenfoto des Leistungskurses Kunst in ihrem zweiten Jahr. Ah, da war es.

Charly löste es aus dem Album heraus und betrachtete es genau. Na also, sie hatte sich richtig erinnert: Hier stand Dagmar neben ihrer Freundin Ulla Hofstetter. Gerade mal neunzehn Jahre alt. Ein Kind noch. Na ja, sie selbst war sich damals mit ihren sechsunddreißig Jahren eben schon ziemlich reif vorgekommen.

Dagmar war jedenfalls ein Schulmädchen gewesen. Auf dem Sprung ins Erwachsenenalter zwar, aber viel zu jung für einen Mann wie Manuel Zapf. Den Mann, mit dem sie, Charly, liiert gewesen war. Ein erwachsener Mann, der mit seinen achtunddreißig Jahren zu ihr gepasst hatte. Nicht zu Dagmar.

Charly lehnte sich auf ihrem Designerstuhl zurück. Gott, war sie damals eifersüchtig gewesen. Sie erinnerte sich noch genau daran, wie sie die beiden zusammen gesehen hatte. Knutschend. Ihre Schülerin Dagmar und ihr geliebter Freund Manuel. Es war ein Schock für sie gewesen.

Dabei hatte ihre Freundin sie noch vor Manuel gewarnt. »Charly, dieser Manuel ist ein Filou! Er wird dich enttäuschen, glaube mir.« Aber Charly hatte ihrer Freundin nicht glauben wollen. Manuel war zu charmant, zu großzügig gewesen und hatte, wie er immer wieder beteuerte, in ihr gefunden, was er bisher vergeblich gesucht hatte: die Frau fürs Leben. Sie, Charly, sei die Frau seiner Träume. Wer hätte da widerstehen können?

Von seiner bisherigen Frau wollte er sich scheiden lassen. Er habe sie sowieso nur aus geschäftlichen Interessen geheiratet, wiederholte er immer wieder. Liebe sei es nie gewesen. Er, der Polier, und sie, die Tochter des Bauunternehmers. Da habe er eben zugegriffen. Das sei doch verständlich, oder?

Charly war bereit gewesen zu verstehen. Sie hatte ihm diese kleine Charakterlosigkeit, die ihm den Weg zum erfolgreichen Bauunternehmer geebnet hatte, verziehen.

Jetzt sei er ein anderer. Er liebe sie.

Charly konnte nur den Kopf darüber schütteln, wie naiv sie damals gewesen war. Manuel war eben ihre große Liebe gewesen. Da konnte man nichts machen.

Gleich nachdem sie die beiden zusammen erwischt hatte, hatte sie mit ihm Schluss gemacht. Kommentarlos. War einfach nicht mehr für ihn zu sprechen gewesen. Obwohl er es immer wieder versucht hatte. Das war ihre kleine Rache dafür gewesen, dass er sie mit einer ihrer Schülerinnen betrogen hatte. Dass er sie gedemütigt hatte. Zum Glück hatten dann die großen Ferien angefangen, und von Dagmar Drechsler hatte sie danach nie mehr etwas gehört.

Charly legte das Foto aus der Hand. Sie hatte längst entschieden, was sie tun würde. Sie würde endlich einen Schlussstrich ziehen. Und zwar jetzt.

Entschlossen stieg sie kurz darauf in ihren roten 2CV, eine Ente, wie sie das alte Vehikel nannte, das sie seit nunmehr dreißig Jahren besaß. Sie fuhr los. Es war nicht sehr weit.

Nach weniger als einer halben Stunde war sie am Ziel. Heute parkte sie direkt vor dem Haus, das sie bereits vor Jahrzehnten beeindruckt hatte. Damals hatte sie das prächtige Gebäude durch die parkähnliche Gartenlandschaft nur erahnen können. Es sah noch immer imposant aus. Der Eingang glich eher einem Portal denn einer Haustür. Fast ein wenig zu protzig für so eine kleine Gemeinde wie Grafenhausen, fand sie.

Ihre Schritte knirschten auf dem Kies. Charly läutete. Sie hätte sich nicht gewundert, wenn ein Butler die Tür geöffnet hätte. Aber als sie aufging, stand Manuel vor ihr. Unverwechselbar. Einen Moment lang sahen sie sich nur stumm an. Dann war es, als fielen die Jahre einfach von ihnen ab. Charly lächelte, und Manuel strahlte übers ganze Gesicht. Er sah noch immer so gut aus!

»Weißt du, wie lange ich davon geträumt habe, dass du durch

diese Tür trittst?«, fragte er Charly und führte sie in einen groß-zügigen Wohnraum mit Blick ins Grüne. Sie setzten sich.

»Manchmal vielleicht, wenn du nicht gerade was am Laufen hattest, stimmt's?« Charly lachte leichthin und nahm Platz.

»Du warst die Liebe meines Lebens, Charly. Was sage ich: Du bist es immer noch.«

Der alte Charmeur. Charly merkte, dass sie auf der Hut sein musste. »Lassen wir das, Manuel. Ich bin nicht mehr so naiv wie früher«, beschwichtigte sie ihn.

»Aber freuen, dass du gekommen bist, darf ich mich schon, oder?« Seine Augen glänzten verführerisch.

»Ich bin gekommen, weil man Dagmar Drechslers sterbliche Überreste gefunden hat, Manuel«, sagte Charly mit ernstem Ton.

»Und was hat das mit mir oder uns zu tun? Ich verstehe nicht, was du meinst. Es war ja sogar mein Sohn Carsten, der die Leiche entdeckt hat. Also warum kommst du jetzt damit zu mir?« Kein Glanz mehr in seinen Augen.

»Wegen Dagmar habe ich doch damals mit dir Schluss ge-macht.« Jetzt war es heraus.

Inzwischen war Manuel Zapf aufgestanden. Er schien ver-wirrt. Ging auf und ab. »Wegen dieser Dagmar? Ich wusste bis eben gar nicht mehr, dass ich eine Dagmar gekannt hatte. Bist du sicher, dass du da nicht etwas verwechselst, Charly?«

»Manuel, ich habe gesehen, wie du hemmungslos mit ihr ge-knutscht hast! Mit meiner Schülerin aus dem Kunstkurs. Ob-wohl du doch mein Freund warst.« Jetzt hatte sie es endlich deutlich ausgesprochen. Und obwohl so viele Jahre vergangen waren, konnte Charly einen vorwurfsvollen Ton dabei nicht unterdrücken.

Sofort ging er zu ihr. »Charly, ich kann mich wirklich nicht an eine Dagmar Drechsler erinnern, glaub mir. Vielleicht hast du mich damals verwechselt. Warum hast du auch nie mehr mit mir geredet? Das kann doch nur ein Missverständnis gewesen sein.«

Manuel Zapf klang so eindringlich und überzeugend, dass Charly unsicher wurde. Das hier lief eindeutig nicht so, wie sie es geplant hatte. Besser, sie ging wieder, ehe sie sich noch zu etwas hinreißen ließ.

Manuel Zapf versuchte zwar noch, ihren Besuch bei ihm auszudehnen, aber Charly ließ sich nicht umstimmen und verabschiedete sich eilig. Sie musste jetzt allein sein und nachdenken. Zu viele Fragen beschäftigten sie. Sollte sie sich damals so getäuscht haben? Konnte sie Manuel tatsächlich mit einem anderen Mann verwechselt haben? Hatte er sie also gar nicht betrogen? Hatte sie ihre Liebe zu schnell aufgegeben?

Charly schwirrte der Kopf. Sie fuhr schneller als sonst. Sie wollte nach Hause. Sie wollte sich auf die Couch legen und ein wenig traurig sein über das verlorene Glück. Vielleicht würde sie auch bei Olaf vorbeifahren. Der müsste doch längst von der Probe zurück sein. Er würde sie trösten. Und etwas zu essen würde es bei ihm sicher auch geben.

Nachdem Charly Olaf einige Stunden später ihr Herz ausgeschüttet, gebührend über die vermeintlich verpassten Gelegenheiten ihrer Jugend gejammert und auf seinem Sofa sogar zwischendurch ein Nickerchen gehalten hatte, war sie offenbar wieder die Alte. Ihr Selbstmitleid schien wie weggeblasen.

Olafs engste Freundin beherrschte eine ähnliche Technik wie Hunde, die sich nach einem heftigen Regenguss einfach hinstellten, das unangenehme Nass aus ihrem Fell in alle Richtungen schüttelten und dann sofort vergaßen, dass es überhaupt geregnet hatte. Beneidenswert.

Sicher hatten auch Olafs gebratene Maultaschen mit grünem Salat und der süffige Rotwein, den er dazu gereicht hatte, einen nicht geringen Anteil an Charlys plötzlichem Stimmungswechsel. Die Atmosphäre wurde noch lockerer, als Olaf spontan noch Henry dazubat, die gerade nach Hause gekommen war und die Einladung gern annahm.

Die beiden Frauen verstanden sich auf Anhieb. Es wurde viel gelacht. Auch getrunken. Und als Henry sich verabschiedete, kurz bevor Wolf zu Hause eintraf, und nach oben ging, richtete Olaf für Charly das Bett im Gästezimmer her. Besser, sie blieb über Nacht hier. So aufgedreht, wie sie war, wollte er nicht riskieren, dass sie noch irgendeinen Unsinn anstellte. Schließlich kannte er sie gut genug. Und dass sie hier übernachtete, war nichts Ungewöhnliches.

Auch nicht, dass sie, als Olaf am nächsten Morgen gegen neun Uhr wach genug war, um aufzustehen, schon gegangen war. Orchestermusiker schliefen morgens lang. Das wusste Charly. Sie selbst war Frühaufsteherin. Schon immer gewesen. Heute, nach den unerwarteten Stimmungsschwankungen des gestrigen Tages, drängte es sie einmal mehr, sich in ihrem Atelier auszutoben.

Olaf wunderte sich also keineswegs. Er bereitete routinemäßig das Frühstück zu, und dabei fiel ihm plötzlich siedend heiß ein, dass er auf keinen Fall vergessen durfte, Wolf mitzuteilen, dass sich Manuel Zapf und Dagmar Drechsler mit ziemlicher Sicherheit gekannt hatten. Intim gekannt hatten, wie Charly behauptete. Die beiden waren doch überhaupt der Anlass für Charlys Trennung von Manuel Zapf gewesen. Olaf erinnerte sich genau, was Charly gesagt hatte. Und wenn sie die beiden zusammen gesehen hatte, dann stimmte das auch. Da war sich Olaf sicher. Charly war eine äußerst exakte Beobachterin. Auch wenn sie jetzt selbst daran zweifelte. Sie hatte sich sicher nicht getäuscht.

Er wählte gleich Wolfs Nummer.

Der Anruf erreichte Wolf in dem Moment, als Henry den Wagen in den Park der Villa Zapf in Grafenhausen lenkte. Ihr Kollege benutzte die Freisprechanlage.

»Solli, Olaf, isch öbbis passiert?« Wolf war sofort alarmiert, denn sie hatten ausgemacht, nur in Notsituationen während der Arbeitszeit miteinander zu telefonieren.

»Nai, es isch nüt passiert. Aber d' Charly het geschtert gsait, dass si vor drißig Johr gseh het, wie dr Manuel Zapf un d' Dagmar Drechsler mitenand knutschd hän. Sii hän sich also gchent. Des sotsch wisse, Wolf, han i denkt.«

»Das stimmt, Olaf. Deno merssi amol.« Damit beendete Wolf

das Gespräch und erkundigte sich bei Henry: »Hast du alles mitgekriegt?«

»Nicht wirklich. Was war denn?«

Wolf erklärte es ihr. Laut Charly hatten sich Dagmar Drechsler und Manuel Zapf gekannt – und waren von ihr sogar einmal in einem intimen Moment, also beim Küssen, beobachtet worden. Interessant.

Dann stiegen sie aus und schauten sich beeindruckt um. Das Haus glich eher einem Palast als einem Wohnhaus. Vielleicht war es in früheren Zeiten sogar einmal ein Schloss gewesen. Henry war jetzt schon gespannt auf den Besitzer.

Manuel Zapf öffnete gleich nach dem ersten Läuten. Nachdem sie sich ausgewiesen hatten, ließ er sie herein.

Henry wartete, bis sie sich gesetzt hatten, und fragte zunächst, ob er eine Dagmar Drechsler kenne.

»Ist das die, deren Skelett mein Sohn gefunden hat? Stand ja in allen Zeitungen.«

»Ja, genau von der spreche ich.«

»Nein, die habe ich nicht gekannt. Sind Sie hergekommen, um mich das zu fragen?«

»Leider nicht nur deshalb, Herr Zapf.«

Und dann teilte sie ihm mit, dass sie seinen Sohn tot auf dem Golfplatz aufgefunden hatten. Einen Moment lang glaubte Henry, dass ihre Botschaft nicht angekommen sei, denn Manuel Zapf reagierte zunächst gar nicht, sondern sah sie nur an. Deshalb fragte sie nach: »Herr Zapf, haben Sie mich verstanden? Ihr Sohn ist tot.«

Endlich schien sie zu ihm durchgedrungen zu sein. »Carsten? Sie kommen wegen meinem Sohn Carsten? Er ist tot, sagen Sie? Nein, das kann nicht sein. Carsten ist ein Hallodri, das schon. Er hat meinen Hund erschossen, ja. Aber tot, nein, das ist er nicht.«

Verleugnung. Henry kannte das. Wenn man das Schreckliche abstritt, konnte es nicht wahr sein. Behutsam machte sie einen Schritt nach vorne. Sie zeigte ihm ein Foto vom Tatort. »Schauen Sie hier. Erkennen Sie Ihren Sohn Carsten auf dem Foto, Herr Zapf?«

»Ja, das ist er, der Carsten. Er trägt seine Golfschuhe. Und er liegt am Boden. Ist er gestürzt?«

»Er ist nicht gestürzt, Herr Zapf.« Henry sprach mit sanfter Stimme, denn sie wusste, gleich würde die schreckliche Erkenntnis über diesen Vater hereinbrechen.

Und so war es. Von einem Moment auf den anderen sackte Manuel Zapf in sich zusammen. Er hatte es begriffen. Sein Sohn war tot. Manuel Zapf weinte nicht. Das würde später kommen. Er starrte nur geradeaus.

Sie ließen ihm Zeit.

Da fing er von allein an zu sprechen: »Er hat meinen Dackel erschossen. Er hat zwar behauptet, Jonas sei es gewesen, aber ich kenne Jonas. Der ist ein Weichei, der würde das niemals tun. Carsten war es selbst. Ich war so wütend auf ihn und habe ihn rausgeschmissen. Er hat nur gegrinst. Das Letzte, was ich zu ihm sagte, war: ›Der Hund war mehr wert als du!‹« Den letzten Satz hatte Herr Zapf ganz leise ausgesprochen.

»Herr Zapf«, machte Wolf weiter, »wann haben Sie zuletzt mit Ihrem Sohn geredet?«

»Gestern Morgen war das.« Noch immer starrte er nur vor sich hin und regte sich nicht.

»Es tut uns leid, dass wir Sie mit Fragen belästigen müssen, aber möglicherweise ist Ihr Sohn nicht auf natürliche Weise verstorben, und deshalb brauchen wir mehr Informationen.« Henry hasste es, so unsensibel mit jemandem umgehen zu müssen, für den gerade die Welt zusammengebrochen war, aber sie konnte es nicht ändern.

»Carsten war körperlich topfit.«

»Könnten Sie sich denn jemanden vorstellen, der sich Carstens Tod gewünscht hat?«

»Jemanden? Ha! Ich war ja auch kein Kind von Traurigkeit, als ich noch jung war. Aber Carsten erst. Der ließ nichts anbrennen. Es gibt sicher unzählige Ehemänner, die ihn hassten. Carsten ist mein einziger Sohn, und ich liebe ihn. Aber er hat sich viele Feinde gemacht mit seinen Frauengeschichten. Dabei wollte er doch in Kürze heiraten. Endlich. Ich dachte, er sei tatsächlich vernünftiger geworden. Fragen Sie seine beiden Freunde, die wissen da besser Bescheid. Und jetzt möchte ich allein sein. Mein Sohn ist tot.«

Henry und Wolf erkannten, dass sie nichts mehr erfahren würden. So ließen sie sich nur noch den Namen des zweiten engen Freundes von Carsten geben. Sie würden zu einem späteren Zeitpunkt wiederkommen.

Als sie aufstanden und sich von Manuel Zapf verabschiedeten, reagierte dieser schon nicht mehr auf sie. Sein Blick war glasig geworden, und allmählich rannen erste Tränen an seinen Wangen herunter. Die Trauer hatte begonnen, von ihm Besitz zu ergreifen. Auf die Frage, ob sie einen Arzt oder Psychologen schicken sollten, schüttelte er nur den Kopf.

Sie fanden allein hinaus.

Im Auto sagte Henry: »Gut, dass du ihn nicht noch weiter auf Dagmar Drechsler angesprochen hast.«

»Ich gebe zu, ich habe daran gedacht, fand es dann aber auch unpassend. Wir können doch morgen noch einmal herkommen, oder?«

Henry nickte. »Ja, das können wir. Und bevor wir nun die hiesige Polizeidienststelle aufsuchen, sollten wir noch in der Firma des Toten vorsprechen. Das könnte ganz interessant werden. Vor allem die Frage, wer denn jetzt die Leitung der Firma übernimmt.«

Auch beim zweiten Mal war Henry von der Leichtigkeit des Firmengebäudes beeindruckt. Sicher ging es den Kunden ebenso. Und wahrscheinlich existierten längst Untersuchungen darüber, welchen Einfluss die Umgebung auf den Ausgang von Kundengesprächen hatte. Nicht zu vergessen die Wirkung, die ein solches Umfeld auf die eigenen Mitarbeiter haben musste. Wenn sie da an den zweckmäßigen Klotz des Präsidiums dachte, kam direkt ein wenig Neid auf. Nun ja, im Präsidium musste natürlich auch nichts verkauft werden. Und über einen Mangel an Kunden konnten sie sich trotzdem nicht beschweren.

Henry musste ein paar schnelle Schritte machen, um nicht

hinter Wolf zurückzubleiben, der unbeirrt von allen äußeren Eindrücken auf den Eingang zustrebte. Männer.

Wolf hielt ihr die Tür auf. Immerhin ein galantes Exemplar.

Sie wollten sich gerade an die Empfangsdame wenden, als plötzlich Sascha Drechsler auf sie zueilte. Erstaunt ließen sie die aufgeregte Begrüßung über sich ergehen. Er schien ziemlich aufgelöst zu sein.

»Gut, d…dass Sie so schnell k…k…kommen konnten. Ich habe es erst vor w…w…wenigen Minuten entdeckt. Kommen Sie. Ich zeige es I…I…Ihnen.«

Wolf und Henry sahen sich an. Was entdeckt? Verwirrt folgten sie ihm ins Büro seines Chefs Carsten Zapf. Dahin hatten sie sowieso gewollt.

»S…Sehen Sie? Alles durchwühlt! Ich h…habe den Chef gleich a…angerufen, aber er geht n…nicht ans Telefon. Und Herr M…Maiwald, unser Geschäftsf…f…führer ist auf Dienstreise. Hoffentlich kommt der Chef b…bald. Ich habe dann die P…Polizei angerufen.«

Jetzt sahen sie, was er meinte: Die Schränke des Büros waren geöffnet und durchwühlt worden, der Fußboden war übersät mit Unterlagen. Jemand war hier eingebrochen und hatte nach etwas gesucht. Wolf telefonierte bereits mit der Spurensicherung. Und aus den Augenwinkeln sah Henry, dass gerade ein Polizeiwagen vorfuhr. Wolf signalisierte ihr, dass er sich darum kümmern würde, und ging hinaus.

»Fehlt etwas, Herr Drechsler?«, fragte Henry.

»K…Kann ich noch nicht genau s…sagen. Hier sind doch nur die F…Firmenunterlagen. Und der S…Safe ist zu. Aber der Chef w…wird es Ihnen sagen können. Ich ruf noch mal b…bei ihm an.«

Als er sein Handy nahm, legte Henry ihre Hand auf seinen Arm. »Herr Drechsler, Sie können Ihren Chef nicht mehr erreichen. Er ist tot.«

Sascha Drechsler ließ den Arm sinken und riss ungläubig die Augen auf: »Tot, sagen Sie?«

Henry nickte.

»Ein Unfall?« Er flüsterte beinahe, aber stotterte dabei nicht.

»Wir prüfen das noch«, erwiderte Henry, schob ihn mehr oder weniger aus dem Büro hinaus und schloss die Tür hinter sich. »Können wir irgendwo ungestört reden?«

»Ja s…sicher. B…Bitte folgen Sie mir.« Er schien sich gut im Griff zu haben.

Wolf, der einen der Kollegen aus dem Streifenwagen angewiesen hatte, vor dem Büro auf die Spurensicherung zu warten, kam hinterher.

Das Gespräch mit Sascha Drechsler war anstrengend, denn sein Stottern nahm aufgrund der Aufregung nun wieder zu. Er gab an, dass er das Chefbüro nur betreten habe, um eine bestimmte Kostenabrechnung zurückzuholen, die er dringend für seine Buchungen gebraucht habe. Nein, er persönlich habe keine Differenzen mit seinem Chef gehabt. Aber ein Problem habe es schon gegeben. Und zwar habe der Chef vor ein paar Tagen einen größeren Geldbetrag vom Firmenkonto abgehoben und auf sein Privatkonto überwiesen, ohne einen Grund dafür anzugeben. Dreißigtausend Euro. Das habe zu einer gewissen Missstimmung zwischen ihnen geführt, denn der Chef habe darauf bestanden, dass er den Vorgang vor dem Geschäftsführer, Herrn Maiwald, zunächst geheim halten solle. Carsten Zapf habe nämlich versprochen, den Betrag binnen weniger Tage wieder zurückzubuchen. Eine sehr unangenehme Lage, in die Herr Zapf ihn dadurch gebracht habe. Und nein, das sei vorher noch niemals passiert. Deshalb habe er sich ja auch darauf eingelassen.

Auf die Frage, ob Carsten Zapf Feinde gehabt habe, druckste Sascha Drechsler zunächst ein wenig herum, um dann mit vorwurfsvollem Ton auf die zahllosen Frauengeschichten hinzuweisen, die schon mehr als einmal in lautstarken Auseinandersetzungen mit betrogenen Ehemännern oder Liebhabern geendet hätten. Leider seien diese Zwischenfälle in der Firma oft nicht zu überhören gewesen. Dabei habe sein Chef kurz vor der Hochzeit gestanden. Die Braut könne einem leidtun.

Nachdem Wolf ihm erklärt hatte, dass er seine Fingerabdrücke abgeben und auf dem Polizeirevier Kenzingen ein Protokoll seiner Aussage unterschreiben müsse, hatte er vorläufig nur noch eine Frage an ihn: »Haben Sie einen Schlüssel zum Büro von Herrn Zapf?«

»N…Nein. Mara vom Empfang hat mir auf…aufgeschlossen.«

Fürs Erste waren sie hier fertig. Henry bat die Empfangsdame um die Handynummer des Geschäftsführers. Er würde seine Dienstreise unterbrechen müssen.

Jetzt würden sie noch auf der Dienststelle in Kenzingen vorbeifahren, danach konnten sie nach Freiburg zurückkehren. Doch gerade als sie losfahren wollten, sah Henry, wie der Journalist von heute Morgen, dieser Jochen irgendwas, aus seinem Wagen stieg und sich auf den Weg Richtung Eingang machte.

»Moment mal, Wolf. Siehst du, was ich sehe? Das kann doch nicht wahr sein!«

Wolf, der Jochen Sturm ebenfalls gesehen hatte, wunderte sich nicht schlecht, als seine Kollegin blitzschnell die Autotür von außen wieder zuknallte und Jochen Sturm voller Empörung den Weg abschnitt.

»Sollten Sie nicht auf dem Golfplatz sein?«, schleuderte sie ihm entgegen.

»Eine plötzlich auftretende Kreislaufschwäche, Frau Kommissarin Wunsch. Danke der Nachfrage. Leider musste ich absagen. Aber ich darf anmerken, dass sich allein für diesen Moment mein Verzicht auf das Spiel schon gelohnt hat. Oder wissen Sie etwa nicht, wie bezaubernd Sie aussehen, wenn Sie empört sind?« Breiter konnte sein Lächeln nicht werden.

Henry verschränkte die Arme vor der Brust und blitzte ihn mit funkelnden Augen an. »Ich warne Sie! Halten Sie sich aus meinen Ermittlungen raus. Ich verstehe da keinen Spaß.«

»Ich freue mich schon auf unser Gespräch über Carsten Zapf. Vergessen Sie nicht, mich anzurufen.« Letzteres flüsterte er ihr praktisch ins Ohr, ehe er sich umwandte und seinen Weg fortsetzte.

So eine Frechheit. Was bildete der sich bloß ein, sie einfach so stehen zu lassen? Mit hochgerecktem Kinn marschierte sie zum Wagen zurück und stieg ein.

Wolf, der vom Auto aus alles beobachtet hatte, wäre nicht erstaunt gewesen, wenn sie noch mit dem Fuß aufgestampft hätte. »Was hat er gesagt?«, erkundigte er sich betont gleichmütig, als sie auf dem Beifahrersitz Platz genommen hatte.

»Ich soll ihn anrufen«, antwortete sie, ihre Wut unterdrückend.

»Ach so.«

Ohne weiteren Kommentar fuhr Wolf auf die B 3 Richtung Kenzingen.

SIEBEN

Hätte Henry den Kopf frei gehabt, hätte sie jetzt bei Tageslicht und an einem so sonnigen Tag auf der kurzen Fahrt von Herbolzheim nach Kenzingen bemerkt, wie schön die Gegend war, durch die sich die B 3 schlängelte. Die Kulturlandschaft zur Linken mit ihren Obstbäumen und Reben bildete in Terrassen und sanften Hängen unmerklich den Übergang zum Vorgebirge des Schwarzwaldes, der im Osten hoch aufragte und sich nach Süden erstreckte. Beinahe wie eine natürliche Schutzmauer für diesen fruchtbaren Garten der Natur.

So aber zog die Landschaft an ihr vorüber, ohne dass sie etwas davon mitbekam. Und hätte Wolf am Ortsschild nicht »Wir sind gleich da« gesagt, wäre ihr sicher auch entgangen, wie sehr das Mittelalter den idyllischen Stadtkern von Kenzingen geprägt hatte. Als sie dann über die Elz fuhren, waren sie auch schon am Ziel.

Die Polizei teilte sich den riesigen modernisierten Komplex mit den historischen Außenwänden mit einer Bank und einer Krankenkasse. Der Eingang des Gebäudes lag seitlich. Um hineinzukommen, musste man läuten. Auf diese Weise vermied man, dass Kunden die Eingänge verwechselten.

Wie Henry schon auf dem Golfplatz gespürt hatte, waren sie bei den Kenzinger Kollegen willkommen. Das war durchaus nicht die Regel, würde ihre Arbeit aber erheblich erleichtern.

Sie bat ihren Kollegen Rafael Schick, bis zur Besprechung um acht Uhr morgen früh mehr über den Freundes- und Bekanntenkreis des Toten herauszubekommen. Besonders, mit wem er üblicherweise Golf spielte. Weitere Aufgaben hingen davon ab, mit welchen Ergebnissen der Pathologe aufwarten würde.

Bis jetzt könne man einen Unfall noch nicht ganz ausschließen, von daher solle man noch etwas Zurückhaltung wahren. Aber unbedingt solle Schick doch bitte überprüfen lassen, ob und wann genau ein Einbruch in die Firma Zapf gemeldet worden sei. Das sei wichtig.

Bernd Meisner strahlte Henry und Wolf an, als sie in der Pathologie eintrafen. Fast schon triumphierend rief er ihnen entgegen: »The early bird catches the worm, nicht wahr?«

»Ihrer guten Laune nach haben Sie etwas gefunden«, schloss Wolf aus seinen Worten.

»Das kann man wohl sagen. Kommen Sie, ich zeige es Ihnen.«

Henry und Wolf traten ganz nahe an den Tisch und warteten, bis Bernd Meisner den Leichnam aufgedeckt hatte. Er reichte sowohl Henry als auch Wolf eine große Lupe. Es handelte sich also um etwas Winziges. Gehorsam begannen sie damit, den Oberkörper abzusuchen.

»Schauen Sie am Schulteransatz«, dirigierte Bernd Meisner sie ungeduldig. Und da sahen sie es: Am Hals war eine Einstichstelle.

»Eine Injektion? Also Mord?«

Henrys Stimme klang anerkennend, und Bernd Meisner genoss das sichtlich. »Ganz eindeutig Mord. Es wurde ihm eine Dosis Insulin gespritzt. Direkt in die Halsschlagader.«

»Insulin? Dazu haben eine Menge Leute Zugang.« Wolf dachte offenbar schon an die Ermittlungen.

»Stimmt. Und außerdem baut sich Insulin nach sechs Stunden im Körper völlig ab und ist nicht mehr nachzuweisen. Es war also eine ziemliche Portion Glück mit im Spiel, dass wir früh genug dran waren und die Todesursache nun eindeutig klären konnten.« Es war Bernd Meisner deutlich anzusehen, dass es ihm Spaß machte, sie auf diesen Umstand hinzuweisen.

»Sie lassen sich nicht gern ein X für ein U vormachen, stimmt's?« Henry tat ihm den Gefallen.

»Auf gar keinen Fall! Und was haben Sie für ein Handicap, Henry?«

»Was hat mich verraten?« Nun war Henry doch einigermaßen erstaunt.

»Ihr Höllenritt in dem Golfcart heute Morgen.«

Der Pathologe grinste übers ganze Gesicht, und Henry konnte nicht umhin, fröhlich zurückzugrinsen. Der Mann war in Ordnung, entschied sie. »Einundzwanzig. Haben Sie sonst noch was? Den Todeszeitpunkt vielleicht?«

»Sie können ruhig von ein Uhr nachts ausgehen, wie ich bereits vermutet habe. Das hat sich bestätigt. Sie bekommen das aber alles noch schriftlich. Respekt, Frau Kollegin, einundzwanzig ist bemerkenswert.«

»Und das Hämatom an der Stirn? Konnten Sie es einem der Schläger zuordnen?«, fragte Wolf nun interessiert.

Bernd Meisner griff nach einem bereitgelegten Golfschläger und händigte ihn Wolf aus. »Hier ist er. Er lag direkt vor dem Green. Ein Lob Wedge. Ein sehr spezieller Schläger. Damit kann man den Ball besonders hoch schlagen, habe ich recht, Henry?« In seiner Stimme schwang ein gewisser Stolz mit. Entweder spielte er selbst auch Golf, oder er hatte sich zumindest intensiv damit beschäftigt.

»Stimmt genau. Sie kennen sich aus, Bernd. Kompliment. Tatsächlich führt man einen solchen Schlag mit gehörigem Schwung aus. Man sollte also als Partner besser einen sicheren Abstand zum Spieler halten. Ein solcher Schwung kann einen schon umhauen.« Die letzten Worte hatte sie an Wolf gerichtet.

»Aber die Todesursache war nicht der Schlag«, warf Bernd Meisner ein. »Das war ganz eindeutig das Insulin. Hätten wir das Opfer eine Stunde später gefunden, hätten wir als Todesursache nur noch einen Schlag mit dem Golfschläger und anschließendes Herzversagen angeben können. Das Insulin, also quasi die Tatwaffe, hätten wir nicht mehr nachweisen können. Geblieben wären nur die Einstichstelle und unsere Mutmaßung dazu. Es hätte sich dann auch um einen Unfall oder Totschlag handeln können. Denn ob der Schlag absichtlich oder zufällig erfolgt ist, wäre ja auch nicht auszumachen gewesen. So aber lege ich mich fest: Es handelt sich hier eindeutig um Mord.« Den Bericht würden sie heute noch erhalten, fügte er hinzu, bevor sie sich verabschiedeten.

»Kann das vielleicht unter uns bleiben?«, fragte Henry den

zufriedenen Pathologen leise, bevor sie mit Wolf hinausging.
Und als Bernd Meisner fragend die Augenbrauen hochzog, fügte
sie hinzu: »Dass ich Golf spiele, meine ich.«

»Ich bin verschwiegen wie ein Grab, Henry. Vielleicht nehmen Sie mich ja irgendwann mal mit auf eine Runde?«

Henry versprach es.

Meisner schaute anerkennend hinter ihr her. Aha, sie trumpfte
also nicht gern auf, die neue Kommissarin. Wollte nicht, dass
jemand auf die Idee kam, sie hielte sich für etwas Besseres, weil
sie Golf spielte. Eine kluge Frau. Und sympathisch obendrein.

Wieder im Auto, rief Henry zuerst den Kollegen Schick aus
Kenzingen an. Da nun feststand, dass Carsten Zapf ermordet
worden war, konnten die Kollegen vor Ort gezielter vorgehen
und ihre Recherchen ausweiten. Alles Weitere würden sie dann
in der Teambesprechung morgen regeln.

Danach wandte sie sich an Wolf. »Wir müssen unbedingt
herausfinden, mit wem Carsten Zapf häufig Golf spielte. Ich
glaube nicht, dass er mit einem Fremden mitten in der Nacht
dort draußen war.«

»Das ist auch meine Meinung. Vielleicht weiß das sogar seine
Sekretärin. Ruf doch gleich mal in der Firma an.«

Henry zog ihr Handy erneut hervor und wollte gerade die
Nummer eintippen, da klingelte es.

»Wunsch«, meldete sie sich und lauschte einen Augenblick.
Dann änderte sich ihr Ton abrupt. »Woher haben Sie diese Num-
mer? Was fällt Ihnen ein, mir derart hinterherzuspionieren?
Lassen Sie das gefälligst! Ich spreche niemals persönlich mit
Journalisten über einen aktuellen Fall. Merken Sie sich das.«
Damit drückte sie den Anrufer weg.

»Jochen Sturm?«, erkundigte sich Wolf.

»Das ist doch die Höhe, dass der sogar meine Handynummer
ausfindig macht, nur um an Informationen zu kommen!« Schon
wieder meldete sich ihr Handy. Diesmal wurde eine Textnach-
richt von Sturm angezeigt.

Henry las vor: »Meine Informationen über Carsten Zapf

könnten Ihnen von Nutzen sein. Wenn Sie interessiert sind, treffen wir uns zum Abendessen morgen um 20 Uhr im Kranz. Jochen Sturm.« Sie seufzte. »Meinst du, an seiner Behauptung, dass er etwas über Carsten Zapf weiß, ist was dran?« Ihre Empörung über diesen aufdringlichen Journalisten hatte deutlich nachgelassen.

»Na ja, er ist Journalist. Und er behauptet es zum wiederholten Male. Du könntest doch einfach hingehen und es herausfinden. Man isst gut im Kranz. So viel weiß ich jedenfalls. Was hast du schon zu verlieren?« Wolf grinste.

»Stimmt. Gut, dann sage ich jetzt zu.« Henry tippte eine kurze Antwort in ihr Handy. Ein dienstliches Abendessen. Dagegen war eigentlich nichts einzuwenden. Und Wolf war auch dafür. Außerdem war sie gewieft genug, sich nicht von einem Journalisten aushorchen zu lassen. Er würde sich die Zähne an ihr ausbeißen, dieser Jochen Sturm. Aber jetzt hatten sie erst einmal anderes zu erledigen.

»Wolf, wir sollten unbedingt darauf achten, dass wir den Fall Dagmar Drechsler nicht zu sehr aus den Augen verlieren, nur weil er schon so lange zurückliegt. Ich werde das Gefühl nicht los, dass da ein Zusammenhang bestehen könnte.«

»Was hältst du davon, wenn wir die Ermittlungen im Fall Dagmar Drechsler unserem Team hier im Präsidium überlassen und wir beide uns mit den Kenzinger Kollegen auf Carsten Zapf konzentrieren? Soweit es eben möglich ist.«

Aha, auch Wolf hatte sich also schon seine Gedanken über die Vorgehensweise gemacht. »Einverstanden. Lass uns das so machen. Aber erst einmal brauche ich etwas zu essen. Ich sterbe vor Kohldampf. Du etwa nicht?«

Da Wolf ebenfalls Hunger hatte, machten sie auf dem Weg ins Präsidium noch einen kleinen Schlenker und kehrten in einem Landgasthof ein, dessen Küche für regionale, einfache Gerichte bekannt war. Henry war hochzufrieden. Aus kulinarischer Sicht war ihr Umzug nach Süddeutschland ein Volltreffer. Das stand schon mal fest. Und was ihr persönliches Desaster betraf: Sie hätte nicht erwartet, dass Thomas, ihr Ex, durch den Umzug tatsächlich so rasch in den Hintergrund treten würde. Aber es war so, und es geschah ihm ganz recht, diesem Mistkerl.

Eine Stunde später standen sie vor der Übersichtswand im Büro und ließen ihren Gedanken freien Lauf.

»Carsten Zapf und Jonas Hansmann waren wohl so gut miteinander befreundet, dass sie kürzlich nächtens zusammen im Wald gewesen waren. Jonas Hansmann könnte daher doch auch der gesuchte zweite Mann auf dem Golfplatz gewesen sein. Was meinst du?«, fragte Wolf.

»Das sehe ich genauso. Allerdings müssen wir prüfen, ob nicht auch der zweite Freund, von dem Manuel Zapf gesprochen hat, dafür in Frage käme. Wie hieß der doch gleich?« Immer diese Namen. Henry ärgerte sich darüber, dass sie so ein schlechtes Namensgedächtnis hatte. Wie machten das die anderen bloß?

»Rauer. Er heißt Bastian Rauer und wohnt in Ettenheim.«

Wolf hatte sein Notizbuch zu Hilfe genommen und zu Henrys Beruhigung den Namen dort abgelesen. Sie brauchte unbedingt auch so ein Notizbuch. Gleich nachher würde sie ihren Assistenten fragen, ob er eines für sie hätte.

Wolf fügte nun Bastian Rauer auf der Übersicht hinzu. Die beiden Fälle waren durch die betroffenen Personen nicht voneinander zu trennen. Das sah man jetzt deutlich. Der Fall Dagmar Drechsler führte zu Jonas Hansmann, Carsten Zapf und natürlich zu Sascha Drechsler. Und auch wenn Manuel Zapf leugnete, sie gekannt zu haben, konnte man seine Beteiligung nicht ausschließen. Ebenso die von Charly, die die Verbindung zwischen Manuel und Dagmar angegeben hatte. Im Fall Carsten Zapf spielten Jonas Hansmann sowie sein Freund Bastian Rauer ebenso eine Rolle wie Sascha Drechsler und Manuel Zapf. Wobei noch nicht klar war, ob und inwiefern sie als verdächtig gelten konnten.

Trotz der Zusammenhänge wollten die Ermittler erst einmal an ihrem Vorhaben festhalten, die Recherchen zu den beiden Fällen auf die zwei verschiedenen Kollegengruppen aufzuteilen.

Während Wolf sich daranmachte, alles für die Präsentation des Ermittlungsstands vorzubereiten, ging Henry hinaus, um den Assistenten um ein Notizbuch zu bitten. Natürlich konnte er ihr helfen. Eifrig hielt Henry nun alle Namen mit den entsprechenden Stichworten schriftlich fest und hoffte, in Zukunft peinlichen Situationen zu entgehen. Zu Wolf meinte sie: »Danke, dass du die Präsentation übernimmst. Ich bin ehrlich gesagt nicht so der Computer-Typ.«

»Na, ich doch auch nicht. Aber es gibt hier eine hausinterne Software für solche Fälle, die Kollege Felix von Rabenstein aus dem anderen Team für uns entwickelt hat. Damit klappt es eigentlich ganz gut. Ich zeige es dir bei Gelegenheit gern einmal, wenn du willst.«

»Ich bin wirklich total zufrieden, wenn du das übernimmst. Danke. Bist du bald so weit? Ich glaube, es wird Zeit.«

Im Besprechungsraum hatten sich die Kollegen bereits eingefunden und schauten erwartungsvoll auf, als Henry und Wolf eintraten. Nach einer kurzen Begrüßung, während der Wolf die Technik vorbereitete, kam Henry direkt zur Sache. Sie legte, unterstützt von Wolf, die Fakten der beiden Todesfälle dar und machte, wo es möglich war, auf die Überschneidungen zwischen ihnen aufmerksam. Dann hielt sie inne, um den Kollegen die Möglichkeit zu geben, ihre Ideen zu äußern.

In diesem Moment öffnete sich die Tür. Leo Wanninger betrat den Raum. Er ging gleich nach vorn auf Henry zu. »Es tut mir leid, wenn ich so hereinplatze, ich bin auch gleich wieder weg. Aber ich wollte Ihnen persönlich sagen, was wir gefunden haben. Darf ich kurz dazwischen?«

Bei der letzten Frage, bei der er wie selbstverständlich von einer Zustimmung ausging, stellte er sich bereits vor den Anwesenden in Position. Henry ließ ihn gewähren.

»Wir waren heute an zwei Tatorten: einmal auf dem Golfplatz, wo Carsten Zapf zu Tode kam, und danach in seinem Büro, in dem heute Nacht eingebrochen wurde. Einer der Golfschläger – der Lob Wedge, wie unser Pathologe inzwischen bestätigt hat – wurde sorgfältig abgewischt, sodass wir keine Fingerabdrücke vom Täter darauf finden konnten. Wir haben auch frische Reifenspuren auf dem Weg oberhalb des Platzes entdeckt und feststellen können, dass sie nicht zum Wagen des Opfers gehören, der vor der Firma stand. Interessant ist – und das ist der Grund, weshalb ich selbst gekommen bin –, dass der Schlüsselbund von Carsten Zapf nicht auffindbar ist. Die Bürotür in der Firma wurde nicht aufgebrochen, sondern mit dem Schlüssel geöffnet. Möglicherweise hat der Mörder von Carsten Zapf dessen Schlüsselbund mitgenommen. Es ist bisher unklar, was der Einbrecher dort gesucht hat, denn nach Ansicht der Sekretärin fehlt nichts. Obwohl die Schränke alle durchwühlt waren und der Einbrecher für viel Durcheinander gesorgt hat. Der Safe war nicht aufgebrochen. Ich will mich nicht in Ihre Aufgaben einmischen, aber es könnte sein, dass Sie es mit einem Insider zu tun haben, mit jemandem, der gezielt nach etwas gesucht hat, von dem er wusste, dass es im Büro sein musste. Das war's, was ich zu bedenken geben wollte. Alles andere steht im Bericht.«

Leo Wanninger machte sich wieder auf den Weg, und Henry ließ sich und den Kollegen erst einmal einen Moment Zeit, um die neuen Informationen sacken zu lassen. Sie wartete.

Es war Natalie Beckmann, die Jüngste der Gruppe, die sich zuerst zu Wort meldete. »Was kann man schon in einem Büro stehlen? Ein heikles Schriftstück vielleicht. Zum Beispiel eine Kündigung. Oder belastendes Material, das man gegen jemanden verwenden könnte.«

»Sehr gut«, lobte Henry, wobei ihr auffiel, dass Natalie eigentlich nur Blicke für Wolf hatte, der ihr gerade anerkennend zunickte. Ach du liebe Güte, nur das nicht.

Natalies Kollege Hannes Maurer hatte auch etwas beizutragen. »Oder der Einbrecher wusste, dass sich genau an diesem Tag etwas Wertvolles in Zapfs Büro befand.«

»Was meinst du denn damit, Hannes? Eine Luxusuhr oder so was?«, fragte Natalie.

»Nun«, half Henry ihm, »wir haben erfahren, dass Carsten

Zapf übernächste Woche heiraten wollte. Er könnte also tatsächlich ein wertvolles Geschenk für seine Braut dort zwischengelagert haben.«

Hannes warf ihr einen dankbaren Blick zu.

»Ja, aber das hätte doch dann im Safe gelegen«, erwiderte Natalie, »und der war doch verschlossen.«

Wo sie recht hatte …

»Das geht jetzt zwar in eine andere Richtung, aber ich muss einfach noch einmal auf die Überschneidungen zurückkommen, von denen zu Beginn die Rede war.« Es war Rainer Hauff, mit seinen siebenundvierzig Jahren das älteste Mitglied der Gruppe, der den Blick aller nun wieder auf das große Ganze lenkte. »Was wäre«, fuhr er fort, »wenn es sich in Wirklichkeit gar nicht um zwei verschiedene Fälle, sondern nur um einen Fall handeln würde?«

Stille breitete sich im Raum aus.

»Falls du an einen Täter in beiden Fällen denkst, müsste der jetzt schon über fünfzig sein, damit er bei der ersten Tat wenigstens zwanzig Jahre alt war.«

Natalie mit ihren gerade mal siebenundzwanzig Jahren ist zu schnellen Schlussfolgerungen fähig, dachte Henry. Alle Achtung.

»Welches Motiv könnte der Täter denn haben, dass er Carsten Zapf töten muss, sobald Dagmars Leiche gefunden wird? Carsten Zapf war gerade mal fünf Jahre alt, als Dagmar starb. Das erschließt sich mir irgendwie noch nicht.« Ganz schüchtern hatte Merle Obitz, die Zweitjüngste des Teams, ihren Einwand formuliert.

Henry musste ihr im Stillen recht geben. »Wir werden sicher noch länger über die Zusammenhänge zwischen den beiden Fällen, wenn es denn tatsächlich welche gibt, und über ein passendes Motiv oder passende Motive miteinander sprechen müssen. Wir stehen ja erst am Anfang unserer Ermittlungen. Aber jede Idee ist willkommen. Das möchte ich von vornherein deutlich sagen. Bitte rufen Sie mich jederzeit an, wenn Ihnen etwas einfällt. Wir sind ein Team. Ihre Beiträge sind mir wichtig. Und da Wolf und ich in den nächsten Tagen nicht immer im Haus sein werden, sondern auch mit den Kollegen in Kenzingen zusammenarbeiten, hat Wolf sich überlegt, wie wir am effektivsten weiterarbeiten können.«

Damit übergab Henry das Wort an Wolf, der den Kollegen nun seine Aufgabenverteilung darlegte. Dabei entging ihr nicht, dass Natalie gar nicht mehr aufhören konnte, Wolf anzulächeln. Jemand würde das Mädchen aufklären müssen.

ACHT

Nachdem sie sich aus Olafs Haus geschlichen hatte, hatte Charly den gesamten Mittwoch wie von Sinnen in ihrem Atelier gewütet und es nicht ein einziges Mal mehr verlassen, bis sie ausgelaugt und erschöpft auf ihrer knallgelben Couch eingeschlafen war, die dort für kurze Pausen bereitstand. Als es hell wurde, wachte sie auf. Ihr Rücken war ganz steif, und sie fror ein wenig. Aber als sie die Kreationen des gestrigen Schaffenswahns betrachtete, lächelte sie. Es war doch nichts kreativer als eine verletzte Seele. Helen würde staunen. Nicht alles würde sich umsetzen lassen, klar. Aber Helen würde möglich machen, was ging.

Zufrieden verließ Charly das Atelier und suchte ihre darunter liegende Wohnung auf. Zuerst wollte sie duschen und dann unbedingt etwas essen. Es passierte nicht oft, aber wenn sie sich mal in einem derartigen Flow befand wie gestern, dachte sie auch nicht mehr an die Nahrungsaufnahme.

Charly sang unter der Dusche. Das tat sie immer. Am liebsten waren ihr dabei alte Chansons von Édith Piaf, heute war es »Non, je ne regrette rien«. Sie duschte so lange, bis sie das Chanson zweimal komplett gesungen hatte. Wie recht Édith hatte. Sie hatte es verdient, dass man ihre Botschaft wiederholte. Einfach großartig, diese Frau.

Danach hüllte sie sich in ihren übergroßen blauen Bademantel mit den gelben Enten und inspizierte ihre Vorräte. Es fehlte an nichts.

Charly trug alles an den runden Tisch vor dem großen Wohnzimmerfenster, durch das sie in den Garten sehen konnte. Sie frühstückte mit großem Genuss und ohne Ablenkung durch irgendwelche Medien, wie sie es immer tat. Charly konzentrierte sich gern auf das Wesentliche. Und jetzt war eben das Essen dran.

Erst danach holte sie die Zeitung aus dem Briefkasten und

begann zu lesen. Aber sie kam nicht weit. Eine Schlagzeile auf der dritten Seite riss sie jäh aus ihrer Entspannung.

Nächtliches Golfspiel mit Todesfolge

Am Mittwochmorgen wurde der Besitzer einer bekannten Baufirma in Herbolzheim auf dem Golfplatz Breisgau tot aufgefunden. Da Herr Z. in voller Golfmontur war, geht die Polizei davon aus, dass er sich nachts dort mit jemandem zu einem Spiel an Loch 14 getroffen hatte und aus bisher noch ungeklärten Umständen in dessen Verlauf verstorben ist. Hinweise auf den Spielpartner sind noch nicht bekannt.

Charly war sofort alarmiert. Carsten Zapf! Das konnte doch nur er sein, von dem sie da berichteten. Bestimmt war er ermordet worden. Was denn sonst? Auf dem Golfplatz. Und sie hatte von alldem nichts mitbekommen. Charly griff nach ihrem Handy. Hoffentlich war Olaf schon wach.

Er meldete sich nach dem zweiten Läuten. »Wer stört?«

»Mensch, Olaf, sei doch nicht so albern. Komm lieber in die Gänge, mein Junge. Ich bin gleich da.« Dann legte sie auf, ohne auf eine Erwiderung zu warten.

»Ja, Mama«, seufzte Olaf noch ergeben hinterher, als Charly das Gespräch schon beendet hatte. Dann ging er ins Bad. Manchmal konnte Charly einem mit ihrer sprühenden Energie schon auf die Nerven gehen. Besonders wenn man noch eine Weile hätte weiterschlafen wollen. Er war nämlich gestern nach der Vorstellung noch mit Wolf essen gewesen und danach in einer Jazzbar gelandet. Es war drei Uhr morgens gewesen, als sie heimgekommen waren.

Als es wenig später energisch an der Tür läutete, war Olaf gerade dabei, sich einen Pulli überzuziehen. Charly verlor wirklich keine Zeit. Auf dem Weg zur Tür kleidete er sich fertig an und öffnete. Charly wirbelte in ihrem senfgelben Rock mit den aufgestickten Perlen grußlos an ihm vorbei in seine Küche und begann, an der Kaffeemaschine zu hantieren. Nun gut.

»Olaf, ist das zu glauben? Kaum taucht die vermisste Dagmar auf, schon folgt die nächste Leiche. Was sagt denn Wolf dazu?« Charlys Augen blitzten verschwörerisch, wobei sie weiter geschäftig hin und her lief, nachdem sie ihm bedeutet hatte, sich an den Küchentisch zu setzen.

Sie wollte Frühstück für ihn machen. Auch gut. Er blieb am Tisch sitzen und betrachtete sie derweil. Tatsächlich war Charly eine beeindruckende Erscheinung. Olaf konnte nicht umhin, sie bewundernd anzusehen. Ihren langen beigefarbenen Pulli hatte sie mit einem bunten Schal aufgepeppt, den sie wie eine Schärpe trug, und der schräg sitzende grünliche Hut, den sie auch im Haus stur aufbehielt, verlieh ihrem Erscheinungsbild etwas Geheimnisvolles. Olaf sagte ihr das. Sie drehte sich lächelnd einmal um die eigene Achse, ließ sich ansonsten aber nicht von ihrem Vorhaben ablenken. Olaf seufzte zwar leicht, als sie sich neben ihm niederließ und ihn aufforderte, alles zu erzählen, gab dann aber bereitwillig Auskunft darüber, was er von Wolf erfahren hatte.

Charly unterbrach ihn selten, stattdessen schenkte sie ihm mehrmals fürsorglich Kaffee nach und bestrich seine Toasts dick mit Butter und Honig, wie er sie am liebsten mochte. Er ließ sie gewähren. Wusste er doch, dass sie es manchmal liebte, ihn zu bemuttern. Aber nur, wenn sonst keiner zusah. So wie heute. Und als Wiedergutmachung, weil sie ihn so früh aus dem Bett geholt hatte.

»Charly, du machst nichts Verrücktes, wenn ich gleich ins Theater fahre, oder?«, fragte er dann doch noch vorsichtshalber.

»Wo denkst du hin, Olaf? Ich doch nicht! Aber jetzt verstehe ich auch, weshalb keine weiteren Goldmünzen mehr bei der Auktion aufgetaucht sind. Carsten kam einfach nicht mehr dazu. Er wurde ja ermordet.«

»Wolf glaubt nicht an die Goldmünzen. Sie haben nichts dergleichen bei Carsten Zapf gefunden. Weder im Büro noch in seiner Wohnung.«

»Dann hat sie jemand an sich genommen. Der Einbrecher wahrscheinlich.«

»Das kann nicht sein. Der Safe war nicht aufgebrochen, und darin befanden sich auch keine Münzen. Tut mir leid, Charly. Ich weiß, dass dir der Gedanke gefällt, aber dafür gibt es keine vernünftige Grundlage.«

»Na schön. Und Henry hat also heute ein Date, sagst du? Das ging ja schnell. Hat sie nicht gesagt, sie sei mit den Männern durch?«

»Sie macht sich vor, es sei dienstlich, also kein Date, sagt Wolf. Aber er ist sich da nicht so sicher. Gut, dass du mich daran erinnerst, Charly. Kannst du nicht ein paar deiner Tücher vorbeibringen? Ich finde, wir sollten Henry ein wenig bei den Vorbereitungen für dieses Date unterstützen, meinst du nicht auch?«

»Ich weiß nicht. Frauen können bei so etwas sehr schnell beleidigt sein. Und ich mag sie. Es wäre mir nicht recht, wenn sie sich kritisiert vorkäme und sauer wäre. Wir kennen sie doch auch erst so kurz.«

»Nur für den Fall, dass sie in ihrem wenigen Gepäck nichts Geeignetes dabeihat, was sie zu einem Date tragen könnte. Also, abgemacht?«

Olaf schien es tatsächlich ernst zu meinen. Na schön, Charly würde ihm den Gefallen tun. Sollte er doch ins Fettnäpfchen treten, wenn er unbedingt wollte. Sie hatte ihn gewarnt. Außerdem musste sie los.

Sie hatte über ihre Freundin und Geschäftspartnerin Helen bereits herausgefunden, wo die frühere Schulfreundin von Dagmar Drechsler inzwischen lebte. In Lahr. Helen hatte ihr erzählt, dass Ulla Hofstetter inzwischen verheiratet sei und nun Ulla Meier heiße. Wo genau sie wohnte, wusste Helen allerdings nicht.

Das hatte Charly selbst in Erfahrung gebracht. Nach vierzehn Anrufen bei sechzehn möglichen Meiers in Lahr hatte sie Ullas Tochter am Apparat gehabt. Ja, ihre Mutter Ulla wohne auch im Haus, sei aber im Moment leider nicht da. Natürlich richte sie gern Grüße von ihrer ehemaligen Kunstlehrerin aus. Ihre Mutter werde sich bestimmt freuen, von ihr zu hören. Klar, auch über einen spontanen Besuch in den nächsten Tagen, da war sie sich ebenfalls sicher. Vormittags könne man ihre Mutter fast immer zu Hause antreffen.

Auf der Fahrt nach Lahr versuchte Charly, sich an Ulla zu erinnern. Das war schwer. Neben Dagmar, ihrer Freundin, war Ulla immer verblasst. Während Dagmar von den meisten Mitschülern bewundert und verehrt wurde, war Ulla als schüchternes Anhängsel lediglich geduldet worden. Sie hatte nicht wirklich gezählt. Und dennoch war sie Dagmars einzige Freundin gewesen. Im Kunstunterricht war sie verhalten geblieben. Wahrscheinlich hatte sie den Kurs sowieso nur gewählt, um mit ihrer künstlerisch begabten Freundin zusammen sein zu können. Die Arme.

Das Wiedersehen könnte interessant werden, dachte Charly. Sie war jetzt fast da. Soeben bog sie schwungvoll von der B 3 Richtung Innenstadt ab. Hier kannte sie sich von ihrem letzten Besuch, als sie die Kunstausstellung einer Bekannten im Alten Rathaus besucht hatte, noch einigermaßen aus. Am Fuß des lang gezogenen Schutterlindenbergs führte die Straße mitten durch die Stadt und immer weiter hinein in das schnell enger werdende und sich hochwindende Schuttertal, zwischen immer höher aufragenden Schwarzwaldbergen. Ein beliebtes Ausflugsziel für Wanderer und Feriengäste. Kurz vor dem Stadtzentrum bog Charly nach links in die Goethestraße ab, von dort ging es noch ein wenig hinauf, die Bergstraße überquerend, bis sie nach weiteren kleinen Richtungswechseln endlich die Emil-Gött-Straße erreichte. Hier lebte also Ulla Meier.

Charly stieg aus und schaute sich um. Eine schöne Wohngegend mit älteren Häusern. Und so ruhig. Offenbar war es Ulla nicht schlecht ergangen. Das freute Charly.

Gespannt wartete sie nach dem Klingeln, bis jemand öffnete. Eine Frauenstimme erkundigte sich über die Sprechanlage nach ihrem Begehr. Charly gab sich zu erkennen. Die Tür wurde entsperrt, und Charly trat ein. Sie blieb einen Moment stehen. Es war eines der Häuser, die mit dem Treppenabsatz begannen. Rechts ging es hinunter zum Keller, drei Stufen weiter oben gelangte man in die Wohnung. Dort befand sich Ulla und erwartete sie mit einem Lächeln. Anscheinend freute sie sich über ihren Besuch.

Charly ging ihr entgegen und machte Ulla Komplimente über ihr Aussehen. Sie meinte es ernst, denn tatsächlich hätte sie hinter dieser attraktiven, selbstbewussten Dame niemals das schüchterne, farblose Anhängsel von Dagmar Drechsler vermutet.

Es gab Kaffee, und ohne es geplant zu haben, verloren sie sich in dieser entspannten Atmosphäre in Erinnerungen an Ullas Schulzeit, als Charly noch Kunst unterrichtet hatte. Sie lachten viel, und Charly entdeckte nach und nach in ihrem Gegenüber auch wieder kleine Anzeichen des zurückhaltenden Mädchens, das Ulla einmal gewesen war.

Heute lachte Ulla über sich. »Ich war damals so unsicher und deshalb glücklich, dass Dagmar, die Tolle, die Starke, mich als Freundin ausgesucht hatte. Das schützte mich. Aber ich bemerkte leider nicht, dass mich ihre Freundschaft noch viel kleiner machte, als ich in Wirklichkeit war. Neben ihr war ich ein Nichts. Und blieb ein Nichts.« Ulla Meier lächelte. Offenbar hatte sie diese Phase ihres Lebens gut verarbeitet. Dann fuhr sie ernst fort: »Das ging die ganze Zeit so, bis sie verschwand. Ihr Verschwinden kam aus heiterem Himmel. Aber gepasst hatte es schon auch zu ihr. Dagmar war eine ausgesprochene Egoistin gewesen. Und nun, da sie, wie ich später erfuhr, das Baby hatte und nicht wusste, wovon sie leben sollte, weil sie ohne Unterstützung eines Partners dastand, ging es ihr sehr schlecht. So schlecht, dass wir ihr, als wir davon hörten, alle zutrauten, dass sie ihr Baby einfach bei der Mutter zurückgelassen haben und abgehauen sein könnte. Ich nahm ihr das sehr übel, obwohl ich zu der Zeit schon nicht mehr mit ihr befreundet war. Dass jemand sie umgebracht hatte, konnte ja niemand ahnen. Es ist tragisch.« Sie schwiegen einen Moment.

»Hat sie dir« – auf das gegenseitige Du hatten sich Charly

und Ulla gleich nach der Begrüßung geeinigt – »jemals verraten, wer der Vater ihres Kindes war?« Charly kam so langsam zum Grund ihres Besuches.

»Nein, das hat sie nicht. Jedenfalls nicht seinen Namen. Ich wusste über alle Affären genau Bescheid. Aber nicht über diese. Nichts Genaues. Es muss etwas Besonderes für sie gewesen sein. Sie war vernarrt in diesen Mann.«

»Und sie hat nichts über ihn gesagt? Auch nicht ihrer besten Freundin?«

»Ich wusste, dass er älter war und Geld hatte. ›Ein richtiger Mann‹, wie sie es ausdrückte. Und er war verheiratet.«

»Mehr hast du nicht erfahren? Ihn auch nicht gesehen?«

»Du glaubst nicht, welches Geheimnis sie daraus machte. Ich habe ihn nie zu Gesicht bekommen. Sie behauptete, er wolle sich von seiner Frau scheiden lassen und sie heiraten. Die ganz große Liebe eben. Ich war ehrlich gesagt auch ein wenig neidisch, denn sie prahlte natürlich vor mir mit ihrer Eroberung, auch wenn sie seine Identität geheim hielt. Außerdem bewirkte ihre Beziehung zu diesem Typen, dass sie mir mehr und mehr entglitt. Eine ziemlich miese Zeit für mich damals.«

»Das kann ich mir vorstellen.«

»Dagmar hatte das große Los gezogen. So sah es zumindest aus. Er verwöhnte sie mit Geschenken und übernachtete mit ihr in tollen Hotels. Natürlich nur in Orten, in denen sie nicht entdeckt werden konnten. Das hat ihr gefallen. Und als sie schwanger wurde, kurz nach dem Abi, war sie zuversichtlich, dass ihr Traum von einem Leben an seiner Seite in greifbare Nähe gerückt war.«

»Nach eurem Abi habe ich nichts mehr von ihr gehört. Auch nicht von ihrer Schwangerschaft. Als Lehrer geht man am Ende eines Schuljahres in die Sommerferien, und danach kommt der nächste Kurs. Man hat nur noch mit einigen wenigen weiter Kontakt. Und das bestimmen die ehemaligen Schüler selbst. Eigentlich schade. Dagmar war ja aus Ringsheim, deshalb bestand die Wahrscheinlichkeit, sie zufällig einmal auf der Straße zu treffen, wie andere aus dem Jahrgang, eher nicht. Wie hat ihr geheimnisvoller Freund denn die Schwangerschaft aufgenommen?«

»Nicht gut. Er wollte, dass Dagmar abtreibt.«

»Und sie wollte es nicht?«

»Dagmar glaubte zu dem Zeitpunkt noch fest an diese Beziehung. Wir haben uns deswegen total zerstritten. Sie wollte einfach nicht sehen, dass die Versprechungen ihres Freundes nur leere Worte gewesen waren, wenn er eine Abtreibung von ihr verlangte. Das war das Ende. Wir trafen uns nicht weiter. Und im Herbst nahm ich dann mein Studium in Heidelberg auf, das wir eigentlich gemeinsam hatten durchziehen wollen. Aber sie kam nicht mit. Sie hatte jetzt andere Ziele.«

»Du hast dann wahrscheinlich auch keine Ahnung, ob und wann sich ihr Freund von ihr getrennt hat?«

»Nein. Ich habe mit dem Kapitel Dagmar damals völlig abgeschlossen. Zu meinem großen Erstaunen kam ich auch ohne sie sehr gut zurecht in Heidelberg. Ich fand Freunde, lernte meinen Mann kennen und hörte später nur noch von anderen, dass Dagmar verschwunden sei und ihr Kind tatsächlich bei ihrer Mutter gelassen habe. Damit wollte ich nichts mehr zu tun haben. Jetzt tut es mir leid. Vielleicht hätte ich mich mehr um sie kümmern sollen.«

Charly versuchte, sie zu beruhigen. Was auch immer Dagmar sich in den Kopf gesetzt habe, sie hätte es sich von Ulla bestimmt nicht ausreden lassen. Da könne sie ganz sicher sein.

Dann redeten sie über andere Themen, und Charly freute sich, eine ehemalige Schülerin wiederzusehen, die sich so positiv entwickelt hatte. Als sie sich verabschiedeten, versprach Charly, zu dem Klassentreffen zu kommen, das Ulla organisieren wollte.

Zu Hause öffnete Charly eine kleine Schublade in ihrem antiken Sekretär und holte nach vielen Jahren zum ersten Mal wieder das kleine schwarze Kästchen heraus, das innen mit Samt ausgeschlagen war. Behutsam nahm sie die Kette mit dem silbernen Medaillon heraus. Sie klappte es auf. Innen war ein Foto von ihr und Manuel Zapf. Sie lächelten beide auf dem Bild. Damals waren sie noch glücklich miteinander gewesen. Sie hatten ihre Beziehung nicht besonders geheim halten müssen, denn seine Ehe war damals praktisch schon zu Ende gewesen.

Plötzlich war sie sich sicher, dass Dagmars Liebhaber nicht Manuel gewesen sein konnte – obwohl Ulla die Bestätigung dessen leider nicht hatte liefern können, wie sie gehofft hatte. Was machte sie bloß auf einmal so sicher? War es die Tatsache, dass sie und Manuel nun schon so alt und beide allein waren und dass Dagmar keine Rolle mehr spielte? Selbst ein Betrug wäre mehr als dreißig Jahre her, und Dagmar lebte nun schon so lange nicht mehr. Wollte sie sich vielleicht gar nicht mehr sicher sein?

Charly klappte das Kästchen abrupt zu und schob es entschieden ganz nach hinten, bevor sie die Schublade energisch schloss. Nein, Charly, beschwor sie sich selbst. Tu das nicht. Fall nicht noch einmal auf ihn rein.

NEUN

Am Donnerstag um Punkt acht Uhr betraten Henry und Wolf die Polizeidienststelle in Kenzingen. Man erwartete sie schon. In einem modern ausgestatteten Besprechungsraum saßen vier uniformierte Kollegen in der zweiten Tischreihe nebeneinander. Henry musste sofort an ihre Schulzeit denken. Da hatte auch keiner in der ersten Reihe sitzen wollen. Sie konnte ein Schmunzeln nur mit Mühe unterdrücken. Eines der Gesichter meinte Henry vom Tatort am Golfplatz wiederzuerkennen. Hätte sie sich auch an den Namen des Kollegen erinnern müssen? Er fiel ihr einfach nicht mehr ein. Mist.

Zum Glück bemerkte das niemand, denn der Dienststellenleiter, Herr Schick, der sie schon am Eingang mit Handschlag begrüßt hatte, wies sie gerade auf das kleine Frühstücksbüfett hin, das an der hinteren Wand auf einem der Tische aufgebaut war. Es gab Kaffee, Croissants und Butterbrezeln. Danke, sie würden sich gern später bedienen. Jetzt wollte Henry lieber gleich anfangen.

Sie begann damit, sich und ihren Kollegen Wolf vorzustellen, und erläuterte danach anhand seiner Übersicht die bereits ermittelten Fakten. Man hörte ihr sehr aufmerksam zu. Manche schrieben mit.

Da klopfte es an der Tür. Herr Schick öffnete und ließ einen jungen Mann herein, den Henry ebenfalls schon einmal gesehen und dessen Namen sie sogar behalten hatte: Hansi Gansert. Ein Mitarbeiter aus Leo Wanningers Truppe. Er trug einen Laptop unterm Arm.

»Guten Morgen, miteinander. Tut mir leid, dass ich zu spät bin.« Und zu Henry gewandt: »Leo schickt mich. Wir haben einen neuen Tatort in Merzhausen. Da kann er jetzt leider nicht weg. Er lässt aber grüßen. Kann ich vielleicht zuerst? Ich werde dort nämlich dringend gebraucht und muss zurück.«

Henry setzte sich neben Wolf und nickte Hansi Gansert auffordernd zu. Sie war gespannt, was er ihnen so Wichtiges mitzuteilen hatte.

»Das meiste von dem, was wir herausfinden konnten, steht ja schon im Bericht. Aber hinzu kommt eine doch recht brisante Neuigkeit, die wir nach der Durchsuchung von Zapfs Wohnung auf seinem Laptop entdeckt haben, nachdem wir das Passwort geknackt hatten. Carsten Zapf spielte Poker. Online. Und zwar um erhebliche Summen. Leo meinte, Sie bräuchten den Laptop auf der Stelle. Deshalb bin ich sofort hergekommen.« Er übergab das Gerät an Wolf, der ihm am nächsten saß. »Die Abgleiche mit den Fingerabdrücken in seiner Wohnung haben bisher leider nichts ergeben. Aber wir sind noch nicht ganz fertig. Dann fahre ich jetzt wieder zurück, wenn Sie keine weiteren Fragen haben?«

Henry fiel es wie Schuppen von den Augen, als Hansi Gansert vom Pokern sprach: Carsten Zapf war also ein Spieler. Und als sie Wolf einen Blick zuwarf, sah sie, dass er das Gleiche dachte. Sie würde nachher in Ruhe mit ihm darüber sprechen. Im Moment galt ihre Aufmerksamkeit den Kenzinger Kollegen, die sich für sie umgehört hatten und nun darauf brannten, ihre Ergebnisse vortragen zu können.

Eloquent, dieser Hansi Gansert, dachte Henry. Er war ihr sympathisch. Sie bedankte sich bei ihm und brachte ihn noch zur Tür. Dann nahm sie den Faden wieder auf.

»Was konnten Sie denn gestern aus dem Umfeld des Opfers in Erfahrung bringen?«, forderte sie schließlich die Kollegen auf, sich zu äußern.

Jetzt wurde es lebhaft. Man hatte eine Liste mit den Besuchern der Firma am Todestag von Carsten Zapf erstellt, es gab eine Telefonliste zum Anschluss im Büro wie auch zu Zapfs Handy sowie eine Übersicht über die Daten seiner letzten Golfrunden und die Adressen seiner jeweiligen Flight-Partner. Der Geschäftsführer der Firma Zapf, Herr Maiwald, war einbestellt, ebenso die Braut des Opfers.

Alle Achtung. Henry war beeindruckt und sparte nicht mit

Lob. Sie freute sich über die tatkräftige Unterstützung der Kollegen vor Ort, denn sie konnte sich gut vorstellen, dass sie auch ohne Mordfall ausgelastet gewesen wären.

Gerade wollte sie fortfahren, als sich das Handy des Kollegen Schick meldete. Da er sofort drang, hielt Henry kurz inne.

Ein Fahrradunfall mit Personenschaden. Das war's dann mit der gemeinsamen Besprechung. Denn als zwei Kollegen sich zu dem Unfallort aufgemacht hatten und Henry und Wolf mit den Verbliebenen das weitere Vorgehen absprechen wollten, wurden auch die abberufen. Eine Prügelei im Bahnhofsgelände. Da konnte man nichts machen. Die beiden Kollegen wurden dringend gebraucht. Da war es nur noch einer …

Rafael Schick bedauerte diese Tatsache zutiefst. Gestern sei es ruhig gewesen. Da hätten sie Zeit gehabt, sich um die Recherchen zum Mordfall Zapf zu kümmern. Heute sei es schwieriger. Man könne es nie vorhersagen. Vielleicht gehe es ja später. Aber so sei das nun mal in einer Kleinstadt: Wenige Polizeibeamte seien für alle Vorkommnisse zuständig. Es tue ihm leid. Er werde sich die Aufgaben notieren, die sie den Kollegen hätten zuteilen wollen, und sie dann später weitergeben.

Henry und Wolf nahmen seinen Vorschlag dankbar an. Was blieb ihnen übrig? Wobei nicht klar war, ob die Kollegen überhaupt Zeit finden würden, sie neben ihrer laufenden Arbeit noch zu unterstützen. So viel also zum Thema Aufgabenverteilung.

Als Herr Schick sie allein gelassen hatte, telefonierte Henry mit dem Staatsanwalt, da sie dringend eine richterliche Anordnung benötigten, um Carsten Zapfs Konten einsehen zu können. Wolf sprach indessen mit Rainer Hauff aus ihrem Team und bat um weitere Recherchen im Mordfall Zapf. Es war ja möglich, dass die Kenzinger Kollegen heute überhaupt keine Zeit mehr für sie hatten.

Danach – und weil sie die Zeit bis zum Termin mit dem Geschäftsführer der Firma Zapf überbrücken mussten – schenkten sie sich Kaffee ein und bedienten sich bei den Butterbrezeln.

Henry musste ein wenig schmunzeln, als Wolf sie fragte, ob sie auch eine Butterbrezel wolle. Eine Brezel!

»Bei uns heißt das *der* Brezel. Also Breeeezel mit sehr breitem e«, konnte sie sich nicht verkneifen, Wolf über die Ursache ihrer Erheiterung aufzuklären. »Die männliche Variante sozusagen.« Wolf lachte ungläubig auf. Dann widmeten sie sich einen Moment lang hingebungsvoll den Gaumenfreuden, bevor sie schnell wieder konzentriert zum Thema zurückfanden.

»Carsten Zapf war also ein Spieler. Jetzt ergibt die Entnahme der dreißigtausend Euro vom Firmenkonto so langsam einen Sinn, oder?« Wolf kaute nachdenklich an seiner Brezel.

»Stimmt. Vielleicht mehr als das. Eventuell finden wir dadurch sogar das Motiv.«

»Wenn wir Glück haben, weiß seine Verlobte, diese Claudia Feger, mehr darüber. Oder seine beiden Freunde. Die besuchen wir gleich im Anschluss, schlage ich vor. Bis dahin wird dann wohl auch Julian die Bankauskünfte eingeholt haben, und dann werden wir doch sicher einen Schritt weiter sein. Meinst du nicht auch?«

Wolfs Handy klingelte. »Olaf?« Er lauschte eine Weile, dann antwortete er ziemlich ungehalten: »Loss mi go dodemit!« Und nach einer weiteren Pause: »Im Läbe nit! Adiee, Olaf.«

»Was wollte Olaf denn, oder ist das zu privat?«, fragte Henry neugierig. »Du wirkst verstimmt.«

»Ach nichts. Manchmal kann er schon nerven.«

»Ist etwas mit Charly?« Henry hatte nur diesen einen Abend mit Charly verbracht, aber das hatte schon gereicht, um sich völlig von ihr einnehmen zu lassen. Und Olaf rief nicht einfach so an. Das hatte Wolf doch gesagt.

»Nein, es ist ausnahmsweise mal nichts mit Charly. Aber wenn du es unbedingt wissen willst: Es ist wegen dir.«

Wolf bereute seine Worte, kaum dass er sie ausgesprochen hatte. Genau das war doch der Grund gewesen, dagegen zu sein, dass Henry bei ihnen einzog. Weil er solche Situationen, in denen sich Berufliches mit Privatem vermischte, vermeiden wollte. Auch wenn Olaf es natürlich wieder einmal gut meinte.

Jetzt konnte er nicht mehr zurück, auch wenn deshalb über ihrer Zusammenarbeit künftig möglicherweise ein Schatten liegen würde. Er hatte es gewusst.

»Wegen mir? Was ist denn mit mir? Los, sag schon.« Henry schien total arglos.

»Olaf befürchtet, dass du in deinem Koffer vielleicht nicht das Richtige für das Date heute Abend hast, und hat deshalb ein paar Accessoires von Charly für dich organisiert. Der Spinner.«

Verlegen schaute er zu Henry hinüber, die ihn zuerst mit großen Augen ungläubig anstarrte und dann völlig unerwartet aus vollem Hals lachte. Nach einer Weile ließ sich Wolf wenigstens zu einem schiefen Grinsen hinreißen.

»Du bist nicht beleidigt?«, traute er sich schließlich zu fragen.

»Beleidigt? Siehst du denn nicht die Komik in dieser Situation? Ich komme vom weit entfernten Bremen hierher, weil ich den Enttäuschungen durch Männer im Allgemeinen, aber insbesondere der durch meinen Ex-Mann endgültig den Rücken kehren wollte. Und was geschieht? Ich stürze mich praktisch sofort in das Umfeld von zwei weiteren Männern, die mir so schnell nahekommen, dass sie sich sogar schon um mein Outfit Sorgen machen.«

»Es ist dir doch zu viel mit uns, stimmt's?«

»Weißt du was, Wolf? Es geht mir momentan so gut wie schon seit vielen Jahren nicht mehr. Olaf ist ein ganz besonderer Mensch. Neben ihm hat man das Gefühl, man könne sich fallen lassen.«

»Ich weiß.«

»Sag ihm also, ich werde zur ›Inspektion‹ vorbeikommen, wenn er unbedingt meint. Obwohl das Treffen heute Abend absolut kein Date ist und deshalb auch kein Aufwand nötig ist. Da liegt er völlig falsch. Es ist ein rein dienstliches Essen. Du weißt das.«

Wolf nickte ernst. Wenn sie das so sah. Erleichtert schickte er eine kurze Nachricht an Olaf.

Dann meldete Kollege Schick, dass soeben Herr Maiwald,

der Geschäftsführer der Firma Zapf, eingetroffen sei und im Verhörraum auf sie warte.

Diesmal übernahm Wolf den Anfang der Anhörung. Dieter Maiwald und Carsten Zapf hätten eng zusammengearbeitet. Als Betriebswirt sei er mehr für die Geschäftsabwicklungen zuständig gewesen, während Carsten als Architekt im Wesentlichen den kreativen Part übernommen habe. Und ja, die Firma sei erfolgreich. Gerade eben hätten sie den Zuschlag für ein Großprojekt der Stadt Emmendingen erhalten. Ein Sporthallenzentrum. Ein finanziell lohnendes Objekt, bei dem sie einige Konkurrenten hinter sich gelassen hätten. Aber Carsten habe nicht nur den besten Entwurf vorgelegt, sondern offenbar auch die schlagendsten Argumente gehabt. Sein Tod sei ein ungeheurer Verlust für die Firma.

Henry hakte ein: »Wie wird es denn nun mit der Firma weitergehen?«

»Als Geschäftsführer werde ich die Firma erst einmal weiterleiten. Wer sie erbt oder was sonst noch im Testament dazu festgelegt ist, weiß ich leider nicht. Da müssen Sie schon Carstens Anwalt fragen oder seinen Vater Manuel Zapf.«

In diesem Moment dachte Henry daran, dass sie unbedingt noch mit Manuel Zapf sprechen mussten. Oder sollten sie ihm noch Zeit zum Trauern lassen? Er hatte immerhin bereits bestritten, Dagmar Drechsler gekannt zu haben. Obwohl Charly ihn doch mit ihr gesehen hatte. Besser, sie redeten vorher noch mit Charly. Manuel Zapf würde ihnen nicht weglaufen.

»Wissen Sie, ob Herr Zapf in seinem Büro etwas Wertvolles aufbewahrte? Etwas, das bei dem gestrigen Einbruch entwendet worden sein könnte?«, erkundigte sich Henry.

»Das Wertvollste waren die Pläne. Aber die lagen ja im Safe. Und der ist unberührt geblieben, wie ich hörte.«

»Er hat Ihnen also nicht von einer weiteren Kostbarkeit erzählt, die er ebenfalls im Safe gelagert hat? Ein Geschenk für seine Braut vielleicht?«, fragte Henry weiter.

»Davon ist mir nichts bekannt. Tut mir leid. Über seine

Frauen, entschuldigen Sie, über seine Freundinnen hat er nie mit mir gesprochen. Befreundet waren wir nicht. Unsere Beziehung war rein geschäftlicher Natur. Auf diese Weise kamen wir sehr gut miteinander aus.«

»Aber Sie haben seine Frauengeschichten schon mitgekriegt?«

»Manchmal ließ sich das nicht vermeiden. Und getratscht wurde auch.«

»Ist Ihnen vielleicht bekannt, mit wem Herr Zapf in der letzten Zeit Probleme hatte?« Diesmal war es Wolf, der nachfragte.

»Man soll ja über Tote nichts Schlechtes sagen, aber Carsten war kein einfacher Charakter. Fachlich brillant, ja. Und er hatte einen untrüglichen Instinkt fürs Geschäft, der uns genügend Aufträge einbrachte. Aber persönlich konnte er ziemlich überheblich sein und andere vor den Kopf stoßen. Da kam es schon auch zu Konflikten.«

»Sie sprechen jetzt ganz allgemein. Können Sie Vorfälle aus der jüngsten Zeit nennen?«

Henry sah, wie unangenehm Maiwald das war, und wartete. Offenbar war er ein loyaler Geschäftspartner.

»Es gab da vor Kurzem einen ziemlichen Streit, den ich zufällig mitbekommen habe, zwischen ihm und seinem Freund Bastian Rauer.«

»Und? Worum ging es dabei?« Henry ließ nicht locker.

Jetzt wurde Maiwald sogar ein wenig rot, als er antwortete. »Herr Rauer hat Carsten vorgeworfen, dass er etwas mit seiner Frau hatte. Ich weiß aber nicht, ob das stimmt. Die beiden waren jedenfalls so laut, dass es alle im Büro gehört haben.«

»Wusste seine Verlobte auch davon?«

»Das kann ich nicht sagen. Sie ließ sich nicht oft in der Firma blicken. Jonas Hansmann könnte das vielleicht wissen. Er war ständig mit Carsten zusammen.«

Über weitere Vorkommnisse wusste Herr Maiwald nichts zu berichten. Nachdem er noch angegeben hatte, wo er sich zur Tatzeit befand – nämlich schlafend zu Hause, wie praktisch jeder zu dieser Uhrzeit –, entließen sie ihn.

»Was meinst du?«, fragte Wolf. »Wenn Herr Maiwald nicht

ein hochbegabter Schauspieler ist, der uns mit seiner Geradlinigkeit hinters Licht führen wollte, ist er außen vor, oder?«

»Das sehe ich genauso. Spannend könnte die Befragung von Zapfs Verlobter werden. Wenn die gewusst hat, dass ihr Partner sie betrügt, hätte sie ein Motiv.«

Da waren sie sich einig. Henry telefonierte zunächst mit Julian, ihrem Assistenten im Präsidium, damit er vorsichtshalber den harmlos erscheinenden Dieter Maiwald überprüfte. Außerdem wollte sie erfahren, ob die Bankauskünfte schon da waren.

Wolf versuchte währenddessen, in Carsten Zapfs Laptop weitere Informationen über dessen Pokereinsätze herauszubekommen.

Als Henry auflegte, funkelten ihre Augen. »Julian hat die Bankauskünfte schon erhalten.«

»Und?«

»Er hat im letzten Monat nicht nur die dreißigtausend, die er vom Firmenkonto entnommen hat, über PayPal auf eine Online-Pokerseite überwiesen, sondern auch seine privaten Aktienpakete verkauft und verspielt. Der Mann war finanziell am Ende.«

»Das ist ja interessant. Vielleicht wollte ihn jemand stoppen, ehe es noch schlimmer wurde.«

»Noch ein Motiv also. Aber wem hätte es geschadet, wenn er alles ruiniert hätte?« Henry wurde nachdenklich.

»Dem, der ihn beerbt. Also wahrscheinlich seinem Vater. Oder vielleicht jemandem aus der Firma? Also doch Maiwald, weil er um die Firma fürchtete? Oder es war jemand ganz anderer. Jemand, der Zugang zu den Finanzen des Betriebs hatte? Sascha Drechsler? Oder vielleicht ein Vertragspartner, der von ihm abhängt?«, überlegte Wolf laut.

»Das sind alles gute Vorschläge. Die Frage ist nur: Wer hat von seiner Pokerleidenschaft gewusst?«

»Genau. Lass uns auch seine Vertragspartner genauer unter die Lupe nehmen.«

Wolf hatte schon zum Telefon gegriffen. Julian sollte sich

gemeinsam mit dem Team darum kümmern, während sie beide unterwegs waren.

Kurz darauf wurde das Erscheinen von Claudia Feger von einem der inzwischen zurückgekehrten Kollegen angekündigt. Henry und Wolf schauten erwartungsvoll zur Tür, durch die sich Frau Feger an dem Polizisten vorbeidrängte, bevor sie angriffslustig stehen blieb. Von Höflichkeitsritualen schien sie wenig zu halten.

»Da bin ich«, unterstrich sie ihren Auftritt mit rauchiger Stimme. Ihre leicht gespreizten Beine steckten in schwarzen Stiefeln, die bis über die Knie reichten. Die Arme über der Brust verschränkt, positionierte sie sich mit gerecktem Kinn vor ihnen und warf ihre üppige braune Haarpracht lässig nach hinten. Sie ging ihr fast bis zur Taille.

Wie Frau Feger so auf sie herabschaute, wanderte Henrys Blick unwillkürlich zu ihrer von einem karierten Minirock umspannten Hüfte, als ob sie dort einen Revolvergurt vermuten würde.

Henry und Wolf erhoben sich automatisch. Was nun wiederum Frau Feger Gelegenheit bot, sie ungeniert von oben bis unten kritisch zu mustern, ohne ihre Haltung zu verändern.

»Schön, dass Sie es einrichten konnten, Frau Feger. Bitte nehmen Sie doch Platz«, gurrte Henry ganz gegen ihre Gewohnheit und wies auf den schlichten Stuhl, der ihnen gegenüber am kahlen Tischchen des Verhörraumes stand.

Wolf war schon hinübergeeilt, um ihr den Stuhl zurechtzurücken. Aha, er hatte Claudia Fegers Signale also auch empfangen. Sichtlich entspannter glitt die Dame nun auf den angebotenen Stuhl und schlug die bestiefelten Beine locker übereinander. Ihre Hände ruhten in ihrem Schoß. Ihr Blick war wachsam, beinahe misstrauisch. Hatte sie schon schlechte Erfahrungen mit der Polizei gemacht?

Wolf übernahm behutsam, beinahe zuvorkommend, die einführenden Erklärungen und die Abfrage ihrer wichtigsten Daten. Danach wechselten sie sich bei der Befragung ab. Claudia Feger sei schon zwei Jahre mit Carsten zusammen gewesen, bis er vom

Heiraten gesprochen habe. Und natürlich habe sie gewusst, dass er zuvor ständig wechselnde Affären gehabt habe. Aber nachdem er sie kennengelernt habe, sei er ein anderer geworden. Das zeige schon die Tatsache, dass er sich mit ihr verlobt habe. Niemals zuvor sei er bei einer anderen so weit gegangen. Die Hochzeit hätte in zwei Wochen stattfinden sollen. Ein Drama! Ihr Vater, Besitzer eines internationalen Logistikunternehmens in Kehl, habe über zweihundert Gäste eingeladen. Es hätte *das* gesellschaftliche Ereignis schlechthin werden sollen. Und nun das. Ob sie sich vorstellen könnten, was das für ihren Vater bedeute? Und zu alldem dann noch diese lächerlichen Umstände: Carsten quasi bei einem Lausbubenstreich mitten in der Nacht auf dem Golfplatz ermordet? Wie stehe sie denn jetzt da?

Frau Fegers sexy-provokante Revolverheld-Haltung war inzwischen vollständig von einer »Wie konnte er mir das antun«-Klage abgelöst worden.

Wolf und Henry warfen sich einen vielsagenden Blick zu. Ihr Vater, ihre Reputation, sonst nichts?

»Frau Feger, Ihr Verlobter soll es mit der Treue nicht so ernst genommen haben.« Henry benutzte inzwischen wieder ihren normalen Sprechton.

Claudia Feger schaute sie ruhig an, ohne zu antworten, und wippte lediglich ein wenig mit dem übergeschlagenen Bein.

Henry wurde nun deutlicher. »Herr Zapf hat Sie mit der Frau seines Freundes Bastian Rauer betrogen. Mit Karina Rauer.«

Zunächst kam keine Reaktion. Sie wusste also Bescheid. Dann sagte Claudia Feger: »Pure Verleumdung aus Neid der Besitzlosen.«

»Wer hat es Ihnen gesagt?«, versuchte es Henry erneut.

»Das habe ich schon wieder vergessen. Spielt ja auch keine Rolle, da es sowieso gelogen war.« Verächtlicher Blick und Wechsel der Beine. Sie blockierte jetzt.

»Was macht Sie denn da so sicher, Frau Feger?«, fragte Wolf zuckersüß.

Die Reaktion erfolgte prompt. Zuerst stellte sie ihre Beine heftig nebeneinander auf den Boden, dann richtete sie sich auf und blitzte Wolf an. »Das hätte Carsten nie gewagt! Oder glauben Sie, er hätte riskiert, eine Heirat mit mir aufs Spiel zu setzen? Niemals. Mein Vater hätte ihn plattgemacht. Deshalb bin ich sicher.«

Jetzt lehnte sie sich wieder im Stuhl zurück und schlug ihre Beine übertrieben langsam erneut übereinander, wobei sie Wolf unter halb geschlossenen Lidern verführerisch ansah.

Die Arme. Sie hatte ja keine Ahnung davon, dass Wolf dagegen immun war. Henry konnte sich nur schwer ein vergnügtes Grinsen verkneifen. Für sie war das auch eine neue Erfahrung.

»Was uns noch interessieren würde«, wechselte Henry unvermittelt das Thema. »Gibt es in Ihrem näheren Umfeld Diabetiker? Haben Sie oder Ihr Vater Zugriff auf Insulinpräparate?«

Claudia Feger zog überrascht die Augenbrauen hoch. Mit dieser Frage hatte sie offenbar nicht gerechnet. Schließlich schüttelte sie entschieden den Kopf. »Nein. Weder ich noch mein Vater.«

Henry und Wolf erkundigten sich noch danach, wie Frau Feger die Nacht verbracht habe, in der ihr Verlobter verstorben sei. Sie habe im Bett gelegen, lautete die Antwort. Es sei ihr gesundheitlich nicht gut gegangen.

Als die Ermittler ihr klargemacht hatten, dass sie möglicherweise noch einmal auf sie zukommen würden, baten sie sie, noch so lange zu warten, bis das Protokoll unterschrieben werden konnte und man ihre Fingerabdrücke genommen hatte. Gelangweilt fügte sich Claudia Feger. Einen Kaffee lehnte sie ab.

Als die beiden Kommissare schon halb draußen waren, drehte sich Henry noch einmal zu Claudia Feger um und fragte: »Wussten Sie, dass Carsten beim Pokern viel Geld verloren hat?«

»Nein«, kam es schneidend aus ihrer Richtung. Aber das Wippen des Beines hatte jäh aufgehört. Henry beließ es dabei und schloss die Tür sorgfältig von außen.

Als sie wieder allein waren, tauschten sich Henry und Wolf miteinander aus.

»Sie lügt. Sie weiß genau, dass Zapf fremdgegangen ist«, meinte Henry.

»Das sehe ich auch so. Aber unabhängig davon, dass sie behauptet, zum Tatzeitpunkt krank im Bett gelegen zu sein, was nicht direkt als Alibi gelten kann, glaube ich nicht, dass sie die Täterin ist. Dann schon eher ihr Vater, der so eine große Rolle in ihrem Leben spielt. Vielleicht wollte er seine Prinzessin rächen.«

»Möglich. Wir müssen unbedingt auch mit ihm sprechen.« Dann, nach einer Pause, fügte sie hinzu: »Was muss dieser Carsten Zapf für ein Mensch gewesen sein, wenn wir jetzt schon so viele Tatverdächtige haben, obwohl wir doch erst am Anfang stehen? Auf geht's. Wir besuchen Karina Rauer und ihren Mann in Ettenheim. Das ist doch von hier aus nicht weit, oder?«

Wolf bestätigte das, und so machten sie sich sofort auf den Weg.

»Und wenn danach noch Zeit ist, besuchen wir gleich noch Herrn Feger. Oder ist das von der Strecke her nicht machbar?«

»Doch, schon. Sollen wir uns nicht anmelden?«

»Ich würde ihn lieber überraschen. Falls wir ihn nicht erreichen, bestellen wir ihn ein. Aber jetzt konzentrieren wir uns erst einmal auf das Ehepaar Rauer.«

Wolf meinte, er sei besonders neugierig auf Bastian Rauer, da dieser Carsten Zapf doch offensichtlich in letzter Zeit gemieden habe. Oder hatte er ihm die Freundschaft vielleicht sogar ganz aufgekündigt? Falls Carsten Zapf wirklich eine Affäre mit seiner Frau gehabt hatte, hätte er ebenfalls ein starkes Motiv.

Auf der Fahrt über die B 3 nach Ettenheim einigten sie sich schnell über die Vorgehensweise. Sie würden das Ehepaar gleichzeitig, aber getrennt voneinander befragen. Wolf würde den Zahnarzt übernehmen, Henry die Ehefrau.

Jetzt kam Schwung in die Ermittlungen. Henry liebte diesen Moment, wenn die ersten Puzzleteile gefunden waren und sich nach und nach zusammenfügten. Und als sie zu Wolf hinübersah, war sie sicher, dass es ihm genauso ging. In jedem Fall gab es diesen Augenblick, in dem man plötzlich von einem rauschartigen Sog ergriffen wurde, weil die Verstrickungen wie Druckknöpfe aufploppten und eine erste Sicht auf das Verborgene gewährten.

Dies war gerade so einer. Und deshalb genossen sie ihn. Sie

verstanden sich auch ohne Worte. Es würden natürlich auch wieder andere Zeiten kommen, darüber war sich Henry im Klaren. Nicht so gute, sondern solche, die einen verzweifeln ließen, weil scheinbar nichts voranging. Wenn eine Spur ins Nichts führte, zum Beispiel.

Aber nicht heute. Heute sprudelten die Erkenntnisse. Und sie würden sie zu nutzen wissen. Sie und Wolf. Sie passten gut zusammen.

ZEHN

Ettenheim. Eine weitere neue Kleinstadt für Henry.
»Sind die Städte hier alle so?«, fragte sie, als sie gerade mit
Tempo zwanzig durch eines der Stadttore über das Kopfstein-
pflaster ins Zentrum fuhren.
»Wie, so?« Wolf wusste offenbar nicht genau, was sie meinte.
»Na, so klein und eng eben.«
»Ich würde das überschaubar nennen. Mir vermittelt so eine
Kleinstadt ein heimeliges Gefühl. Das ist mit Bremen natürlich
nicht zu vergleichen.«
»Warst du schon einmal dort?«
»Leider kenne ich Bremen nur aus den Medien. Es muss sehr
schön sein. Groß und prächtig. Kommt das hin?«
»Wenn du an die Gebäude denkst, sicher. Bremen ist immer-
hin eine Hansestadt, was früher jedenfalls Wohlstand bedeu-
tete.«
»Da hast du es. In Kenzingen wie auch in Ettenheim war das
Leben damals eher bescheiden. Deshalb ist hier auch alles kleiner
und irgendwie auch persönlicher. Das macht meiner Meinung
nach aber gerade den heutigen Charme dieser Städte aus.«
»Es handelt sich also um Kleinode, meinst du?«
»Ja genau. Kleinode. Besser hätte ich es nicht ausdrücken
können. Nichts gegen Bremen natürlich. Das ist eine ganz andere
Liga.«
Wolf schien ganz begeistert von dem Begriff »Kleinod«.
Offenbar liebte er solche Kleinstädte. Und daran war auch gar
nichts auszusetzen. Henry liebte Bremen ja auch. Und das
hier? Dieses Heimelige, wie Wolf es ausgedrückt hatte, würde
das irgendwann auch zu ihrer neuen Heimat werden? Oder
würde sie beim Gedanken an ihr Bremen immer dieses leichte
Ziehen verspüren, das sie für sich als Heimweh definierte?
Henry konnte es zum jetzigen Zeitpunkt noch nicht sagen.
Bremen war für sie eben auch untrennbar mit Thomas ver-

bunden. Diesem Mistkerl. Der Gedanke an ihn war noch immer schmerzlich. Aber das behielt sie für sich. Immerhin wurde sie hier nicht jede Minute an dieses Kapitel ihres Lebens erinnert.

Entschlossen richtete Henry ihren Blick wieder auf ihre Umgebung. Wolf hatte den Stadtkern soeben durch ein weiteres Tor verlassen und lenkte den Wagen nun im Schritttempo zwischen zwei Häusern hindurch, um auf den dahinter liegenden Parkplatz zu gelangen.

Sie stiegen aus. Henry schaute an dem modernen Gebäude hoch, in dem die Zahnarztpraxis untergebracht war. Die Wohnung befand sich anscheinend darüber. Also los. Sie trennten sich vor dem Eingang der Praxis. Henry stieg eine Etage höher.

Als Karina Rauer öffnete, sah sich Henry dem buchstäblichen Klischee einer Zahnarztgattin gegenüber: einer blond gestylten, makellosen Schönheit mit Idealgewicht im hippen Work-out-Outfit. Sie stellte sich vor und wurde hineingebeten.

»Ich störe wohl gerade beim Training?«, meinte Henry, als Frau Rauer im Vorbeigehen eine Tür zuzog, durch die Henry eben noch einen Blick auf ein hochmodernes Laufband hatte werfen können.

»Kein Problem, Frau Wunsch. Ich hole mir nur schnell etwas zu trinken. Mögen Sie auch was?«

Henry lehnte dankend ab und nahm auf einem der ausladenden weißen Sessel Platz, die um einen naturfarbenen Teppich herum angeordnet waren und die glatte Kälte des hellen Marmorbodens widerspiegelten.

Als Karina Rauer zurückkehrte, stellte sie das Glas mit dem wohl schon zuvor vorbereiteten grünlichen Vitamindrink nach kurzem Nippen auf dem Tisch ab und lächelte Henry an. Sie wirkte ganz und gar nicht unsympathisch.

Henry richtete zunächst ein paar allgemeine Fragen an die Gastgeberin. Dann kam sie zügig zum Punkt.

»Frau Rauer, Sie können sich denken, weshalb ich hier bin?«

»Ja, schon. Jonas hat angerufen und uns von Carstens Tod erzählt. Einfach schrecklich.« Sie schien ehrlich betroffen.

»Nun, es geht in diesem Zusammenhang auch um Sie.« Henry tastete sich vor.

»Um mich? Aber ich habe Carsten in letzter Zeit gar nicht gesehen.« Sie schien ein wenig irritiert.

»Uns interessiert etwas anderes, Frau Rauer. Stimmt es, dass Sie ein Verhältnis mit dem Freund Ihres Mannes, Carsten Zapf, hatten?«

Die Antwort erfolgte prompt. »Nein, ein Verhältnis hatte ich mit ihm nicht. Aber ich habe einmal mit ihm geschlafen, das schon. Carsten kann sehr charmant sein, wissen Sie. Und ich bin viel allein.«

»Haben Sie es Ihrem Mann gestanden?«

»So blöd wäre ich nicht gewesen. Er kam leider unerwartet aus der Praxis hoch in die Wohnung, und Carsten war noch in der Dusche. Das war Pech.«

»Das wird Ihren Mann ziemlich verletzt haben. Kam es zum Streit?«

»Bastian streitet nicht mit mir. Überhaupt nie. Das ist es ja gerade. Er hat einfach kein Wort mehr mit Carsten gesprochen. Und mit mir auch nicht. Nur das Allernotwendigste. Ich bin seither Luft für ihn.«

»Das heißt, Sie haben Herrn Zapf seit dem Vorfall nicht mehr getroffen? Und Ihr Mann auch nicht?«

»Genau das heißt es. Ich habe gehofft, dass wir das wieder in den Griff kriegen bis zu Carstens Hochzeit. Oder zumindest bis spätestens Weihnachten, denn da haben wir zu fünft – wir beide, Jonas, Carsten und Claudia – einen gemeinsamen Urlaub auf den Malediven gebucht. Das hat sich aber jetzt wohl erledigt.« Frau Rauer seufzte.

»Sie kennen Claudia Feger gut?«

»Was heißt gut? Wir spielen manchmal miteinander Tennis oder treffen uns zum Golf, wenn es ihr genehm ist.«

An ihrem Ton erkannte Henry, dass Claudia Feger nicht gerade Frau Rauers beste Freundin war.

»Und Frau Feger hat nicht gewusst, dass ihr Verlobter sie mit Ihnen betrogen hat?« Henry beobachtete, wie ihr Gegenüber mit der Entscheidung kämpfte, ob sie die Wahrheit sagen sollte oder nicht. Sie wartete geduldig und sah Frau Rauer einfach nur freundlich an.

»Wissen Sie, Claudia Feger ist eine tolle Frau«, erklärte sie endlich. »Aber sie ist auch ein verwöhntes Ding. Die Prinzessin ihres Vaters. Und sie ist überheblich. Ja, das ist sie. Dass Carsten das überhaupt mitmacht ... Vielleicht hat Jonas ja recht, und Carsten ist nur scharf auf ihr Geld. Der Vater ist nämlich steinreich.«

Henry ahnte, worauf das hinauslief. Und gleichzeitig registrierte sie, dass Karina Rauer noch immer in der Gegenwart von Carsten sprach. Sie schien sehr an ihm gehangen zu haben.

»Sie haben ihr die Arroganz heimgezahlt, indem Sie ihr von Carstens Seitensprung mit Ihnen erzählt haben?«

Fast erleichtert erwiderte Frau Rauer: »Ja, ich habe sie unter einem Vorwand angerufen und so getan, als würde ich mich verplappern. Und das hat sich sehr gut angefühlt, das kann ich Ihnen sagen. Auch wenn es nur am Telefon war, habe ich gespürt, dass diese Klatsche saß. Wahrscheinlich ist sie gleich zu ihrem Papa gerannt und hat Carsten verpetzt, die arme Kleine.«

Also doch. Genau wie Henry vermutet hatte. Frau Feger hatte Bescheid gewusst. Durch ihr Leugnen versuchte sie wahrscheinlich nur, den erlittenen Betrug ungeschehen zu machen.

Henry unterhielt sich noch eine Weile mit der auskunftsfreudigen Zahnarztgattin. Nein, sie könne nicht mit Sicherheit sagen, ob ihr Mann die ganze Nacht, in der der Mord passiert ist, zu Hause gewesen sei. Er nutze seit dem Vorfall ja das Gästezimmer. Dadurch habe natürlich auch sie kein richtiges Alibi. Sorry. Und nein, dass Carsten gepokert und dabei viel Geld verloren hatte, habe sie auch nicht gewusst. Vielleicht Jonas? Jonas Hansmann. Der sei mit Carsten doch geschäftlich ziemlich verbandelt gewesen, von Anfang an. Möglich, dass Jonas bezüglich der Geldangelegenheiten mehr über Carsten wisse.

Zum Schluss erkundigte Henry sich noch, ob es denkbar sei, dass Carsten Zapf in seinem Safe etwas Kostbares aufbewahrt habe, ein Geschenk zur anstehenden Hochzeit vielleicht. Auch da konnte Frau Rauer leider nicht weiterhelfen.

Damit war Henry beinahe am Ende ihrer Befragung angekommen. »Eine Frage hätte ich noch, Frau Rauer. Sind Sie oder Ihr Mann Diabetiker?«

»Nein. Zum Glück nicht. Der einzige Diabetiker, den ich kenne, ist Carstens Vater. Wieso fragen Sie?«

»Reine Routine. Haben Sie vielen Dank für das Gespräch.«

Danach bat sie Frau Rauer, zeitnah auf der Polizeistation in Kenzingen vorzusprechen, um das Protokoll zu unterschreiben und sich Fingerabdrücke abnehmen zu lassen.

Ein Stockwerk tiefer traf sie auf Wolf, der sich gerade zu ihr nach oben aufmachen wollte. Gutes Timing. Jetzt konnten sie zurück nach Freiburg ins Präsidium fahren.

Dabei tauschten sie ihre Informationen aus. Bastian Rauer war nach Wolfs Beschreibung ein eher ausgeglichener Mann. Er könne sich nicht vorstellen, dass der sich aus Zorn zu etwas hinreißen lasse. Das deckte sich genau mit dem, was Henry erfahren hatte: Bastian Rauer stritt nie mit ihr. Er war gekränkt und enttäuscht und zog sich infolgedessen in sich selbst zurück. Da er jedoch kein Alibi für die Tatnacht hatte, konnten sie ihn nicht so einfach von der Liste der Verdächtigen streichen. Er hatte immerhin ein Motiv.

Henry berichtete nun ihrerseits, dass Claudia Feger laut Karina Rauer von dem Seitensprung ihres Verlobten gewusst habe, ein Alibi habe Frau Rauer aber auch nicht.

»Wie es aussieht, hat uns die gute Frau Feger also belogen. Das macht sie ebenfalls verdächtig.«

Wolf fuhr auf die Autobahn. Eine gute halbe Stunde lag bis Kehl noch vor ihnen. Zuerst nach Norden, danach Richtung Westen. Immer tiefer in die Rheinebene hinein. Den Schwarzwald ließen sie hinter sich.

Henry fiel es gleich auf. »Eine Industriestadt?«

»Das kann man so sagen. Kehl liegt am Rhein, genau gegenüber von Straßburg. Du kannst zu Fuß über die Brücke gehen und bist in Frankreich. Das bietet wirtschaftliche Möglichkeiten von hier nach dort und umgekehrt. Und natürlich für die Schifffahrt. Genau der richtige Platz für ein Logistikunternehmen.«

Als sie endlich am Ziel waren und ausstiegen, sagte Henry: »Ich kann den Rhein direkt riechen. Das tut so gut! Sobald der Fall im Kasten ist, nehme ich mir ganz viel Zeit, meine neue Heimat zu erkunden.«

Wolf grinste. »Hoffentlich respektieren die Verbrecher das.«

Mit schnellen Schritten überquerten die beiden Kommissare das Firmengelände. Ein Angestellter von Fegers Logistikzentrum wies ihnen den Weg zum Büro seines Chefs. Sie hatten Glück, er war da, wie seine Sekretärin am Empfang bereitwillig zugab. Als sie sich ihr gegenüber auswiesen, zögerte sie keinen Moment, sie zu Fegers Büro zu begleiten.

Ein kurzes Anklopfen, und schon trat sie mit den Worten »Zwei Kommissare aus Freiburg für Sie, Herr Feger« ein.

Während die Sekretärin sich lautlos zurückzog, lehnte sich Herr Feger selbstbewusst in seinem pompösen Schreibtischstuhl zurück und sagte: »Ah, zwei Gesetzeshüter also. Was ist es denn diesmal? Geschwindigkeitsüberschreitung? Übertretung der Ruhezeiten? Doch nicht etwa Alkohol am Steuer? Tun Sie sich keinen Zwang an und sprechen Sie frei heraus.« Er hatte ihnen keinen Stuhl angeboten.

»Gut, Herr Feger. Wenn Sie es so wünschen. Wir ermitteln im Mordfall Carsten Zapf und brauchen Ihr Alibi.«

Das hatte er nicht erwartet. Stumm zeigte er nun auf die beiden Besuchersessel. Henry und Wolf nahmen Platz und wiesen sich erneut aus. Seine Körperhaltung war jetzt eine andere. »Um welchen Zeitraum handelt es sich?«

Wolf gab ihm Auskunft, und Herr Feger wandte sich über die Telefonanlage an seine Sekretärin. Anscheinend war er am fraglichen Abend bei einem Geschäftsbankett in Frankfurt gewesen. Mit seiner Tochter, wie er behauptete. Seine Sekretärin würde ihnen beim Hinausgehen alle nötigen Daten geben.

»Ihre Tochter war nicht in Frankfurt«, entgegnete Henry.

»Das hat sie uns persönlich mitgeteilt, Herr Feger. Und wir werden nun überprüfen, ob Sie selbst überhaupt dort waren.«
Der Angesprochene wurde merklich kleinlauter. Er schien nicht gewusst zu haben, dass seine Tochter schon vor ihm mit der Polizei gesprochen hatte. Nun versuchte er offenbar, seinen Fehler wiedergutzumachen.

»Jetzt erinnere ich mich wieder. Claudia sollte zwar mitfahren, deshalb steht es auch so in meinem Terminkalender, aber sie bekam eine Darmgrippe. Ja, so war das. Ich habe dann darauf bestanden, dass unser Hausarzt sie besucht. Das können Sie gern nachprüfen. Im Übrigen garantiere ich Ihnen, dass weder meine Claudia noch ich etwas mit dem Tod ihres Verlobten zu tun haben. So etwas ist nicht unser Stil, glauben Sie mir.«

Henry und Wolf warfen sich einen Blick zu, sagten aber nichts. Da fuhr Herr Feger mit leiser Stimme fort:»Wissen Sie, meine Tochter tut sich schwer mit Männern. Und dass dieser Carsten ein Luftikus war, sah jeder. Nur meine Claudia nicht. Sie hat ihn wirklich geliebt. Und ich musste das akzeptieren.«

»Das tut uns leid.« Henry und Wolf erhoben sich beide gleichzeitig. Der Mann, den sie zurückließen, hatte sein protziges Gehabe abgelegt.

Auf der Rückfahrt meinte Henry:»Sieht so aus, als hätten die beiden ein Alibi.« Und gleich im Anschluss fragte sie:»Wann sehen wir noch mal Jonas Hansmann? Mit dem müssen wir ebenfalls ganz dringend reden.«

»Der geht mir auch schon die ganze Zeit nicht mehr aus dem Kopf. Er konnte heute Vormittag nicht, deshalb hat ihn Julian für morgen Nachmittag einbestellt, dann können wir bereits wieder in Kenzingen sein. Julian ist geschickt, findest du nicht? Und dass er von sich aus mit den Kenzinger Kollegen Kontakt aufgenommen hat, um die Termine für uns besser zu koordinieren, war genial, oder? Er verhindert dadurch unnötige Fahrten, und wir haben für beide Dienststellen einen einzigen Ansprechpartner, der die gesamte Übersicht hat.« Wolf schien ganz angetan von ihm.

»Doch, ja«, stimmte Henry abwesend zu.

»Was ist?«

»Nichts Wichtiges. Aber irgendwie fühle ich mich ein bisschen schwach. Vielleicht sollten wir eine Pause machen?«

Wolf lachte. »Weißt du was, wenn wir jetzt gleich in Kenzingen sind, essen wir ausnahmsweise mal zu Hause zu Mittag. Was« meinst du? Olaf hat immer was da.«

Wolf sah zufrieden aus, weil er auf diesen Gedanken gekommen war. Und Henry war der Vorschlag auch recht. Sie rief Olaf an und meldete, dass sie in Kürze zu Hause auftauchen würden.

Nachdem sie mit Olaf dessen legendäre Pfannkuchen mit Champignon-Füllung und Salat verspeist hatten und jeder einen Espresso getrunken hatte, fuhren sie wieder zurück ins Präsidium. Dort ordneten sie die Rechercheergebnisse ihres Teams, die ihnen Julian schon beim Hereinkommen in Papierform überreicht hatte, der Übersicht an der Wand zu.

Was gab es Neues?

Erstens: Das Medaillon, das bei Dagmar Drechsler gefunden worden war, war in Lahr beim einzigen Goldschmied der Stadt gekauft worden. Der Kunde hatte damals – deshalb war es dem Besitzer überhaupt nur in Erinnerung geblieben – gleich mehrere davon erstanden. Ob zwei oder drei, konnte er nicht mehr sicher sagen. Den Namen des Kunden kannte er leider auch nicht. Aber der Mann hatte mit einem Fünfhundert-Mark-Schein bezahlt. So einen sah man selten.

Zweitens: Die Reifenspuren, die oberhalb des Golfplatzes entdeckt worden waren, gehörten weder zu Carsten Zapfs Wagen noch zu irgendeinem anderen Auto, das auf den Namen der Firma lief. Auch zu keinem der Mitarbeiterwagen.

Drittens: Die Freundin von Dagmar Drechsler, Ulla Meier, kannte Dagmars geheimnisvollen Freund nicht.

Viertens: Die Befragung ihrer einstigen Nachbarn hatte diesbezüglich ebenfalls nichts ergeben. Keiner konnte sich daran erinnern, Dagmars Freund gesehen zu haben.

Fünftens: In Dagmar Drechslers Klasse hatte es einen Jungen gegeben, Sven Bachleitner, der ihr nachgestellt haben soll.

Unter jeder Info war angegeben, wer aus dem Team sie eruiert hatte. Nummer fünf zum Beispiel stammte von Natalie Beckmann und Hannes Maurer. Henry rief Natalie an und bat sie, kurz zu ihnen herüberzukommen.

Wenige Augenblicke später klopfte es schon an der Tür, und eine strahlende Natalie stand im Türrahmen. »Ja bitte?« Ihre Worte waren eindeutig an Wolf gerichtet.

»Das war sehr gute Arbeit, Natalie, dass Sie auf Sven Bachleitner gestoßen sind. Wie ist Ihnen das gelungen?«, lobte Henry die junge Kollegin.

»Danke«, meinte diese ziemlich schnippisch und wandte sich dann wieder Wolf zu. »Wissen Sie, Herr Wolf, ich hatte plötzlich die Idee, in der Schule nachzufragen. Und da sind wir, also Hannes und ich, dann auf ihren Schulkameraden Sven Bachleitner gekommen.«

Henry versuchte es noch einmal. »Natalie, haben Sie Details darüber, wie sich sein Nachstellen ausgewirkt hat?«

»Ja, habe ich.«

Wieder diese knappe, unwirsche Antwort in Richtung Henry und danach das erneute Anhimmeln Wolfs. Jetzt hatte Henry aber wirklich genug von diesem Spiel. Sie wartete, bis Natalie Wolf die Details über Sven Bachleitner mehr schmachtend als sachlich in aller Ausführlichkeit dargelegt hatte. Erst als sie alles losgeworden war und schon die Türklinke in der Hand hielt, stand Henry auf und sagte: »Einen Moment, Natalie. Ich möchte, dass Sie mich kurz begleiten. Wolf, entschuldigst du uns bitte? Ich bin gleich wieder da.«

Damit führte sie Natalie zielstrebig und ohne Erklärung in einen der leeren Verhörräume. Dort angekommen, bat sie ihre nun schon nicht mehr so selbstsichere junge Kollegin, Platz zu nehmen. »Und nun raus mit der Sprache: Was geht hier vor?«

»Haben Sie mir etwas vorzuwerfen, Frau Wunsch?« Natalie distanzierte sich spürbar.

»Ganz im Gegenteil. Sie sind mir in der Teambesprechung als schnelle Denkerin mehrfach positiv aufgefallen. Aber jetzt will ich wissen, weshalb Sie sich mir gegenüber plötzlich so biestig aufführen.«

»Ich weiß nicht, was Sie meinen.«

Henry entging das leichte Flackern in Natalies Blick nicht. Eine wirklich harte Nuss! Gut, dann eben direkt. Henry sprach jetzt ganz sanft und leise und beugte sich dabei ein wenig vor. »Hat es vielleicht etwas mit unserem Kollegen Wolf zu tun?«

Das saß. Natalie hielt sich nicht länger zurück, sondern schleuderte Henry ihren ganzen Frust entgegen: »Seit einem halben Jahr arbeite ich mit allen hier zusammen. Und die ganze Zeit über hatten Wolf und ich diese besondere Connection. Wir waren auf einer Wellenlänge. Wir verstanden uns so gut. Zwischen uns hat es die ganze Zeit geknistert. Und dann kommen Sie daher und nehmen mir Wolf einfach weg!« Jetzt glitzerten ihre Augen feucht. Das Mädchen war bis über beide Ohren in Wolf verliebt.

»Natalie, es geht Sie zwar nichts an, aber Sie täuschen sich. Wolf und ich haben nichts am Laufen, glauben Sie mir.«

»Sie lügen! Sie waren doch schon mit ihm im Bett. Ich habe selbst gesehen, wie Sie mit ihm in einem Auto zur Arbeit gekommen sind.«

»Als Kriminalistin sollten Sie aber wissen, dass nicht immer alles so ist, wie es scheint. Und jetzt hören Sie auf damit. Ich sage Ihnen jetzt etwas, was Sie eigentlich auch nichts angeht, aber damit muss es dann gut sein: Wolf ist schon seit vielen Jahren glücklich in festen Händen. Und wenn er freundlich zu Ihnen oder zu mir ist, bedeutet das nichts weiter, als dass er einfach ein netter Kerl ist. Haben Sie das verstanden? Ich fahre manchmal mit ihm in einem Auto zur Arbeit, weil es sich zufällig ergeben hat, dass ich für eine Weile die Ferienwohnung in seinem Haus gemietet habe. Und auch das geht Sie eigentlich gar nichts an.«

Henry hielt inne und wartete. Obwohl sie so aufgewühlt war, schaffte Natalie es, nicht zu weinen. Eine kleine Kämpferin. Jetzt fing sie an zu begreifen, und ein schuldbewusster Ausdruck begann sich in ihren Blick zu stehlen. Henry erhob sich und streckte ihr versöhnlich die Hand entgegen. »Friede?«

Natalie stand ebenfalls auf und ergriff die dargebotene Hand. »Es tut mir …«

»Tüünkram. Wir vergessen das jetzt ganz schnell, abgemacht?«, fiel Henry ihr ins Wort, was die junge Kollegin mit einem dankbaren Nicken annahm. Danach ging jede in ihr Büro zurück.

»Probleme?«, fragte Wolf arglos, als Henry wieder hereinkam, und sah ganz kurz von seinem Computer auf.

»Och nein. Alles im grünen Bereich.«

Während Wolf noch weiter am Computer beschäftigt war, war es für Henry Zeit, bei ihrem Chef Horst Baltes vorzusprechen. Auf dem Weg dorthin kam sie an Julian Weinig vorbei. Sie blieb stehen.

»Ich würde morgen gerne mit diesem Sven Bachleitner sprechen, den Natalie aufgestöbert hat. Gleich als Erstes morgen früh, wenn möglich.«

Julian nickte. »In Ordnung. Ich bin gerade noch dabei, seine Anschrift herauszufinden. Der Mann ist schon mehrfach umgezogen. Aber ich krieg es heraus. Den Termin schicke ich Ihnen dann aufs Handy, okay?«

»Perfekt. Hat Ihnen eigentlich schon mal jemand gesagt, dass Sie hier ganz vorzügliche Arbeit leisten?«

Das Strahlen, das sich bei ihren Worten auf Julians Gesicht ausbreitete, nahm sie mit auf den Weg. Wolf hatte recht, ihr Assistent war ein Gewinn für das Team. Und obwohl Henry normalerweise sparsam mit Lob umging, weil sie es für selbstverständlich hielt, seine Fähigkeiten immer bestmöglich einzusetzen, war sie froh, dass sie Wolfs Hinweis gefolgt war und Julian nun wusste, dass seine Arbeit geschätzt wurde.

Sie sollte sich als neue Chefin sowieso möglichst rasch um jeden Einzelnen im Team kümmern. Es würde das Zusammenwachsen fördern und Vertrauen schaffen. Und das brauchte sie unbedingt. Bisher war leider noch keine Zeit dafür gewesen. Wäre denn jemals genug Zeit dafür?

Im Aufzug notierte Henry in ihr kleines Notizbuch »Hannes, Merle, Rainer« und umrahmte die drei Namen. Mit Natalie war der Anfang schon gemacht. Zumindest hoffte sie das. Bei den anderen würde sie erst noch einen persönlichen Zugang finden müssen. Und zwar bald.

Unversehens war sie am Büro ihres Chefs angekommen. Nachdem sie geklopft hatte, trat sie ein.

Herr Baltes begrüßte sie mit Handschlag. Erst jetzt nahm sie ihn so richtig in Augenschein. Als sie das letzte Mal hier gewesen war, hatte das ungeplante Auftauchen des Kollegen Rupp sie zu sehr abgelenkt, musste sie sich eingestehen. Ihr Blick fiel auf einen freundlichen Mittfünfziger mit ausgeprägten Geheimratsecken und beginnender Glatze, was er durch nichts zu beschönigen suchte. Er schien kürzlich ziemlich abgenommen zu haben. Diät oder Krankheit? Sein Jackett über dem grauen Pullover mit V-Ausschnitt schlotterte sichtbar an seinem Oberkörper. Mit liebenswürdiger Stimme fragte er sie zunächst, ob sie sich schon ein bisschen eingewöhnt habe in der Fremde.

»Ja«, beruhigte ihn Henry, »ich fühle mich hier sehr gut aufgenommen. Danke.«

»Das freut mich. Aber Sie sind sicher gekommen, um mich über den aktuellen Fall zu informieren, nicht wahr? Wie sieht es denn damit nun aus? Haben wir schon Verdächtige? Kann ich Sie irgendwie unterstützen?«

Nun berichtete Henry über die Entwicklungen in beiden Fällen und wies auch auf interessante Überschneidungen hin.

Horst Baltes war ein guter Zuhörer. Er unterbrach sie nur selten. Als sie geendet hatte, meinte er: »Wenn ich das richtig sehe, hatten also sogar mehrere Personen ein Motiv, Carsten Zapf zu töten.«

»Das stimmt, und möglicherweise wird die Liste der Verdächtigen noch länger. Wir haben ja Jonas Hansmann noch gar nicht befragt. Mein Team beschäftigt sich im Moment gerade mit der Durchsicht der Verträge einiger finanziell stark von der Firma Zapf abhängiger Partner. Wer weiß, ob sich da nicht auch noch weitere Verdächtige herauskristallisieren.«

»Ein sehr komplexer Fall, wie es aussieht. Sie halten mich auf dem Laufenden, nicht wahr, Frau Wunsch?«

»Selbstverständlich. Sobald wir etwas Neues erfahren, melde ich mich.« Sie lächelte ihn an. Er schien in Ordnung zu sein, ihr neuer Chef.

Als sie sich verabschiedeten, stand Herr Baltes ebenfalls auf und kam um seinen Schreibtisch herum, um sie zur Tür zu begleiten. Ein Kavalier noch dazu. Aber nicht so penetrant, dass er es heraushängen lassen würde, fügte Henry in Gedanken hinzu, als er, Belangloses plaudernd, noch ein paar Schritte mit ihr durch die Tür ging und sich danach einem anderen Kollegen zuwandte, der ihm von Weitem zuwinkte. Ein unkomplizierter Mann mit Manieren? Zufrieden mit dieser Einschätzung, ging Henry in ihr Büro zurück.

ELF

Charly stand vor dem geöffneten Schiebetürenschrank im Erd-
geschoss ihres Hauses, der eine ganze Wand des geräumigen
Flurs einnahm, und betrachtete kritisch die gut zweieinhalb Meter breite Auswahl ihrer kunstvollen Tücher. Sie hingen allesamt
nebeneinander an Kleiderbügeln herab, sodass man stets einen
freien Blick auf sie hatte und sich nicht durch Stapel wühlen
musste. Eine unerhört praktische Aufbewahrungsmethode, die
Charly außerdem jedes Mal ein kleines Glücksgefühl bescherte,
wenn sie den Schrank öffnete und das Licht auf die Fülle ihrer
Schätze fiel.

Was sollte sie für Henry aussuchen? Hatte die überhaupt ein
Kleid in ihrem Koffer mitgebracht? Und wenn ja, welche Farbe
hätte es wohl? Ein Kleid für alle Gelegenheiten wahrscheinlich, also war es bestimmt schwarz, entschied Charly. Sie wählte
zwei Prachtstücke mit verschiedenen Grüntönen aus. Das Grün
würde die Strenge eines schwarzen Kleides etwas aufweichen
und hervorragend mit Henrys blonden Haaren harmonieren.

Da sie mit ihrer Vermutung aber genauso gut falschliegen
konnte, nahm sie zur Sicherheit noch zwei Alternativen von
ihren Bügeln und schob dann die Schranktür entschlossen wieder zu. Sie schaute auf die Uhr. Was, schon gleich sechs? Nun
aber los. Olaf wartete sicher schon ungeduldig. Charly hatte gar
nicht bemerkt, wie schnell die Zeit heute Nachmittag verflogen
war.

Kein Wunder. Dieser Nachmittag hatte mehr durcheinander-
gebracht als nur ihr Zeitgefühl. Aber es hatte so gutgetan, dieses
Loslassen nach all den Jahren. Vielleicht war es eine Dummheit
gewesen. Eine Inkonsequenz auf jeden Fall. Aber was sollte es?
Sie spürte wieder die Schmetterlinge im Bauch. Als ob nicht
dreißig Jahre vergangen wären. Als ob sie nicht sechsundsechzig
Jahre alt wäre, sondern wieder sechsunddreißig.

Charly war gerade auf dem Weg in ihr Atelier gewesen, als

es an der Tür geläutet hatte. Sie hatte, ohne nachzudenken, auf der Treppe kehrtgemacht, war hinuntergeeilt und hatte die Tür geöffnet. Und da hatte er gestanden! Manuel. Hinter einem gewaltigen Strauß gelber Rosen hatte er sie einfach wortlos angelächelt. Er hatte nach so langer Zeit doch tatsächlich nicht vergessen, dass sie gelbe Rosen allen anderen Blumen vorzog. Und sie hatte ihn hereingelassen. Weil sie ihm glaubte. Glauben wollte.

War es richtig gewesen? Charly seufzte. Und wennschon. Zwischen ihnen war noch etwas. Was genau, wollte Charly unbedingt herausfinden.

Die Stunden waren verflogen wie nichts. Genau wie früher. Manuel war schon immer ein blendender Unterhalter gewesen. Außerdem hatten sie sich jede Menge zu erzählen gehabt. Er hatte ihre Bilder angesehen. Und es hatte ihr gefallen, dass er nichts dazu gesagt, sich aber viel Zeit genommen hatte. Für jedes einzelne. Sie hatte neben ihm gestanden und ebenfalls stumm darauf geschaut. Froh darüber, dass er schwieg. Worte konnten eine Stimmung so schnell ins Banale driften lassen. Irgendwann hatte er ihre Hand genommen. Er hatte sie dabei nicht angesehen. Es war unnötig gewesen. Charly hatte die unausgesprochenen Worte auch so verstanden.

Am Ende hatte er sie in die Arme genommen und geküsst. Zärtlich. Nur ein Mal. Das hatte gereicht. Ihr Körper hatte ihn sofort wiedererkannt. Er war ihr immer noch vertraut. Dabei war dann ihre Entscheidung gefallen: Sie wollte ihn! Kurz darauf hatte er sich verabschiedet. Morgen Abend würde er sie abholen und mit ihr essen gehen.

Olaf musste hinter der Tür gestanden haben, so schnell wie er sie öffnete, nachdem sie geklingelt hatte.

»Endlich! Ich dachte schon, du hättest es vergessen. Henry ist schon oben. Das sind sie? Danke.« Sichtlich erleichtert nahm er Charly den breiten Korb ab, in dem sie ihre Schätze locker zusammengelegt transportiert hatte.

Er ließ die Tür hinter sich offen stehen, aber Charly folgte ihm nicht.

»Ich gehe dann wieder, Olaf. Wir sehen uns morgen«, sagte sie und entfernte sich.

Charlys Abgang überraschte Olaf so sehr, dass er noch einmal zur Tür zurückging und ihr verblüfft hinterherrief: »Tschüss! Was hast du denn noch vor?«

Aber Charly winkte nur kurz und war auch schon weg.

»Du, mit dr Charly stimmt öbbis nit. Si het nit ynecho welle.«

Olaf stellte den Korb mit den Tüchern auf einen Sessel und ging zu Wolf ins Schlafzimmer, wo der gerade in seine Joggingkleidung schlüpfte.

»Mengmol machsch du dir eifach zviel Sorge wege dr Charly. Si wird halt öbbis vorka ha.« Wolf sah Charlys Verhalten offenbar lockerer und zuckte nur mit den Schultern.

»Das ka au sy. Aber was? Si sait doch sunscht alles.« Olaf war noch nicht ganz überzeugt.

»Deno gang i jetzt. In re Stund bin i wiider do.«

»Es isch guet.«

Damit verließ auch Wolf das Haus, und Olaf überlegte, ob Henry wohl herunterkäme oder ob er es wagen sollte, mit den Tüchern einfach bei ihr zu klingeln. Er wollte nicht zu aufdringlich sein. Andererseits war es ja auch möglich, dass sie längst nicht mehr an ihre Abmachung dachte. Bei Wolf war das genauso, wenn er einen Fall im Kopf hatte. Na gut, dann würde er eben bei ihr klingeln. Sicher war sicher.

Olaf schnappte sich Charlys Korb und ging damit nach oben. Henry öffnete ihm im bequemen Jogginganzug. Sie würde doch das Date nicht vollkommen vergessen haben?

»Ach, du bist es, Olaf. Komm rein. Ich versuche gerade, die letzte Anhörung eines Verdächtigen von heute auszuwerten.«

»Und das Date?«, wollte Olaf einwenden, als Henry ihn unterbrach.

»Es ist kein Date. Nur ein Essen, Olaf. Und es ist erst in einer Stunde. Du kannst mir aber helfen, wenn du schon mal da bist. Indem du einfach zuhörst und Fragen stellst, wo etwas nicht stimmig ist. Okay?«

Olaf stellte den Korb auf einen Sessel und folgte Henry zur Essecke, an deren Stirnseite sie auf braunem Packpapier schon allerlei notiert hatte. Offenbar ging es um Jonas Hansmann. Den hatte doch Charly aufgesucht, als die Leiche von Dagmar Drechsler entdeckt worden war. Sie vermutete, dass Carsten Zapf und Jonas Hansmann einen römischen Schatz oder so etwas Ähnliches gefunden hatten.

»Ihr habt Jonas Hansmann heute verhört?«, fragte er sicherheitshalber nach.

»Genau. Aber er war nicht besonders kooperativ. Er wirkte ziemlich verängstigt und dachte wohl, dass es besser sei, so wenig wie möglich preiszugeben. Allerdings konnten wir ihm anhand der Vorverträge, die Carsten Zapf bereits mit einem anderen Autohändler abgeschlossen hatte, auf den Kopf zusagen, dass er im Begriff steht, bald eine lukrative und gesicherte Einnahmequelle zu verlieren.«

»Und das habt ihr anhand von Carstens Unterlagen herausgefunden?« Olaf wollte sichergehen, dass er richtig gehört hatte.

»Nicht Wolf und ich. Unser Team hat das bei der Sichtung von Zapfs Verträgen herausbekommen.«

»War auch die Kündigung der Verträge für Hansmann dabei?«

»Nein. Und er hat auch abgestritten, überhaupt etwas davon gewusst zu haben. Es war ihm natürlich klar, dass er damit ein astreines Motiv für den Mord an Carsten Zapf hätte. Möglich, dass es stimmt, möglich, dass er uns angelogen hat. Jedenfalls hat es gereicht, um die Durchsuchung seines Büros und seiner Wohnung zu beantragen. Vielleicht gibt es ja eine Notiz dazu. Das geschieht gleich morgen früh. Und zudem werden alle seine Autos mit den aufgefundenen Reifenspuren abgeglichen. Du kennst unseren Leo Wanninger, den KTU-Chef?«

»Ich habe von ihm gehört. Getroffen habe ich ihn noch nicht. Du weißt doch, Wolf und sein Outing-Problem bei den Kollegen.«

»Oh ja, nicht unproblematisch. Aber das ist eine andere Sache. Also hör zu: Wenn Jonas Hansmann, wie Wolf und ich vermuten, gewusst hat, dass er bald mit finanziellen Einbußen rechnen muss, wird er sicher versucht haben, seinen Freund umzustimmen.«

Olaf nickte. Das hätte doch jeder so gemacht.

»Wir haben festgestellt, dass für die beiden am Dienstagnachmittag eine Abschlagszeit gebucht war. Abends gingen sie gemeinsam essen. Das ist alles belegt.«

»Eine Abschlagszeit gebucht?«

»Das ist der Zeitpunkt, an dem eine Golfrunde beginnt. Die Spieler starten in einer zeitlich festgelegten Reihenfolge, damit sie sich nicht gegenseitig behindern. Klar?«

Olaf hatte verstanden.

»Was dann in der Nacht passierte, das ist vorläufig nur eine Idee von mir«, fuhr Henry fort.

»Lass hören.«

»Bestimmt haben sie über ihre Erfolge an den jeweiligen Löchern gesprochen. Das tun Golfer immer. Und jetzt stell dir vor, dass sie sich wegen der Ergebnisse an Loch 14 nicht einig waren. Also dass zum Beispiel Carsten Zapf behauptet hat, er könne Jonas Hansmann jederzeit schlagen. So etwas kommt schon auch vor, weißt du?« Henry wartete, bis Olaf nickte, dann fuhr sie fort: »Möglich, dass einer von beiden deshalb auf die unsinnige Idee kam, an Loch 14 um die Verlängerung der Verträge zu spielen und sie deshalb mitten in der Nacht noch einmal hinaus auf den Platz gefahren sind.«

»Aber warum denn so spät?«, fragte Olaf.

»Sie waren bis elf Uhr im Lokal. Das ist nachgewiesen. Möglich, dass sie zusammen in einem Auto gefahren sind, damit wenigstens einer etwas trinken konnte. Danach hätten sie aber noch nach Hause fahren müssen, um die zweite Golfausrüstung zu holen, die wahrscheinlich im abgestellten Auto lag. Oder sie haben sich aus irgendeinem anderen Grund eine Weile bei einem von beiden – und da tippe ich auf Carsten Zapf – zu Hause oder in der Firma aufgehalten. Dann fuhren sie wieder in einem Auto gemeinsam zum Golfplatz.«

»Hier hört sich deine Theorie noch ein bisschen ungenau an,

oder? Und ist die Idee mit dem Spielen um die Verträge nicht auch ein wenig außergewöhnlich?«

»Weißt du, Olaf, selbst auf ganz gewöhnlichen Golfrunden geschieht es nicht selten, dass Flight-Partner miteinander um die Löcher wetten. Mit beliebigen Einsätzen.«

»Was meinst du mit ›um die Löcher wetten‹? Ich verstehe nicht ganz.«

Henry hatte jetzt wieder dieses Funkeln in den Augen. »Das heißt schlicht: Wer mehr Punkte als der andere an einem Loch erzielt, hat gewonnen.« Ihre Stimme hatte jetzt eine verschwörerische Färbung angenommen.

»Alles klar. Mach weiter.« Olaf sah heimlich auf seine Uhr. Sie hatten noch etwas Zeit.

»Jetzt stell dir vor, dass Carsten Zapf, der ja nachweislich ein Spieler war – du weißt, dass er gepokert hat –, sich bereit erklärt hat, mit seinem Freund Jonas um die Beibehaltung der bisherigen Verträge zu spielen.«

»Waren denn beide gleich gut in diesem Spiel?« Jetzt wurde es spannend. Wenn Charly das hören könnte!

»Die Kollegen aus Kenzingen haben die Auskünfte über ihre beiden Handicaps im Golfclub eingeholt, aber das ist für den Sieg gar nicht ausschlaggebend.«

»Jetzt komme ich nicht mehr mit.«

»Es ist ein wenig kompliziert, aber das Spiel ist so ausgelegt, dass ein schwacher Spieler auch gegen einen starken Spieler gewinnen kann. Ich erkläre es dir ein andermal, wenn es dich interessiert. Nun zu deiner Frage: Ja, sie waren in etwa gleich gut. Kann ich weitermachen?«

Olaf nickte.

»Falls es nun also tatsächlich so war, dass die beiden mitten in der Nacht an Loch 14 um die Verlängerung der Verträge gespielt haben, könnte ich mir verschiedene Versionen vorstellen, weswegen Carsten Zapf einen Schlag mit dem Lob Wedge gegen die Stirn abbekommen hat.« Henry schaute Olaf triumphierend an.

Jetzt sprang der Funke auf Olaf über. »Natürlich! Wenn

Hansmann verloren hat, hat er ihm aus Wut einen Schlag versetzt.«

»Oder Hansmann hat gewonnen, und Zapf wollte sich nicht an die Abmachung halten«, fügte Henry hinzu und hatte erneut diesen verschwörerischen Ton in der Stimme. Außerdem beugte sie sich zu Olaf, als ob sie verhindern wollte, dass andere mithörten.

»Das wäre ja total übel, wo sie doch Freunde waren.« Olaf wiegte nachdenklich seinen Kopf hin und her.

Einen Moment ließen sie die Argumente sacken. Dann richtete sich Henry wieder auf. »Einen Haken hat die Geschichte. Der Schlag wurde mit der Rückseite des Schlägers ausgeführt, also beim Ausholen.«

»Ach so? Also dann doch eher ein Versehen?«, fragte Olaf enttäuscht.

»Möglich, aber ein Könner würde so einen Schlag auch bewusst ausführen und dabei die Stirn des Flight-Partners treffen können. Sie hatten beide ein sehr gutes Handicap. Zwei geübte Spieler also. Und solche Golfer wissen genau, wo sie beim Schlag des anderen zu stehen haben, glaub mir. Es muss absichtlich passiert sein. Für mich scheint ein Unfall nahezu ausgeschlossen.«

»Es sei denn, sie standen unter Alkoholeinfluss«, gab Olaf zu bedenken.

»Dann könnte so etwas tatsächlich geschehen. Da hast du recht.«

»Weiß Wolf schon davon?«, erkundigte sich Olaf jetzt.

»Von der Wette? Nein, das ist mir gerade erst unter der Dusche eingefallen. So, und jetzt sollte ich mich besser mal anziehen. Obwohl: Dieser Jogginganzug ist doch top.« Als Henry sah, wie Olaf nach Luft schnappte, fuhr sie fort: »War ein Scherz! Tja, aber jetzt wird's ernst. Ich habe außer zwei bequemen Jeans nur ein einziges Kleid für eventuelle Feierlichkeiten dabei. Und das ist schwarz. Feierlichkeiten, du verstehst?«

Dass sie so vertraulich mit ihm umging, hatte Olaf gar nicht erwartet.

»Zieh das Kleid an, Henry. Charly hat mir eine bunte Tuch-

Auswahl mitgegeben. Das nimmt dem Schwarz sicher etwas von seiner Strenge.«

Die Stirn in Falten gelegt, nahm Henry das Kleid aus dem Schrank und verschwand im Bad. Ruckzuck war sie umgezogen und kam wieder heraus.

Olaf biss sich auf die Unterlippe, um nicht mit einem bewundernden Ausruf herauszuplatzen. Dann hätte sie ihre Entscheidung womöglich wieder rückgängig gemacht. Dass sie so gut aussah, wusste sie in ihrem üblichen Outfit gut zu verbergen. Schnell wählte Olaf eines der grün glänzenden Werke von Charly aus und band es ihr als eine Art Schärpe um.

»Wie sehe ich aus?«, fragte Henry neugierig, wobei sie die glatten langen Haare, die sie jetzt offen trug, mit einer schnellen Kopfbewegung zurückwarf.

»Gut. Du siehst gut aus, Henry«, untertrieb er schamlos.

»Du findest das schwarze Kleid nicht zu overdressed? Ich könnte auch meine zweite Jeans rasch überbügeln. Soll ich?«

Es gab keinen großen Spiegel in der Ferienwohnung. Das erklärte Henrys Arglosigkeit bezüglich ihres Aussehens.

»Nein, lass mal. Es ist gut so. Du willst doch den Journalisten aushorchen, oder? Wenn du im Kleid kommst, wird er abgelenkt sein und vielleicht mehr ausplaudern.«

»Ja, das könnte sein. Dann bleibe ich so. Ich muss Charly unbedingt bald mal in ihrer Galerie besuchen. Diese Schärpe, oder wie immer man das nennen will, ist ein Traum.«

Nicht nur die, dachte Olaf. »Musst du nicht langsam gehen?«, fragte er stattdessen.

»Ja, Mama!« Vergnügt nahm sie ihre große Tasche, die das Gesamtbild zugegebenermaßen ein wenig trübte, und bedachte Olaf im Vorbeigehen mit einem gespielten Augenaufschlag.

»Danke dir. Vielleicht kann ich mich mal revanchieren.«

Als sie das Haus verließ, hatte Olaf das Gefühl, dass der Neuanfang, den Henry anstrebte, nicht mehr in allzu weiter Ferne lag. Zufrieden setzte er sich an sein Cello und begann zu spielen.

ZWÖLF

Der Kranz in Kenzingen war eine Institution. Ein familiär geführtes Landgasthaus, das nun schon in der siebten Generation Touristen und Einheimische gleichermaßen über einen Zeitraum von zweihundertzwanzig Jahren begleitete.

Henry war gespannt. Die vielen Autos, die hier geparkt hatten, ließen auf eine gute Küche schließen. Genau das Richtige für sie. Sie war gutem Essen nie abgeneigt. Darüber hatte sich schon ihr Ex immer lustig gemacht und sie bei gesellschaftlichen Anlässen vorher ermahnt: »Henry, halte dich bitte zurück. Viel zu essen schickt sich nicht für Damen.« Und sie hatte sich daran gehalten. Wie auch an alle anderen Verbesserungsvorschläge, die ihm für sie eingefallen waren. Es war nie einfach gewesen, es ihm recht zu machen. Wie hatte sie eine so hohle Blase wie ihren Ex überhaupt jemals lieben können? Entschieden schob sie diese Gedanken beiseite. Noch einmal würde sie sich so etwas nicht gefallen lassen. Und schon gar nicht von einem Mann. Männer hatten in ihrem Leben ausgespielt. Basta.

Entschlossen trat sie ein und sah sich um. Keine Kneipe, ein Restaurant. Mit dem Kleid lag sie immerhin schon mal nicht ganz falsch. Über die Tische waren weiße Decken gebreitet. Noch ehe sich Henry weiter umsehen konnte, kam ihr Jochen Sturm entgegen.

»Sie sehen umwerfend aus, Frau Wunsch, oder darf ich Sie Henry nennen?«

Henry ließ sich von ihm am Arm nehmen und zum Platz führen. Während sie dahinschritt, verpasste sie ihm einen Dämpfer: »Bilden Sie sich nur ja nichts darauf ein, ich hatte nichts anderes im Koffer.«

Da prustete er ungeniert los. Und während Henry noch überlegte, ob sie beleidigt sein oder ihrem Drang, mitzulachen, nachgeben sollte, sagte er schon: »Wie befreiend! Eine Kratzbürste mit Humor. Bitte nennen Sie mich doch Jochen.« Dabei schenkte er, ihre Einwilligung vorwegnehmend, von dem Wein ein, der schon bereitstand.

Henry ließ ihm das durchgehen, griff nach dem Glas und prostete ihm zu. »In Ordnung, Jochen. Aber rechnen Sie sich keine weiteren Vertraulichkeiten aus. Ich bin dienstlich hier.« »Natürlich. Ich auch. Wir sind immer im Dienst, nicht wahr? Polizisten ebenso wie Journalisten. Aber lassen Sie uns erst einmal etwas bestellen. Die Küche hier ist einmalig.«

Jochen winkte einem Kellner, der ihnen die Speisekarten überreichte. Es trat eine Pause ein, in der Henry das Wasser im Mund zusammenlief, während sie die Speisen nacheinander durchging. Ihre Wahl fiel auf ein deftiges Gericht: Rehrücken mit Rotkraut und Spätzle. Jetzt würde sie endlich diese legendären Spätzle einmal kosten, die sie noch nie im Original probiert hatte. Der Abend hatte sich schon gelohnt.

Ihr Gegenüber schloss sich an, wobei ein kleines, rätselhaftes Lächeln seine Mundwinkel umspielte.

Henry fragte nicht nach. Kaum hatte der Kellner ihre Bestellungen aufgenommen, kam sie zum Thema. »Sie wollten mir etwas über Carsten Zapf berichten?«

»Das stimmt. Wobei ich, ehrlich gesagt, mehr auf eine Art Austausch gehofft hatte. Ein Geben und Nehmen sozusagen.«

»Ich kann Sie auch vorladen.« Henry hätte sich am liebsten auf die Lippe gebissen, nachdem ihr dieser Satz entschlüpft war.

Aber Jochen schien ihn überhört zu haben. Er trank einen kleinen Schluck und betrachtete sie amüsiert. »Sie lassen sich nicht gern über den Tisch ziehen.«

»Sie etwa?«

»Vielleicht wäre es sinnvoll, das Kriegsbeil so lange zu begraben, bis wir gegessen haben. Was halten Sie davon?«

»Sie haben recht. Lassen wir uns erst einmal das Essen schmecken. Wenn ich eines in der kurzen Zeit, die ich im Süden Deutschlands bin, gelernt habe, dann, dass man hier ausgezeichnet isst. Das könnte ich hier ständig tun!«

Jochen lachte vergnügt, und Henry fragte sich, was sie denn so Amüsantes gesagt hatte.

»Und mehr von unseren Vorzügen haben Sie noch nicht entdeckt?«, erkundigte sich der Journalist.

»Werde ich sicher noch. Essen ist doch schon mal ein guter Anfang, oder?«

Wieder lachte er. Dabei bildeten sich Grübchen in seinen Wangen. Henry war sich sicher, dass die Frauen Schlange bei ihm standen. Schade, dass sie sich aus Männern nichts mehr machte. Da wurde auch schon das Essen gebracht. Sie wurden nicht enttäuscht. Eine Gaumenfreude. Während sie aßen, sprachen sie auch über Bremen. Jochen war schon mehrfach dort gewesen. Henry taute immer mehr auf. Wie schön, dass jemand verstand, was einen dort halten konnte. Um nicht sentimental zu werden – das hätte gerade noch gefehlt –, wechselte sie irgendwann das Thema und ließ ihn reden. Er war ein guter Erzähler. Kunststück, als Journalist! Und er breitete bald schon, eingepackt in lustige Anekdoten, ein anregendes Bild ihrer neuen Umgebung aus, sodass sie richtig Lust bekam, bald mehr davon kennenzulernen. Was sie ihm auch sagte. Ein Fehler. Denn sofort schlug er vor, gemeinsam einen Ausflug zu machen. Da konnte sie schlecht Nein sagen. Aber sie vertröstete ihn auf einen späteren Zeitpunkt. Zu viel Arbeit. Der Fall. Das verstehe er doch?

Damit waren sie wieder beim Thema. Carsten Zapf. Und diesmal hatte er keine Einwände mehr. Zumal der Kellner gerade den Tisch abgeräumt und die Nachtischbestellung entgegengenommen hatte.

»Sie zuerst«, verlangte Henry. Sie war jetzt wieder ganz Kommissarin.

»Immer noch Vorbehalte? Gut, ich habe Sie ja schließlich um dieses Gespräch gebeten.« Jochen trank noch einen Schluck und begann: »Wie Sie vielleicht schon bemerkt haben, konnten Sie in der Presse bisher keinen Artikel zum Mord an Carsten Zapf von mir finden.«

Henry nickte.

»Das liegt daran, dass ich mit dieser Art des Berichtens absolut nichts am Hut habe. Genauer gesagt liegt mein Interesse ausschließlich in der investigativen Richtung. Mein Bestreben ist es, als skandalträchtig angesehene Vorgänge in Politik und Wirtschaft öffentlich zu machen.«

»Sie unterstellen mir, nicht zu wissen, was investigativer Journalismus ist?« Henry funkelte ihn angriffslustig an. Hielt er sie für so ungebildet? Das war doch die Höhe! »Entschuldigen Sie. So war das nicht gemeint. Überhaupt nicht.«

Glücklicherweise brachte der Kellner in diesem Moment das Dessert: Brombeereis mit heißen Früchten. Henry ließ sich beides auf der Zunge zergehen und genoss die sich entfaltenden Aromen in vollen Zügen.

»Fahren Sie fort, Jochen.«

»Um es auf den Punkt zu bringen: Ich recherchiere im Umfeld von städtischen Bauprojekten über die Vergabepraktiken. Dabei ist mir wiederholt die Firma von Carsten Zapf untergekommen.«

Jetzt war Henry wie elektrisiert. »Reden wir hier über Bestechung?«

»Ja. Die Firma Zapf hat in zwei Fällen überraschend den Zuschlag der Stadt für lukrative Bauvorhaben erhalten. Einmal ging es um die Einsegnungshalle des neuen Friedhofs in Hecklingen, das zweite Mal um eine Sporthalle in Nordweil. Und das aktuelle Projekt ist das neue Sportleistungszentrum, das die Stadt bauen will. Die Vergabe ist noch nicht durch.«

»Und Sie behaupten, Carsten Zapf hätte jemanden im Rathaus bestochen, um die Zuschläge zu erhalten?«

»Ich habe Beweise.«

»Die brauche ich. Sie wissen, dass Sie sie mir nicht vorenthalten dürfen. Es geht um Mord.«

»Und Sie wissen, dass ich meine Quelle schützen muss. Zumal sie absolut nichts von Carsten Zapfs Tod hat und deshalb als potenzieller Täter sicher ausscheidet.«

»Das zu beurteilen sollten Sie mir überlassen.«

»Ich könnte Ihnen stattdessen Mitbewerber nennen.«

»Sie wissen, dass ich die auch selbst in Erfahrung bringen kann?«

»Natürlich können Sie das. Aber von mir würden Sie die Namen schon heute bekommen. Und ebenfalls die der zuständigen Sachbearbeiter.«

»Und was wollen Sie dafür von mir?«

»Eine Auskunft über den Stand der Ermittlungen. Eine enge Zusammenarbeit ohne Vorbehalte.«

Henry schluckte. Konnte sie ihm trauen? Sollte sie zuerst mit Wolf darüber reden? Die Chefin war immerhin sie. Henry zögerte.

»Sie müssen das nicht jetzt entscheiden, Henry.« Jochen hatte offenbar bemerkt, wie es in ihr arbeitete. »Holen Sie sich Auskünfte über mich ein. Hier ist meine Karte. Wenn Sie sich entschieden haben, rufen Sie mich an. Und selbst wenn Sie sich nicht zu einer Zusammenarbeit mit mir durchringen können, darf ich sagen, dass ich diesen Abend mit Ihnen sehr genossen habe. Ich hoffe, wir werden das einmal wiederholen.«

Nachdem die Rechnung beglichen war, verließen sie gemeinsam das Lokal. Jochen begleitete sie noch bis zum Wagen und hielt beim Verabschieden ihre Hand ein kleines bisschen länger als nötig. Fast hatte Henry den Eindruck, als wollte er noch etwas sagen.

Er stand so nah bei ihr, dass ihr Herz anfing, schneller zu schlagen, schaute ihr prüfend in die Augen und wandte sich sofort um, als sie eingestiegen war.

Etwa zur selben Zeit wechselten zwei Goldmünzen mit dem Konterfei des römischen Kaisers Augustus – Prägezeit: 1. Jahrhundert vor Christus – den Besitzer, nachdem eine weitere Person die Münzen prüfend in Augenschein genommen und für echt befunden hatte. Der Handel wurde ohne viele Worte ausgeführt. Münzen gegen Bargeld. Zehntausend Euro für beide, bar auf die Hand. Deutlich unter Wert. Dafür wurden keinerlei Fragen zur Herkunft der Münzen gestellt. Ein wichtiger Punkt. Auch wurden keine Namen genannt. Noch wichtiger.

Es gab einen Code, über den man sich identifizieren musste. Und die Nummernschilder der Autos waren auch nicht echt. Man hatte nichts dem Zufall überlassen. Die Organisatoren dieses Handels, die im Darknet agierten, achteten streng auf die Wahrung der Anonymität ihrer Kunden.

Nach kaum mehr als dreißig Minuten war das Treffen beendet. Man stieg in die Autos und fuhr in einem zuvor verabredeten zeitlichen Abstand nacheinander langsam vom Parkplatz zwischen Rhein und Taubergießen.

Perfekt. Zehntausend Euro, das war nicht viel, aber es würde mehr werden. Der Anfang war gemacht. Die Ereignisse hatten begonnen, das Schicksal einer Korrektur zu unterziehen. Endlich.

Freitagmorgen. Henry fuhr mit ihrem eigenen Auto nach Freiburg ins Präsidium. Heute wollte sie sich endlich die Stadt ein wenig ansehen. Das war der Plan. Außerdem brauchte sie ein bisschen Zeit für sich. Zum Nachdenken. Benötigte sie vielleicht doch mehr Distanz? Mehr Raum für sich? Sie hatte sich vorbehaltlos in eine enge Freundschaft mit Wolf und Olaf fallen lassen. Die beiden waren toll, keine Frage. Aber wollte sie das? War sie nicht einfach nur vor der Furcht vor dem Alleinsein weggelaufen und hatte sich deshalb so vereinnahmen lassen? Darüber musste sie nachdenken. Und über noch mehr.

Henry bog mit Schwung auf den Parkplatz des Präsidiums ein. Während sie am Gebäude hinaufsah, warf sie achtlos die Wagentür mit einem Knall zu.

»Schon so temperamentvoll heute Morgen?«

Erst jetzt bemerkte sie, dass Bernd Meisner, der Pathologe, neben ihr stand und sie amüsiert anlächelte.

»Und Sie, keine Leiche im Keller, an der Sie herumschnippeln können?«, neckte sie ihn.

»Schon erledigt! Ich bin auf dem Weg zu Ren. Sein neuestes Opfer weist interessante Spuren auf.«

An den Schatten unter seinen Augen sah Henry, dass er wohl eine Nachtschicht eingelegt hatte. Dieser Mann liebte seinen Beruf leidenschaftlich. Aber das hatte sie sowieso schon gewusst.

»Ren? Ist damit der Kollege Rupp gemeint?«, erkundigte sie sich.

»Eigentlich heißt er Renato. Er ist Halbitaliener. Aber wir nennen ihn alle Ren. Haben Sie ihn denn schon kennengelernt?«

»Flüchtig. Wir sind uns einmal beim Chef begegnet. Ein sympathischer Mann.«

»Das wird er sicher auch über Sie sagen. Nehmen wir den Aufzug?«

Galant ließ er ihr den Vortritt, als sich die Aufzugstür öffnete. Beim Hinauffahren erkundigte er sich nach den Fortschritten im Fall Carsten Zapf. Henry konnte nur wenig berichten, denn sie stieg zuerst aus. Schade. Woran es wohl lag, dass Pathologen so nett waren? Auch die beiden in Bremen waren humorvolle Typen, die Henry sehr mochte. So wie diesen Bernd Meisner. Vergnügt schritt sie den langen Flur entlang bis zum Empfangsschalter, hinter dem Julian am Computer arbeitete.

»Guten Morgen, Julian. Haben Sie etwas für mich?«

Julian stand sofort auf und kam zu ihr. »Guten Morgen, Henry. Leider nicht viel. Dieser Sven Bachleitner ist bei der Berufsfeuerwehr. Das habe ich immerhin herausgefunden. Aber erreichen konnte ich ihn noch nicht. Ich bin aber dran.«

»Bei der Feuerwehr in Freiburg?«

»In der Eschholzstraße, ja.«

»Wissen Sie was? Stellen Sie fest, wann er Dienst hat, dann fahren Wolf und ich dort vorbei, wenn wir Zeit haben.«

Damit verschwand Henry in ihr Büro. Kaum war sie dort, erschien Wolf auch schon.

»Du bist gefahren, als wäre der Leibhaftige hinter dir her.«

»Wieso? So fahre ich immer.«

Henry verstand nicht, was er meinte. Sie hielt allerdings zugegebenermaßen nichts vom Herumtrödeln auf den Straßen. Und ihr BMW beschleunigte hervorragend, wenn wieder solche Zögerlinge vor ihr den Verkehr aufhielten und sie flink überholen musste. Am Fahren von schnellen Autos hatte sie schon immer Spaß gehabt, sehr zum Ärger ihres Ex-Mannes. Sie musste grinsen, wenn sie daran dachte, wie er sich bei ihren zügigen Überholmanövern manchmal ängstlich festgehalten hatte. Henry schob den Gedanken an ihren Ex schnell weg.

Es klopfte. Hansi Gansert, der junge Kollege von Leo Wanninger, den sie bereits kennengelernt hatten, trat ein.

»Leo schickt mich. Ich komme mit guten Nachrichten. Die Reifenspuren vom Golfclub gehören einwandfrei zum Wagen von Jonas Hansmann.« Dabei strahlte er sie übers ganze Gesicht an.

»Vielen Dank. Auch an Leo. Das bringt uns gehörig weiter«, meinte Henry, bevor sie sich begeistert an Wolf wandte. »Den haben wir in der Tasche. Ich fordere gleich mal einen Haftbefehl für ihn an. Dann nehmen wir ihn fest.«

Nachdem Henry telefonisch alles in die Wege geleitet hatte, fiel ihr noch etwas ein. Sie sagte: »Warte mal kurz, ich habe noch eine Idee.«

Damit verschwand sie aus dem Büro und klopfte an die Tür, hinter der Natalie und ihr Kollege Hannes sich an den Tischen gegenübersaßen. Ohne lange um den heißen Brei herumzureden, kam sie zur Sache. »Wir verhaften Jonas Hansmann. Der Haftbefehl ist bereits unterwegs.«

Freudige Erleichterung auf beiden Gesichtern. Eine Verhaftung löste immer im ganzen Team Freude aus, denn sie bedeutete, dass im aktuellen Fall ein Durchbruch erzielt worden war. Henry informierte die beiden über den erfolgreichen Abgleich des Reifenabdrucks vom Golfplatz mit Hansmanns Wagen. Dann fragte sie: »Haben Sie schon einmal eine Verhaftung durchgeführt, Natalie?«

Natalie verneinte.

»Sie aber sicher schon, oder, Hannes?«

»Ja, ich habe schon zweimal jemanden verhaftet.« Der leichte Stolz in seinem Unterton war nicht zu überhören.

»Das ist prima. Dann schlage ich vor, dass Sie, Natalie, die Verhaftung von Hansmann vollziehen und Sie, Hannes, ihr die notwendige Vorgehensweise erklären und den Vorgang verantwortungsvoll überwachen. Und nehmen Sie noch zwei Streifenbeamte mit. Ich glaube zwar nicht, dass Jonas Hansmann Schwierigkeiten machen wird, aber sicher ist sicher. Ich kann mich auf Sie verlassen?«

Die Zusage war überzeugend. Henry blickte in zwei strahlende Gesichter.

Sie verwies sie an Julian wegen der Adresse und des Haftbefehls, der jeden Moment bei ihm eintreffen würde. Dann zog sie sich lächelnd zurück. Sie war einen Schritt weitergekommen mit ihrem Team.

Wieder im Büro, informierte sie Wolf, dass die Kollegen die Festnahme übernehmen würden und sie deshalb Zeit hätten, zur Feuerwehr in der Eschholzstraße zu fahren, um mit Sven Bachleitner zu sprechen.

»Ich fahre.« Wolf kam ihr schnell zuvor. Offensichtlich erinnerte er sich noch daran, wie sie ihm heute Morgen davongebraust war.

»Natürlich fährst du. Du kennst dich doch in der Stadt viel besser aus als ich.« Henry grinste ihn amüsiert an. Natürlich war ihr klar, weshalb er fahren wollte.

Unterwegs fragte er nach den Informationen, die der Journalist gestern Abend preisgegeben hatte.

Henry ließ sich Zeit, ehe sie antwortete. »Jochen, also Herr Sturm, recherchiert über Bestechungsfälle im Zusammenhang mit städtischen Bauvorhaben. Dabei ist die Firma Industriebau Zapf aufgefallen. Carsten Zapf soll bei der Stadt einen der maßgeblichen Entscheidungsträger bestochen haben. Und das bei mehreren Projekten.«

Wolf überging, dass sie den Journalisten beim Vornamen genannt hatte. »Hat er dir Namen genannt?«

»Noch nicht.«

»Was heißt ›noch nicht‹?«

»Er will Informationen über die Ermittlungen im Fall Carsten Zapf. Ein Geben und Nehmen, meinte er.«

»Und du traust ihm nicht, habe ich recht?«

»Einem Journalisten? Traust du denen etwa?«

»Natürlich nicht. Aber wenn er wichtige Informationen für uns hat? Und zusagt, mit unseren Ermittlungen nicht an die Öffentlichkeit zu gehen? Woran speziell ist er denn interessiert?« Wolf schien Vorschriften gegen Vernunft abzuwägen.

Und sie? Wollte sie das Risiko eingehen? So oder so, sie sollte sich endlich entscheiden.

»Wir könnten innerhalb unserer Möglichkeiten auf dieselben Ergebnisse stoßen wie Jochen Sturm. Aber es würde natürlich dauern. Dann wage ich es jetzt einfach mal, da du ja anscheinend auch dafür bist.«

Wolf nickte. »Egal, wie's kommt, ich bin dabei, Chef.«

Henry griff zum Handy.

Einen Augenblick später meldete sich Jochen. »Gute Entscheidung, Henry. Heute Nachmittag um drei vor dem Münster?«

Henry sagte zu. Als ob er mit ihrem Anruf gerechnet hätte. War sie so leicht zu durchschauen?

Wolf fuhr auf das in imposantem Rot gehaltene Gebäude der Feuerwehr in der Eschholzstraße zu. Er parkte ausnahmsweise mal nicht direkt vor dem Eingang, was sowieso verboten war, sondern am Straßenrand. Er wollte sich lieber nicht vorstellen, was geschähe, wenn sich auf einmal bei einem Einsatz mehrere Tore gleichzeitig öffneten und die gewaltigen Gefährte anfingen, über den ausladenden Platz zu rollen, während er im Weg stand. Nein, dann doch lieber vor dem Gelände parken.

»Wie heißt er gleich noch mal?« Henry kramte in ihrer Tasche ungeduldig nach dem Notizbuch, in dem sie die Namen notiert hatte.

»Sven Bachleitner heißt unser Mann.« Wolf tat so, als würde er Henrys leises Fluchen nicht hören, und ging voraus ins Gebäude.

Im Inneren sahen sie sich einem Empfangsschalter gegenüber, der aber nicht besetzt war. Sie traten näher. Henry, die endlich fündig geworden war, drückte souverän die Glocke.

Ein junger Mann mit auffallenden Körpermaßen und ziviler Kleidung erschien aus einem rückwärtigen Raum und erkundigte sich mit einer hohen Kleinmädchenstimme nach ihren Wünschen. Er wusste Bescheid. Julian hatte ihn bereits telefonisch kontaktiert. Herr Bachleitner sei gleich zur Stelle. Sie sollten bitte so lange im Wartebereich nebenan Platz nehmen.

Ein athletisch wirkender Mann um die fünfzig kam mit federnden Schritten auf sie zu, gekleidet in eine Feuerwehr-Teiluniform. Die schwere Jacke, die noch fehlte, sowie die klobigen Schuhe und der Helm hingen wahrscheinlich neben dem Einsatzwagen hinter dem Rolltor und wurden erst kurz vor einem Einsatz ergänzt. Er setzte sich arglos zu ihnen, wobei das Funkgerät an seiner Hüfte Henry und Wolf durch zeitweiliges Aufblinken in Kombination mit undeutlichem Rauschen und kurzen menschlichen Lauten unmissverständlich darauf hinwies, dass man es tunlichst vermeiden sollte, die Zeit dieses Herrn unnötig zu vergeuden.

»Worum geht es?«, fragte er freundlich.

»Herr Bachleitner, Sie waren ein Klassenkamerad von Dagmar Drechsler?«, tastete Wolf sich vor.

»Ach, deshalb sind Sie hier. Ich habe es in der Zeitung gelesen. Man hat ihre Leiche gefunden. Ja, wir waren in einer Klasse. Tragisch, ihr Schicksal.«

»Wie meinen Sie das, Herr Bachleitner?« Wolf blieb dran.

»Dagmar war ein besonderes Mädchen. Wir waren alle in sie verliebt damals. Ich natürlich auch. Und wie. Sie hatte Sex-Appeal, wenn Sie wissen, was ich meine. Sie hätte jeden haben können – und dann so was.«

»So was?«

»Na ja, sie ist umgebracht worden, oder nicht? Offensichtlich hat sie sich mit dem falschen Kerl eingelassen.« Die leichte Erregung, die ihn bei seinen Worten ergriffen hatte, war nicht zu übersehen.

»Wissen Sie denn, wer der Mann war, mit dem sie sich eingelassen hatte?«, fragte Henry.

»Nee. Den hat sie vor uns geheim gehalten. Aber er muss älter gewesen sein. Mit Kohle und so.« Er schien noch immer nicht ganz darüber hinweg zu sein.

Wolf spürte: Jetzt waren sie ganz dicht dran. Er beschloss, Bachleitners Ego ein wenig herauszufordern. »Aber Sie haben sich damit doch nicht abspeisen lassen, nicht wahr? Sie sind ihr heimlich gefolgt und haben sich den Typen näher angesehen, weil Sie auf Dagmar aufpassen wollten.«

Jetzt hatte Wolf den Punkt exakt getroffen.

»Ich habe sie damals geliebt, wissen Sie. Da wollte ich wenigstens sicher sein, dass sie von einem, der sie gar nicht verdient hat, nicht einfach nur ausgenutzt wird.«

»Mit neunzehn hatten Sie schon solche hehren Gedanken? Alle Achtung!«

Jetzt druckste Sven Bachleitner ein bisschen herum. »Also … nein. Ganz so war es auch wieder nicht. Ich war erst neunzehn, das stimmt, und wahnsinnig in Dagmar verliebt. Nicht nur das, wir waren eine kurze Zeit zusammen, bis sie diesen geheimnisvollen Fremden kennengelernt hat. Da war ich natürlich nicht nur besorgt, sondern auch ein wenig eifersüchtig.« Er klang leicht schuldbewusst.

Henry mischte sich jetzt ein. »Sie sind den beiden also gefolgt? Und haben ihn zur Rede gestellt? War es so?«

»Nein.«

»Wie dann?«

»Ich wollte ihr einmal hinterherfahren. Das stimmt. Aber Dagmar hat mich auf meinem Fahrrad bemerkt, bevor sie an ihrem Treffpunkt ankam, und mir die Hölle heißgemacht. Da bin ich lieber umgekehrt und heimgefahren.«

Mist! Das klang richtig glaubhaft. Schuljungs.

»Wir wissen, dass Sie Dagmar mehrmals heimlich beobachtet haben. Und da wollen Sie ihren neuen Freund nicht gesehen haben?«

»Ja, das stimmt leider auch. Ich hatte aber nie Erfolg. Einmal habe ich hinter einer Hecke vor ihrem Haus auf sie gewartet, weil ich dachte, ihr neuer Freund bringt sie doch sicher heim. Da hat mich die Nachbarin entdeckt und ihren Köter auf mich gehetzt. Was Dagmar mir am nächsten Morgen an den Kopf geworfen hat, möchten Sie gar nicht wissen. Ich gab dann irgendwann auf.«

»Hatten Sie nach dem Abitur noch Kontakt zu Dagmar?«

»Hätte ich es mal lieber versucht. Später habe ich gehört, dass der Kerl sie sitzen gelassen hat. Schwanger.«

»Und dann haben Sie Kontakt aufgenommen?«

»Nein. Dagmar schwanger ... Das war zu viel für mich. Ich war zu feige und blieb weg. Manchmal denke ich, wenn ich etwas mutiger gewesen wäre, würde sie vielleicht noch leben. Tragisch.«

Das Lämpchen an seinem Funkgerät blinkte plötzlich wie verrückt. Sven Bachleitner nahm es in die Hand und meldete sich. Ein kurzer Austausch von Zurufen, dann hatte er es eilig.

»Tut mir leid, ich muss weg.«

»Danke, Herr Bachleitner. Das war's auch schon. Bitte kommen Sie spätestens morgen aber noch zur Polizeidienststelle und unterschreiben Sie das Protokoll, ja?«

Während er weitere Befehle aus dem Funkgerät entgegennahm und andere eingab, nickte er Henry und Wolf noch freundlich zu, und schon war er weg.

Beim Hinausgehen waren zwei Rolltore hochgezogen, und schwere Feuerwehrwagen fuhren laut aufheulend und mit zuckenden Blaulichtern an ihnen vorbei über den Vorplatz, fädelten sich dann in den fließenden Verkehr ein, um mit beschleunigtem Tempo stadtauswärts zu eilen. Beeindruckend. Bestimmt war Sven Bachleitner auch dabei.

Als Wolf und Henry wieder in ihrem Auto saßen und ihre Ohren nicht mehr dröhnten, meinte Henry: »Ich glaube nicht, dass der etwas mit dem Tod von Dagmar Drechsler zu tun hat.«

»Ich auch nicht. Er war nicht wütend genug. Ein Feigling obendrein.«

»Na, na, bist du nicht ein wenig zu hart?«

»Es waren seine eigenen Worte. Und ich muss ihm zustimmen. Vielleicht ist er deshalb jetzt bei der Feuerwehr, damit jeder sehen kann, dass er doch ein mutiger Kerl ist.« Er grinste Henry an.

»Damit er nicht mehr daran denken muss, wie er sich damals von einer Nachbarsfrau und deren Hündchen hat vertreiben lassen? Oder welchen Schiss er vor dem Anpfiff seiner Ex-Freundin Dagmar hatte?«

Jetzt grinsten sie beide.

»Dir wäre das natürlich nicht passiert, was, Wolf?«

Wolf wurde auf der Stelle ernst. »Ich musste stark für zwei sein. Das war auch nicht einfach, glaub mir. Und manchmal wäre ich auch lieber feige gewesen. Aber das konnte ich Olaf nicht antun. Er war schon damals so sensibel. Man musste sich einfach schützend vor ihn stellen.«

»Und deshalb bist du dann zur Polizei gegangen?«

Jetzt prusteten sie beide los. Wie wurde so etwas genannt? Küchenpsychologie? Darin waren sie echt groß.

Dann wurde Henry wieder ernst. »Ich frage mich, ob der Fall Dagmar Drechsler nach so vielen Jahren überhaupt noch zu lösen ist. Wir haben nichts. Eine demente Mutter, einen Sohn, der damals gerade mal ein Jahr alt war, den Namen eines verliebten Klassenkameraden und die Kenntnis von einem unbekannten, wahrscheinlich älteren Liebhaber. Was auch immer *älter* in dem Zusammenhang bedeuten soll.«

»Nicht zu vergessen die Behauptung von Charly, an der sie die ganzen dreißig Jahre festgehalten hat – bis vor zwei Tagen: dass sie Manuel Zapf dabei beobachtet hat, wie er ihre damalige Schülerin Dagmar küsste.«

»Aber leider bestreitet Manuel Zapf, dass er sie überhaupt gekannt hat. Damit haben wir also doch nichts in der Hand.« Henry seufzte und fuhr dann fort: »Und Charly ist sich seit zwei Tagen nicht mehr sicher? Was ist denn passiert?« Gespannt schaute sie Wolf an.

»Olaf befürchtet, dass sie bezüglich ihrer alten Liebe Manuel rückfällig geworden ist. Ganz sicher weiß er es noch nicht.«

»Charly neu verliebt? Das wäre doch großartig!«

»Olaf sieht das nicht so. Er macht sich jetzt schon Sorgen, weil sie vielleicht wieder verletzt werden könnte.«

»Und du?«

»Ich? Wieso? Du denkst doch nicht ernsthaft, dass ich mich da einmischen würde? Niemals!«

Henry glaubte ihm. Er hatte ja auch mit keiner Silbe nach ihrem persönlichen Befinden gefragt, nachdem sie sich mit Jochen Sturm getroffen hatte. Nur nach den dienstlichen Fakten.

Sehr angenehm, ihr neuer Partner. Quatsch. Wolf war mehr. Er wurde allmählich zu einem Freund. Zu einem, der einen auch mal in Ruhe lassen konnte. Das war wichtig für Henry.

Zumal sie mittlerweile sogar annahm, dass Jochen sowieso nur beruflich an ihr interessiert war. Was hätte es da also schon zu berichten gegeben? Nichts. Der Abend war genauso sachlich verlaufen, wie sie es gewollt hatte. Also beinahe. Komisch nur, dass sie bei diesem Gedanken einen leichten Stich verspürte. Diesmal keine Küchenpsychologie?

Da fiel ihr etwas ein. »Hat eigentlich jemand überprüft, ob Jonas Hansmann Diabetiker ist?«

»In den Unterlagen stand nichts darüber«, überlegte Wolf.

Henry hatte das Handy schon am Ohr. »Henry hier. Ich möchte mit Merle oder Rainer sprechen, bitte.«

Wolf nickte ihr verstehend zu.

Es wäre sehr hilfreich, beim Verhör ihres momentanen Hauptverdächtigen Jonas Hansmann genaue Kenntnisse darüber zu haben, ob er selbst oder jemand aus seiner Familie Diabetiker war und somit Zugang zu Insulin hatte. Eine schöne Aufgabe für die Kollegen Rainer und Merle. Wie Henry erfuhr, war der Verdächtige bisher noch nicht im Haus, es blieb ihnen also noch etwas Zeit. Zufrieden genoss sie den Rest der Fahrt.

DREIZEHN

In der Firma Industriebau Zapf herrschte gedrückte Stimmung. Wie würde es weitergehen ohne ihren Chef Carsten Zapf? Dieter Maiwald hatte zwar alle kurz nach dem traurigen Ereignis zusammengerufen und versprochen, dass alles so weiterlaufen würde wie bisher, aber wie konnte man da sicher sein? Maiwald war nur der Geschäftsführer. Der Erbe war Carsten Zapfs Vater, Manuel Zapf. Und der saß heute zum ersten Mal im Büro seines Sohnes und führte Gespräche mit den Abteilungsleitern. Um sich einen Überblick zu verschaffen, hatte er gesagt, und um die Funktionsträger kennenzulernen. Um eine Entscheidung über die Zukunft der Firma treffen zu können. Besonders Letzteres hatte alle beunruhigt.

Mara Schiffer, die Dame vom Empfang, brachte ihm auf einem kleinen Tablett eine Tasse Kaffee mit einem winzigen Erdbeertörtchen. Als sie eintrat, fand sie Manuel Zapf über einen Berg Akten gebeugt vor. Er sah kurz auf und lächelte sie ob ihrer unerwarteten Fürsorge dankbar an, nur um sich danach sofort wieder weiter in seine Unterlagen zu vergraben. Er seufzte vor sich hin.

Sollte er die Firma seines Sohnes behalten, oder wäre ein Verkauf nicht doch die elegantere Lösung? Manuel war unentschlossen. Aus allen Gesprächen, die er heute mit den Verantwortlichen geführt hatte, war herauszuhören gewesen, dass sie hofften, die Firma würde weiter bestehen und nicht verkauft werden. Manuel Zapf verstand das natürlich.

Dieser Maiwald war eigentlich nicht übel. Mit dem wäre es wahrscheinlich zu machen. Aber er bräuchte sicher noch Unterstützung in der Firmenleitung. Er jedenfalls stand dafür nicht zur Verfügung. Sein eigenes Bauunternehmen forderte ihn genug. Außerdem war er im Moment dabei, sich altersbedingt aus seinem Unternehmen zurückzuziehen.

Jetzt blickte er sinnend zum Fenster hinaus.

Sein Sohn war tot.

Sie hatten nicht viel Kontakt gehabt. Dafür waren sie sich zu ähnlich gewesen. Beim Betrachten von Carstens oberflächlicher Lebensweise hatte er sich immer selbst in jungen Jahren gesehen. Eine unangenehme Erkenntnis. Carsten war egoistisch, aber begabt gewesen. Sehr sogar. Mehr als er. Nun ja, ihre beiden Unternehmen waren auch komplett verschieden. Während seine Firma sich auf Wohnungsbau spezialisiert hatte, baute sein Sohn öffentliche Gebäude für Kommunen. Großartige Gebäude. Immerhin war Carsten Architekt gewesen und nicht nur Polier wie er selbst. Manuel war immer so stolz auf Carsten gewesen. Hatte er ihm das eigentlich jemals gesagt? Nein. Das bedauerte er nun.

Bestätigung hatte Carsten allerdings genug bekommen. Seine Bauten waren gefragt. Die Auftragsbücher voll. Carsten war immer erfolgreich gewesen in dem, was er tat.

Aber nun war er tot. Sein einziger Sohn war gestorben. Jetzt war nur noch er selbst übrig. Der Letzte in der Familie. Er wurde ein wenig melancholisch bei diesem Gedanken.

Da kam ihm Charly in den Sinn. Er würde alles daransetzen, es diesmal nicht zu versauen. Charly war eine Chance. Seine letzte.

Seufzend stand er auf, raffte ein paar Unterlagen zusammen, die er noch durchzuarbeiten hatte, und verließ diesen Ort. Zu Frau Schiffer am Empfang sagte er, dass er morgen wiederkommen werde. Und ja, er wisse natürlich, dass morgen Samstag sei. Deshalb brauche er auch einen Schlüssel.

Eifrig händigte sie ihm einen brandneuen Generalschlüssel aus, den sie erst am Mittwoch hatten neu anfertigen lassen. Über den Verbleib des alten Schlüssels wisse man noch immer nichts. Die Polizei gehe davon aus, dass der Täter den Schlüssel habe.

Nachdem Manuel sein Auto vor dem Haus abgestellt hatte und hineingegangen war, blieb er einen Moment stehen. Es war still hier drinnen. Zu still. Er sehnte sich nach Gesellschaft. Er wollte Charly hier haben. Sie würde das Haus mit Leben erfüllen. Langsam stahl sich ein Lächeln auf sein Gesicht.

Er holte die Post aus dem Kasten und ging Richtung Wohnzimmer, während er den Briefstapel oberflächlich durchsah. Zahlreiche Kondolenzbriefe, Rechnungen, Werbung, das Übliche. Halt! Ein gelber Umschlag ohne Absender. Manuel ließ sich in einen Sessel fallen, legte den Stapel beiseite und riss den gelben Umschlag auf. Das konnte doch nicht wahr sein! Er las wieder und wieder, was da stand. Sollte er das etwa ernst nehmen? Lächerlich.

Wütend zerriss Manuel den Brief mitsamt dem Umschlag in ganz kleine Schnipsel und schmiss sie angewidert in den Mülleimer unter der Spüle. Er schüttelte energisch seinen Kopf. Nicht mit ihm. Nicht mit Manuel Zapf, nach all den Jahren! Und nun Schluss damit. Er mahnte sich selbst zur Ruhe. Es gab Wichtigeres zu tun.

Entschlossen ging er in sein Arbeitszimmer, um zu telefonieren.

In Henrys Team herrschte erhöhte Anspannung. Der Hauptverdächtige Jonas Hansmann saß im Verhörraum. Henry und Wolf beobachteten ihn durch den Einwegspiegel von außen, während sie auf seinen Anwalt warteten. Hansmann fühlte sich sichtbar unwohl und veränderte ständig seine Sitzposition.

Henry ging rasch zu Julian und bat um einen Kaffee für den Verdächtigen. Auf dem Rückweg steckte sie noch schnell den Kopf ins Büro von Hannes und Natalie. »Alles gut gelaufen bei der ersten Inhaftierung?«

Strahlende Gesichter. Besonders bei Natalie. »Es war sehr aufregend, aber Herr Hansmann hat sich kein bisschen widersetzt.«

»Gute Arbeit, jetzt drücken Sie mal die Daumen, dass wir den Richtigen haben.« Damit schloss Henry sorgsam die Tür und ging wieder zu Wolf.

»Der Anwalt ist jetzt drinnen. Er sagt Bescheid, wenn wir anfangen können«, informierte dieser seine Kollegin.

»Kennst du ihn?«, fragte Henry, die sich durch die Scheibe neugierig den Herrn neben Jonas Hansmann ansah. Er schien recht jung.

»Nein. Ein gewisser Herr Frischlauf, wie er sich mir vor-gestellt hat.«

Dann war es so weit. Herr Frischlauf bat sie herein. Während Henry und Wolf sich setzten, kam Julian mit dem Kaffee. Er hatte auch einen für den Anwalt dabei.

Nun konnten sie anfangen. Henry eröffnete die Vernehmung, nachdem die Formalitäten festgehalten waren. Sie hatte alles an Informationen dabei, was das Team über Hansmann zusammen-getragen hatte. Von Julian übersichtlich zusammengestellt. Die Indizien waren ziemlich erdrückend.

»Herr Hansmann, Sie wurden verhaftet, weil Sie unter drin-gendem Tatverdacht stehen, Herrn Carsten Zapf getötet zu ha-ben. Möchten Sie ein Geständnis ablegen?«

Wie nicht anders zu erwarten, wurde Herr Hansmann noch eine Spur bleicher.

Sein Anwalt antwortete für ihn: »Herr Hansmann kann kein Geständnis ablegen, weil er den Mord nicht begangen hat. Wohl aber gibt er zu, sich in besagter Nacht mit seinem Freund Carsten Zapf am Tatort aufgehalten zu haben, wobei es leider zu Un-stimmigkeiten zwischen ihm und dem Opfer gekommen ist.«

»Schön, Herr Hansmann. Dann macht es Ihnen ja nichts aus, uns zu erzählen, wie es geschehen konnte, dass Sie mitten in der Nacht auf dem Golfplatz waren.«

Fast erleichtert berichtete Hansmann nun über den Verlauf des Abends, an dessen Ende sein Freund Carsten Zapf zu Tode gekommen war. Tatsächlich hatte er ihn bei einer teuren Es-senseinladung davon abbringen wollen, die Verträge mit seinem Autohaus zu kündigen. Aber Carsten sei unbeugsam gewesen. Danach, ziemlich alkoholisiert, habe er angefangen, sich verächt-lich über seine Niederlage bei der Golfrunde am Nachmittag zu äußern. Dabei habe er Carsten extra gewinnen lassen, in der Hoffnung, dass sich ein Sieg positiv auf seine Bitte, die Verträge weiterlaufen zu lassen, auswirken würde. Schließlich habe Cars-ten behauptet, ihm an Loch 14 seit jeher deutlich überlegen zu sein. Das habe dann den Ausschlag gegeben. Sie hätten um dieses Loch gewettet. Der Einsatz: die Verlängerung der Verträge.

»Sind Sie nach dem Essen gemeinsam in Ihrem Auto direkt auf den Golfplatz gefahren? Sie wissen, dass die Reifenspuren, die wir dort gefunden haben, mit denen Ihres Wagens übereinstimmen?«

Der Anwalt nickte.

»Ja, wir waren mit meinem Wagen dort«, bestätigte Hansmann. »Aber wir sind nicht direkt dort hingefahren. Wir mussten Carstens Bag noch aus seinem Büro holen. Er hat es nie im Wagen gelassen. Und wir sind ja nach unserer Golfrunde am Nachmittag schon in meinem Auto zum Essen gefahren. Damit wenigstens Carsten etwas trinken konnte.« Hansmann schien jetzt ganz entspannt.

»Sagen Sie, wie haben Sie es eigentlich hingekriegt, dass Sie an Loch 14 überhaupt genügend sehen konnten? Es war ja stockdunkel um diese Zeit«, fragte Henry weiter.

»Ach, wissen Sie, ich habe immer einen Scheinwerfer im Kofferraum liegen. Der hat mir schon des Öfteren gute Dienste geleistet. Licht war also kein Problem für uns.«

»Gut. Was ist dann auf dem Golfplatz passiert?« Wolf mischte sich jetzt ein.

»Wir haben die Regeln ausgemacht und gespielt. Carsten spielte dreimal Par. Ich zweimal Par und einmal Birdie.«

Wolf blickte bei dieser Antwort etwas hilflos zu Henry.

Die sprang wieder ein. »Sie haben also gewonnen. Gratulation.«

Hansmann schien sich ein wenig besser zu fühlen, als er an seinen Sieg dachte. »Ja, ich habe gewonnen. Das war eh klar. Ich hatte schon oft einen Birdie an Loch 14, und Carsten wusste das.«

»Und weshalb kam es dann zu diesen ›Unstimmigkeiten‹, die Ihr Anwalt eingangs erwähnt hat?«

»Unstimmigkeiten? Carsten hat mich ausgelacht. Ob ich tatsächlich gedacht hätte, er würde mit einer geschäftlichen Niete, wie ich eine wäre, noch irgendeinen Vertrag haben wollen? Ich wäre doch sowieso schon längst pleite, wenn er nicht aus purer Freundschaft all die Jahre an den Verträgen festgehalten hätte.

Aber damit sei es jetzt vorbei. Birdie hin oder her. Er brauche sein Geld jetzt.«

Jonas Hansmanns Blick schien nach innen gerichtet, als er weitersprach, obwohl sein Anwalt ihn daran hindern wollte. »Ich hatte noch meinen Lob Wedge in der Hand, mit dem ich den Siegesschlag ausgeführt hatte. Auch Carsten befand sich noch mehr oder weniger auf dem Fleck, auf dem er zuvor gestanden hatte. Ich drehte mich einfach ein wenig nach links und holte kräftig aus. Ein guter Schlag. Carsten fiel wortlos auf den Rücken. Ich hatte ihn exakt an der Stirn getroffen.« Nun schwieg er.

Henry ließ ihm ein wenig Zeit, dann bohrte sie nach. »Etwas verstehe ich nicht, Herr Hansmann. Warum haben Sie den Lob Wedge am Tatort eigentlich liegen lassen?«

»Ich war total in Panik. Das Blut, wissen Sie. Ich kann doch kein Blut sehen. Eigentlich wollte ich den Schläger ja zurück ins Bag stecken. Aber beim Abwischen mit dem Tuch sah ich das Blut am Schlägerkopf. Sogar am Schaft. Ich putzte es weg, so gut es ging, aber mir wurde dabei speiübel. Ich musste meinen Wedge fallen lassen, wenn ich nicht umkippen wollte. Deshalb.«

Der Anwalt übernahm. »Ab sofort wird sich Herr Hansmann nicht weiter äußern. Und Ihnen ist ja bekannt, dass der Schlag nicht die Todesursache war, nicht wahr?«

»Das stimmt. Ihr Mandant hat sich aber leider nicht mit diesem Schlag begnügt, sondern seinem ohnmächtigen Freund noch eine Dosis Insulin verpasst, woran dieser dann gestorben ist.«

»Nun, das müssen Sie aber erst noch beweisen, nicht wahr?«, trumpfte Herr Frischlauf zuversichtlich auf.

»Die Indizien sprechen eine deutliche Sprache, Herr Frischlauf. Der Vater von Herrn Hansmann ist Diabetiker. Und Herr Hansmann hat ihn vor besagtem Abendessen noch zu Hause aufgesucht, wie unsere Recherchen ergeben haben. Das genügt. Sie bleiben vorläufig in Haft, Herr Hansmann.«

Jetzt erst nahm Jonas Hansmann sie wieder richtig wahr und schien zu begreifen, was ihm vorgeworfen wurde.

»Aber ich bin doch kein Mörder! Ich habe Carsten nicht getötet. Ich habe ihn geschlagen, ja. Aber ich habe ihm kein Insulin gespritzt. Das muss jemand anderes gewesen sein. Jemand muss uns gefolgt sein. Der hat ihm das Insulin gespritzt. Ich schwöre. Ich war das nicht!«

»Haben Sie denn jemanden dort gesehen, Herr Hansmann?« Henry ging immer jedem Hinweis nach.

»Nein. Da war keiner. Aber vielleicht hat sich jemand versteckt. Bitte, ich war das nicht. Ich habe Carsten geschlagen, weil er es verdient hatte. Ja. Aber ich hätte ihn doch nicht umgebracht. Das müssen Sie mir glauben!« Jonas Hansmann klang verzweifelt.

»Woher sollte denn jemand wissen, dass Sie auf dem Golfplatz waren, Herr Hansmann? Das konnte doch niemand voraussehen, oder? Und verfolgt wurden Sie ja auch nicht. Zumindest haben Sie nichts davon bemerkt, oder? Dann ist es doch mehr als unwahrscheinlich, dass eine dritte Person der Täter sein soll, nicht wahr? Erleichtern Sie Ihr Gewissen und geben Sie einfach zu, dass Sie die Gelegenheit, als Ihr Freund am Boden lag, genutzt haben. Schließlich hatte er Sie ja auch um den Gewinn betrogen«, bot Wolf ihm als Brücke an.

»Ich gebe zu, ich dachte, Carsten sei tot, als er da so lag. Aber dann bin ich so schnell wie möglich abgehauen. Ich hatte Panik. Das werden Sie doch verstehen. Aber Insulin habe ich ihm keines gespritzt. Es muss jemand nach mir gekommen sein. Bitte glauben Sie mir doch.« Jonas Hansmann flehte sie an.

Aber die Indizien wogen zu schwer. Das Verhör war beendet. Jonas Hansmann wurde in eine Zelle gebracht.

Henry war nicht wirklich zufrieden. Alle Indizien sprachen gegen Jonas Hansmann. Und dennoch blieb da dieses unangenehme Bauchgefühl. Auch Wolf sah nicht wie ein glücklicher Sieger aus. Wahrscheinlich lag es einfach daran, dass es immer unangenehm war, jemanden zu überführen, der seine Unschuld beteuerte. Bis sie wieder im Büro waren, schwiegen sie.

Henry sprach es zuerst aus: »Was, wenn Hansmann das Opfer zwar niedergeschlagen, aber die tödliche Spritze tatsächlich nicht gesetzt hat?«

»Dann müsste ihnen tatsächlich jemand gefolgt sein, aber Hansmann hat doch niemanden gesehen.«

»Es könnte ein Auto mit ausgeschalteten Scheinwerfern gewesen sein. Die beiden standen so unter Adrenalin, Zapf sogar unter Alkoholeinfluss, dass sie es bestimmt nicht bemerkt hätten.«

»Dieser Unbekannte hätte dann also abgewartet, bis Hansmann in Panik weggefahren war, und dem ohnmächtigen Carsten Zapf dann das Insulin verpasst?«

»Das wäre doch theoretisch möglich, oder?«

»Der Unbekannte hätte zufällig Insulin dabeigehabt?«

Jetzt grinste Henry ihn blitzend an. »Was, wenn der Unbekannte selbst Diabetiker ist? Dann hätte er es auf jeden Fall bei sich gehabt.«

Henry konnte sehen, wie sich der Gedanke bei Wolf festsetzte.

»Vielleicht wurden die beiden ja schon beobachtet, als sie in der Firma waren, um das Golfbag zu holen.« Wolf hatte nun Feuer gefangen. »Vielleicht war ihnen schon vorher jemand gefolgt. Als sie noch im Restaurant waren.«

»Wir müssen beim Service des Lokals nachfragen, ob ein anderer Gast kurz nach Hansmann und Zapf das Lokal verlassen hat.«

»Ich schicke gleich jemanden los.« Schon war Wolf unterwegs, um das Besprochene überprüfen zu lassen.

Derweil blieb Henry vor der Übersichtswand stehen und starrte darauf. Alle potenziellen Verdächtigen hatte Wolf farblich markiert. Wer von ihnen konnte die beiden im Lokal beobachtet haben – mit der Absicht, ihnen zu folgen? Alle. Wer konnte zu dieser nächtlichen Stunde zufällig an der Firma vorbeigekommen sein und ihnen nachspioniert haben? Bestimmt kämen da nur wenige in Frage, wenn überhaupt. Oder vielleicht war es jemand, der heimlich selbst noch einmal in die Firma gewollt hatte und einen Schlüssel besaß? Um dort was zu tun? Neue Fragen taten sich auf.

Als Wolf zurückkehrte, besprachen sie die verschiedenen Optionen. Henrys Bauchgefühl sagte ihr, dass sie auf dem richtigen Weg waren.

»Vielleicht hat jemand in der Nacht etwas im Bereich der Firma beobachtet. Jemand, der mit dem Hund rausmusste. Oder jemand mit Schlafstörungen. Das gibt es häufiger, als man denkt. Ich muss jetzt zum Treffen mit Jochen Sturm. Kannst du bitte bei den Kenzingern anfragen, ob sie in der Nachbarschaft der Firma nachfragen könnten? Falls nicht, sollten wir die Presse einschalten. Oder was meinst du?« Henry zog bereits ihre Jacke an.

Wolf beruhigte sie. »Wir machen das genau in der Reihenfolge, die du vorgeschlagen hast. Geh nur, ich kümmere mich darum.«

Eigentlich wäre Henry jetzt gern dageblieben und hätte selbst die neuen Schritte in die Wege geleitet. Andererseits wusste sie, dass sie sich auf Wolf verlassen konnte. Das Treffen mit Jochen Sturm war schließlich auch wichtig.

Man konnte nicht auf zwei Hochzeiten gleichzeitig tanzen, wie ihre Mutter immer gesagt hatte. Also dann. Mit einem fröhlichen »Tschüss« war sie auch schon weg.

Etwa eine halbe Stunde später stand Henry vor dem Freiburger Münster. Wow! Das prächtige Gebäude mit dem filigranen Turm wirkte geradezu wie ein Ausrufezeichen Gottes. Drum herum ein breiter Kranz mit den Marktständen der Bauern, die ihre landwirtschaftlichen Produkte in üppiger Vielfalt ausstellten, wobei auch die berühmten langen roten Würste nicht fehlten. Auch Spezialitäten anderer Länder wurden angeboten. Das Beste aber waren die Stände mit den Blumen und Pflanzen direkt vor dem Portal. Frühling satt. Eine Augenweide.

Henry konnte ihren Blick kaum davon abwenden. Und dann der Geruch dieser Wurstbratereien, der ihr verführerisch in die Nase zog! Kurz entschlossen ließ sie sich vom Strom der Marktbesucher mitreißen und reihte sich in die Schlange vor einer der Würstchenbuden ein. Sie bestellte eine lange Rote mit Senf. Das Wasser lief ihr im Mund zusammen, als sie ihr ausgehändigt wurde. Dann biss sie hinein und schlenderte hochzufrieden zu ihrem Ausgangspunkt zurück. Dort beobachtete sie das bunte Treiben. Bestimmt war es im Sommer sogar noch reizvoller hier, wenn vor den Kaufmannshäusern, die den äußeren Kreis des Platzes bildeten, alle Stühle der zahlreichen Lokalitäten besetzt waren. Henry konnte sich die fröhliche Stimmung sehr gut vorstellen.

Als sie sich den letzten Bissen Wurst in den Mund geschoben hatte und nach einem Papiertaschentuch in ihrer Umhängetasche kramte, um sich die Finger abzuwischen, kam Jochen.

»Entschuldigen Sie, Henry. Bin ich zu spät?« Ihre Not erkennend, da sie, wie er ihr stumm bedeutete, offenbar noch Senf am Mundwinkel hatte, reichte er ihr flink eines von seinen Tüchern.

»Nein, gar nicht. Ich wollte mir den Platz einfach mal anschauen. Beeindruckend.« Henry lächelte ihn an. Wahrscheinlich hatte Jochen nie Senf am Mundwinkel, so gepflegt, wie er immer aussah.

»Waren Sie auch schon drinnen?«, erkundigte er sich interessiert.

»Das habe ich nachher vor. Ich möchte mir heute zumindest einen ersten Eindruck von Freiburg verschaffen. Jetzt lassen Sie uns aber in ein Café gehen, damit wir unsere Informationen austauschen können. Einverstanden?«

Jochen führte sie ein Stück weit quer durch die Stadt, wobei er sich Zeit nahm und ihr nebenbei ein wenig über Freiburg erzählte.

Er kennt sich anscheinend gut hier aus, dachte Henry.

Er hatte das Café Schwarzes Kloster ausgewählt. Früher war es Teil eines Ursulinenklosters gewesen, heute war es ein versteckter, relativ ruhiger Ort, der sich geradezu ideal für eine Besprechung eignete.

Sie bestellten. Dann nannte Jochen die Namen der Firmen, die im Rennen um den städtischen Auftrag für das Leistungszentrum in Kenzingen mit Industriebau Zapf konkurrierten. Es waren zwei: Objekt- & Gewerbebau Haslitz aus Kehl und Industriebau Schlotter aus Achern.

»Mehr Bewerbungen hatte die Stadt nicht bekommen?«
Henry wunderte sich.

»Doch, natürlich. Aber die beiden waren auch schon bei
Zapfs letzten drei Bewerbungen als Konkurrenten mit dabei.
Und meine Quelle berichtet, dass in zwei Fällen eigentlich Industriebau Schlotter das Rennen gemacht hätte und auf die Ab-
sage sehr verärgert reagierte.«

»Sie haben sich die Firma Schlotter daraufhin sicher genau
angesehen?«

»Das gehört zu einer soliden Recherche. Und es sieht leider
so aus, dass die Firma Schlotter Insolvenz anmelden muss, wenn
sie den Zuschlag zum Leistungszentrum Kenzingen nicht be-
kommt. Das nenne ich doch mal ein Motiv, oder?« Jochen lehnte
sich zufrieden in seinem Stuhl zurück und schaute Henry un-
verwandt an.

Henry musste schnell etwas dagegen unternehmen, wenn sie
das aufziehende Kribbeln in ihrem Bauch unterbinden wollte.
»Was starren Sie mich denn so an? Wollen Sie mich hypnotisie-
ren?« Angriff war die beste Verteidigung.

»Ich starre nicht.«

»Lassen Sie es einfach sein. Sind diese Kopien da für mich?«

Er blinzelte nicht mal, sondern zeigte wieder seine Grübchen.

Wieso stand Henry eigentlich so auf Grübchen? Sie tat beschäftigt, indem sie die Kopien an sich nahm und in ihre Mappe
legte. Dann berichtete sie ihrerseits über den Ermittlungsstand
der Polizei. Als sie geendet hatte, schob sie ihm ebenfalls Unterlagen hinüber.

»Wenn mich jetzt jemand beobachtet hat, kann ich meinen
Job an den Nagel hängen, ist Ihnen das klar?«

»Ich weiß nicht einmal, ob ich überhaupt etwas von Ihren
Ergebnissen brauchen kann. Aber keine Sorge, ich werde diese
Informationen sehr sorgsam behandeln. Darauf haben Sie mein
Wort. Und zu dem stehe ich immer.«

Henry vermutete, dass seine brisanten Artikel, von denen sie
inzwischen einige gelesen hatte, nicht ohne die riskante Mithilfe
einiger mutiger Mitarbeiter in den Behörden möglich gewesen

wären. Und den Schutz dieser Personen hatte er immer gewährleistet. Deshalb glaubte sie ihm.

Wolf rief an. Er teilte ihr mit, dass die Kollegen aus Kenzingen mit der Nachbarschaftsbefragung begonnen hätten. Es sei deshalb sinnvoll, gleich morgen früh nach Kenzingen zu fahren, um zu hören, was dabei herausgekommen ist. Er fragte, ob das für sie okay sei.

War es.

Jetzt hatte sie Feierabend. Jochen hatte sie während des Telefonats wieder auf diese eigentümliche Weise angesehen. Sie musste hier raus. Es war eindeutig zu warm hier.

Als sie sich verabschieden wollte, bot Jochen ihr an, sie noch eine Weile zu begleiten. Er würde ihr gern zumindest noch das Innere des Münsters zeigen.

Was konnte sie dagegen haben? Er war ein unterhaltsamer Erzähler, und »eine Weile« war ja ein überschaubarer Zeitabschnitt. Henry sagte zu. Das war ja wohl kein Fehler, oder?

VIERZEHN

Charly und Manuel hatten nur Augen füreinander. Wie früher. Manuel hatte einen Tisch im »Schwarzen Adler« für sie reserviert. Ein Spitzenlokal am Kaiserstuhl. Er war noch nie knauserig gewesen, und heute Abend zog er alle Register. Das musste er. Schließlich war viel Zeit verstrichen. Und Manuel wollte jetzt endlich mit Charly zusammen sein.

Das hatte er schon immer gewollt. Aber sie hatte ihn von sich gestoßen. Damals, als es um Dagmar Drechsler gegangen war. Sie hatte einfach nicht mit sich reden lassen. Aber das war lange her.

Heute saß sie mit ihm hier in diesem Gourmettempel und lächelte ihn an. Bezaubernd. Charly war eine auffallende Persönlichkeit. Immer noch. Die anderen Gäste des Lokals hatten sich nach ihnen umgedreht, als sie das Lokal betreten hatten. Auch das war in Gesellschaft von Charly schon immer so gewesen. Ihr langer, schwingender Rock, der bei jedem Schritt den schwarz schimmernden Samt in leuchtend rote und orangefarbene Bahnen aufbrechen ließ, war ein Hingucker. Darunter trug sie rote Stiefeletten, eine schwarze Weste über einer weißen Bluse mit weiten Ärmeln und natürlich den obligatorischen Hut, der heute etwas kleiner ausfiel und keck schräg auf ihrem Kopf saß. Das Bild einer quirligen Person.

Und er? Offenbar hatte er seine Wirkung auf Charly noch immer nicht eingebüßt. Das spürte er. Ein warmes Gefühl stieg in ihm auf. Diesmal würde er es nicht verderben. Auf gar keinen Fall. Manuel nahm ihre Hand und küsste sie.

Charly sank innerlich dahin.

Es war ein sehr schöner Abend. Die Verbindung zwischen ihnen war sofort wieder da. Und sie hatten sich so viel zu erzählen. Manchmal hielten sie inne und schauten sich einfach nur an. Es knisterte zwischen ihnen. Konnte es sein, dass sie eine zweite

Chance bekamen? Einen zweiten Anlauf zum Glück nehmen konnten?

Charly wollte es so gern glauben. Sie spürte ein wohliges Ziehen im Bauch, wenn sie Manuel anschaute. Er sah noch immer so gut aus: groß, schlank und durchtrainiert. In seiner Jugend war er Ringer gewesen, erinnerte sie sich. Ein Mann, der zupacken konnte. Charly gefiel das. Und wie gut er roch. Charly hatte schon immer besonders auf seinen Geruch reagiert. Er ging ihr unter die Haut. Da konnte man nichts machen. Und er wusste genau, wie er mit ihr umgehen musste, der Charmeur. Außerdem war er jetzt frei.

Schließlich verließen sie den »Schwarzen Adler« in bester Stimmung. Charly fühlte sich leicht und glücklich. Während der Fahrt legte sie ihren Kopf auf Manuels Schulter, ganz so, wie sie es früher schon gemacht hatte. Sie schwiegen. Sie brauchten keine Worte. Manuel war ein sicherer Fahrer, und Charly konnte ihre Gedanken schweifen lassen. Als sie bei ihr zu Hause angekommen waren, blieb er.

Den Wagen, der hinter ihnen angehalten hatte und nun mit ausgeschalteten Scheinwerfern stehen blieb, bemerkten sie nicht. Er war ihnen seit der Hinfahrt gefolgt. Da sie jedoch nur Augen für sich gehabt hatten, war ihnen der silberfarbene Toyota entgangen. Jetzt, im Dunkeln, hätten ihnen sowieso nur die Scheinwerfer auffallen können. Aber das taten sie nicht. Charly und Manuel hatten keinen Grund, auf ihre Umgebung zu achten.

Der Fahrer des Toyotas verharrte noch eine Weile, obwohl Charly und Manuel längst im Haus verschwunden waren. Weshalb fuhr er nicht weiter? Vielleicht wartete er darauf, dass die Lichter im Haus angingen? Oder darauf, dass Manuel wieder aus dem Haus kam? Oder wartete er ab, bis die Lichter im Haus endgültig gelöscht wurden? Um was zu tun? Um die beiden zu überfallen? Um ihnen etwas anzutun?

Es war so dunkel, dass man nicht erkennen konnte, ob eine Frau oder ein Mann am Steuer saß. Das Radio wurde ebenfalls nicht eingeschaltet. Es herrschte absolute Stille. Im Haus gingen bald alle Lichter aus. Manuel kam nicht mehr heraus.

Da endlich fuhr der silberfarbene Wagen an und entfernte sich langsam.

Am nächsten Morgen, nachdem sie noch miteinander gefrühstückt hatten, wollte Manuel Zapf nach Hause fahren, um mit der Sichtung der Unterlagen aus Carstens Firma weiterzukommen.

Charly hingegen zog es ins Atelier. Sie hatten ausgemacht, sich am frühen Abend bei ihm wieder zu treffen. Manuel würde kochen. Er machte noch weitere Vorschläge, die aber mehr oder weniger an Charlys Ohren vorbeirauschten. Sie wollte sich jetzt mit ihren Farben austoben. Alles andere hatte Zeit.

Manuel verstand. Er küsste sie rasch und verließ das Haus. Charly registrierte es kaum und versank vollends in ihrer Arbeit.

Beinahe hätte sie das Läuten an der Tür überhört. Erschrocken sah sie auf die Uhr. Schon elf. Die Zeit war wie im Flug vergangen. Schnell eilte sie hinunter, um den Paketboten nicht zu verpassen, der ihr hoffentlich die bestellten Farben zustellen würde.

Vor der Tür stand Olaf. »Ich wollte mal nach dir sehen«, behauptete er, als Charly ihm öffnete. Ihre Verwunderung über sein Erscheinen blieb ihm nicht verborgen.

»Verwechselst du da nicht etwas, mein Junge? Komm rauf. Ich will noch rasch die Tuben verschließen. Dann könnte ich einen Kaffee gebrauchen. Bist du so nett?«

Das war er. Bald darauf saßen sie bei frischem Kaffee nebeneinander und schauten hinaus in den Garten.

»Musst du nicht zur Probe, Olaf?«

»Erst heute Abend. Also sag schon«, forderte Olaf Charly zum Erzählen auf, obwohl er das Ergebnis ihres Treffens mit Manuel auch an ihrem Gesicht ablesen konnte. Sie war wieder mit ihm zusammen.

»Weißt du, mein Junge« – Olaf hatte längst aufgegeben, sie

zu bitten, dass sie ihn nicht immer »mein Junge« nennen sollte – »es ist ein Geschenk, wenn man in meinem Alter noch einmal verliebt ist. Das gönne ich mir jetzt!«

»Ich gönne es dir auch, Charly. Hoffentlich enttäuscht er dich nicht wieder.«

»Was heißt da ›wieder‹? Ich muss mich damals getäuscht haben. Blind vor Eifersucht gewesen sein, im wahrsten Sinne des Wortes. Ich kann Manuel wirklich vertrauen. Er hat mich schon damals so geliebt, dass er nach mir keine andere mehr wollte. Welche Frau würde nicht dahinschmelzen, wenn sie so etwas hört! Olaf, es ist tatsächlich wahre Liebe. Auch wenn es ziemlich kitschig klingt.«

Olaf entspannte sich. Er hoffte, dass es so war, wie sie annahm. Völlig überzeugt war er dennoch nicht. Weshalb hatte dieser Manuel dann zwischendurch nicht ein Mal versucht, Charly zu kontaktieren, um mit ihr Frieden zu schließen? Es wäre doch nicht schwierig gewesen, herauszufinden, wo sie inzwischen wohnte.

Aber er sagte nichts dazu. Charly machte einen so glücklichen Eindruck. Er würde diesen Manuel jedoch im Auge behalten. So viel war sicher.

Manuel befand sich auf dem Weg ins Büro seines Sohnes. Nachdem er in den Unterlagen, speziell in der Buchhaltung, Erstaunliches festgestellt hatte, hatte er kurzerhand deren Leiter Sascha Drechsler angerufen und ihn gebeten, kurz in die Firma zu kommen, auch wenn Samstag war. Herr Drechsler hatte sofort zugestimmt. Deshalb war Manuel nun hier, im komplett leeren Firmengebäude.

Als er das Büro betrat, sah er sofort, dass auf dem Schreibtisch ein weiterer gelber Umschlag lag. Mist. Leicht verärgert riss er ihn auf und las. Die gleiche Forderung. Der Erpresser drängte. Sonst nichts. Sollte er diese Drohung vielleicht doch ernst nehmen?

Manuel Zapf hörte Schritte. Herr Drechsler kam den Flur entlang. Er steckte den Brief zurück in den Umschlag und ließ ihn in seinem Jackett verschwinden. Darum würde er sich nachher kümmern. Es gab jetzt Wichtigeres zu klären.

Herr Drechsler nahm Platz, und Manuel bedankte sich bei ihm für die Bereitschaft, herzukommen.

»D…Das ist selbst… selbstverständlich, Herr Zapf. W…Wir hoffen alle, d…dass Sie die Firma übernehmen.«

Du meine Güte, das Stottern war wirklich nervig. Diese Besprechung konnte ja heiter werden. Vielleicht war der Mann nur nervös. Erst einmal ein bisschen Small Talk?

»Drechsler ist ja nicht gerade ein seltener Name hier in der Gegend. Dennoch habe ich mich gefragt, ob Sie vielleicht etwas mit der kürzlich tot aufgefundenen Dagmar Drechsler zu tun haben«, sagte Manuel leichthin.

»Das war meine Mutter.«

Sascha Drechsler stotterte auf einmal gar nicht mehr. Zufall?

Herr Drechsler sah Manuel direkt in die Augen. Und er schaute auch nicht weg, als Manuel plötzlich heftig husten musste und danach nur noch »Das tut mir leid« herausbrachte, um sich nach kurzem Räuspern wieder dem eigentlichen Thema zuzuwenden.

»Herr Drechsler, können Sie mir erklären, aus welchem Grund kürzlich dreißigtausend Euro vom Firmenkonto entnommen und auf das Privatkonto meines Sohnes überwiesen wurden? Und weshalb vor wenigen Monaten die regelmäßigen Zuwendungen für ihn so drastisch erhöht wurden?«

Wieder schaute ihn Herr Drechsler ruhig an, ehe er ihn aufklärte. Manuel Zapf erfuhr, dass sein Sohn ein Spieler gewesen war. Poker. Er selbst habe durch die Polizei die Bestätigung erhalten.

Carsten habe mehr Geld gebraucht. Über kurz oder lang hätte man ihn aufhalten müssen, sonst wäre die Firma ruiniert gewesen. Die dreißigtausend Euro hätten ihm schon ziemliche Bauchschmerzen bereitet, fügte Herr Drechsler hinzu. Aber er habe loyal sein wollen. Erst einmal. Natürlich hätte er es irgendwann dem Geschäftsführer mitteilen müssen. Aber Carsten, der immerhin sein Chef gewesen sei, habe glaubwürdig versichert, dass er den Betrag rasch ausgleichen werde. Da habe er abgewartet. Und dann sei ja sowieso alles anders gekommen.

Das war ein sehr schwieriger Vortrag für Sascha Drechsler gewesen, denn sein Stottern hatte nur ganz kurz ausgesetzt. Aber Manuel Zapf hatte zugehört, ohne ihn zu unterbrechen. Zu groß war der Schock über das, was er hier zu hören bekam. Sein Sohn, ein Spieler? War er deshalb umgebracht worden? Warum war er nicht zu ihm gekommen, wenn er in Schwierigkeiten gesteckt hatte? Er war doch sein Vater. Er hätte ihm doch helfen können. Es gab doch Spezialisten für so etwas. Warum hatte sich sein einziger Sohn nicht an ihn gewandt?

Als Sascha Drechsler ging, ließ er einen gebrochenen Mann zurück. Zu viel war auf einmal auf Manuel Zapf eingestürzt. Er erhob sich mühsam und verließ die Firma, wobei er immer noch nicht wusste, wie er mit dieser Information verfahren sollte.

Zu Hause würde er sich ein wenig hinlegen, damit er sich erholen konnte, bis Charly kam. Sie war jetzt sein einziger Lichtblick.

Am Montag sollte die Beerdigung seines Sohnes stattfinden. Bis dahin wollte er sich entschieden haben. Bezüglich allem. Er fühlte mit der Hand nach dem gelben Umschlag, der in der Innentasche seines Jacketts steckte. Danach würde er die alten Lasten endgültig abgeschüttelt haben und nur noch positiv nach vorne schauen. In die Zukunft mit Charly. Er würde dafür sorgen, dass es die gab.

Henry war früh aufgestanden. Sie hatte entschieden, ihre alte Gewohnheit, am Wochenende vor dem Frühstück joggen zu gehen, auch hier durchzuziehen. Sie brauchte das. Gerade fing es an, hell zu werden. Henry trabte los und hoffte, dass die Straße Im Kohler am Ende in einen Weg durch die angrenzenden Felder mündete und sie nicht würde umkehren müssen.

Wolf hatte ihr gesagt: »Richtung Bombach hast du zahlreiche Streckenvariationen, da kannst du gar nichts falsch machen.«

Darauf musste sie sich jetzt einfach verlassen.

In der Nacht hatte es stark abgekühlt, es hatte sogar Bodennebel gegeben. Aber jetzt, da die aufgehende Sonne das Halbdunkel, das eben noch über der Landschaft gelegen hatte, langsam vertrieb und die ersten Sonnenstrahlen auf die Tautröpfchen an den Gräsern und Blättern trafen, fingen diese plötzlich an, in allen Regenbogenfarben zu leuchten, wie Kristallglas, in dem sich das Licht brach.

Henry blieb überwältigt von diesem Naturschauspiel stehen. So etwas hatte sie noch nie gesehen. Es war ein Wunder, das sie mit Demut erfüllte. Sie musste schlucken. War sie der Natur überhaupt schon jemals so nahe gewesen?

Noch immer beseelt von diesem Erlebnis, lief sie weiter. Und allmählich fand sie auch ihren Rhythmus. Sie rannte mit kräftig ausholenden Schritten. Schön war es hier. Nein, es war mehr als das. Anders als in Bremen. Irgendwie direkter. Elementarer. Darüber musste sie noch nachdenken.

Nachher würde sie mit Wolf die Kenzinger Kollegen treffen. Einen Teil wenigstens, denn es war ja Samstag. Sie war gespannt, ob sie bei der Befragung der Nachbarn von Zapfs Firma interessante Neuigkeiten erfahren hatten. Das könnte entscheidend sein. Henry hoffte es. Dieses Bild eines jammernden Häufleins, das Jonas Hansmann dargestellt hatte, als er immer wieder versicherte, er habe seinen Freund nicht getötet, wollte ihr nicht mehr aus dem Kopf gehen.

Ein Blick auf die Uhr ließ sie umkehren. Sie waren für neun Uhr bei den Kollegen angekündigt, und Henry hasste es, zu spät zu kommen. Der Rückweg dauerte länger als der Hinweg, da sie zweimal falsch abbog, aber dann erkannte sie den Kohler, den Hügel, auf dem sich die gleichnamige Straße emporwand. Henry beschleunigte ihr Tempo.

Inzwischen hatte die Landschaft ihr Funkeln eingestellt. Wahrscheinlich weil die Sonne nun schon höher stand. Die Tröpfchen an den Gräsern und auf den Blättern waren aber noch zu sehen, auch wenn sie nun nicht mehr funkelten. Es würde sicher wieder ein schöner Tag werden.

Henry beeilte sich beim Duschen, und als sie so weit war und die Treppe hinuntereilte, brauchte sie bei Wolf nicht einmal mehr zu klingeln. Er hatte sie schon ungeduldig erwartet und kam ihr aus seiner Wohnung entgegen.

»Ein herrlicher Tag, nicht wahr?«, wandte sich Henry gut gelaunt an ihn.

»Vielleicht, wenn ich richtig wach geworden bin«, brummelte Wolf vor sich hin.

»Hast du nicht gut geschlafen, du Armer?«

»Ja wie denn, wenn Olaf die halbe Nacht verrücktspielt, weil Charly seiner Meinung nach direkt in den Abgrund rast!«

»Er macht sich Sorgen um Charly? Verstehe ich gar nicht. Die ist doch gut drauf.«

Sie stiegen in Wolfs Wagen und fuhren los.

»Was ist denn der Grund für seine Sorge?«

»Charly und Olaf sehen sich jeden Tag. Manchmal sogar mehrfach. Inzwischen ist Charly wohl wieder mit ihrem früheren Freund Manuel, unserem Manuel Zapf, zusammen. Olaf gönnt es ihr. Aber er behauptet, dass Charly nicht mehr sie selbst sei. Gestern ist sie zum Beispiel nicht ein einziges Mal bei uns aufgetaucht. Das stimmt schon, ist aber verständlich in ihrer jetzigen Situation, finde ich.«

Henry fand das auch.

Wolf fuhr fort: »Wahrscheinlich ist Olaf eifersüchtig. Er ist der Meinung, dass Charly sich zu schnell verändert hat. Und dass das nichts mit ihrer Verliebtheit zu tun haben kann. Dass sie nicht ein einziges Mal nach unseren Ermittlungen gefragt hat, hat ihn auch gewundert. Das ist wirklich ungewöhnlich für sie. Sie hat ja schließlich nicht ohne Grund in der ganzen Stadt den Spitznamen Miss Marple.«

Henry lachte. »Ich glaube, das wird sich schon wieder normalisieren, wenn ihr momentaner Zustand erst einmal eine gewisse Zeit überdauert hat. Vielleicht möchte sie es einfach mal genießen, nicht rational sein zu müssen, und sich nur mit sich selbst beschäftigen. Ist doch schön, oder?« Ungewollt schoss Henry das Bild von Jochen durch den Kopf. Was sollte denn das jetzt?

»Genau das habe ich Olaf auch gesagt. Aber er kann einfach

nicht darüber hinwegsehen, dass Charly ausgerechnet diesem – seiner Meinung nach – windigen Manuel Zapf wieder in die Hände gefallen ist. Er traut ihm nicht.«

»Wir haben allerdings weder gegen ihn noch gegen diesen Sven Bachleitner etwas in der Hand. Und ob da nicht sowieso ein unbekannter Dritter involviert ist, hat sich bisher auch nicht herausgestellt. Wegen des Mordes an Carsten Zapf haben wir die Ermittlungen im Fall Dagmar Drechsler vielleicht ein wenig schleifen lassen, nicht wahr?«

»Kommt mir auch so vor. Ich denke, wir sollten da mehr Nachdruck hineinbringen. Irgendetwas müsste da doch zu finden sein. Auch wenn der Fall so lange zurückliegt.«

»Gut, Wolf. Dann lass uns die Ermittlungen ausweiten. Dir ist aber schon klar, dass dann neben Sven Bachleitner, Manuel Zapf und Dagmars Freundin … Herrschaft, wie war doch gleich ihr Name?« Henry blätterte flink in ihrem Notizbuch, bis sie ihn gefunden hatte. »Ulla Meier. Also dass dann auch die inzwischen verstorbene Ehefrau von Manuel Zapf und sogar Charly im Fokus unserer Ermittlungen stehen?«

Wolf, der den Wagen nun vorsichtig in eine Parkbucht lenkte, nickte. »Ich weiß. Möglich, dass unser Team inzwischen sogar schon etwas hat.«

»Dann bleiben wir also dran. Und damit wir nicht wieder Gefahr laufen, einen der beiden Fälle zu lange zu vernachlässigen, behältst du ab sofort speziell den Mord an Dagmar Drechsler im Auge. Ist das okay für dich?«

Wolf nickte. »Ich hoffe, dass ich Olaf baldmöglichst von der Harmlosigkeit Manuel Zapfs überzeugen kann. Das wäre für den heimischen Frieden und meinen persönlichen Nachtschlaf wirklich wünschenswert.«

Nun gingen Henry und Wolf hinauf in den Besprechungsraum der Kenzinger Kollegen. Außer Herrn Schick, dem Dienststellenleiter, waren nur zwei weitere Kollegen anwesend. Ein Verkehrsunfall nach einer Trunkenheitsfahrt im Kreisverkehr. Da konnte man nichts machen. Herr Schick hob verständnisheischend beide Hände. Aber es gab Ergebnisse.

Gespannt nahmen Henry und Wolf an der Tischrunde Platz. Herr Schick eröffnete die Besprechung. »Meine Kollegen Isabell Tritschler und Jens Peters«, dabei zeigte er auf die beiden Beamten, die ihnen gegenübersaßen, »waren gestern Nachmittag in Herbolzheim und haben die Befragung nach Ihren Wünschen durchgeführt. Isabell, berichtest du?« Damit setzte sich Herr Schick an das Kopfende des Tisches und lehnte sich im Stuhl zurück.

Frau Tritschler, eine hübsche Kollegin Mitte dreißig, rückte ein wenig auf ihrem Stuhl herum und begann: »Wir haben eine Liste von den Mitarbeitern und Nachbarn der Firma Industriebau Zapf erstellt und auf dem Stadtplan eingetragen, wo genau sie in Herbolzheim wohnen. Mit den Alibis der Mitarbeiter sind wir noch nicht ganz durch. Aber die Nachbarn der Firma haben wir alle befragt. Die meisten haben in der besagten Nacht nichts gesehen oder gehört.«

Sie kicherte ein wenig, als ihr klar wurde, dass sie mit dieser Wortwahl wie in einem Fernsehkrimi klang. Dann wurde sie wieder ernst und berichtete weiter.

»Ein Mann um die siebzig, Eberhard Kopp, hat uns allerdings erzählt, dass er nachts oft nicht schlafen könne und dann mit seinem Dackel noch eine Runde spazieren gehe. Er konnte sich auch erinnern, dass er sich in jener Nacht gewundert habe, dass in der Firma Zapf noch Licht brannte.«

»Sehr gut, Frau Tritschler und Herr Peters«, lobte Wolf, der annahm, dass Henry die Namen der beiden wieder vergessen hatte, und deshalb vorsorglich einsprang.

Peinlicherweise stimmte das sogar, und sie war Wolf im Stillen dankbar. Lächelnd wandte sie sich nun ebenfalls an die beiden, denen man ansah, dass das Lob sie freute.

»Haben Sie zufälligerweise auch erfahren, ob vor der Firma Autos standen oder ob Herr Kopp vielleicht jemandem begegnet ist?«

Ersteres hätten sie ihn auch gefragt, berichtete Jens Peters jetzt eifrig. Aber Herr Kopp habe sich nicht mehr daran erinnern können. Ob er unterwegs jemandem begegnet sei, hätten sie ihn nicht gefragt. Leider.

»Das macht nichts. Sie haben uns wirklich sehr geholfen«, versicherte Henry noch einmal.

Dann ließen sie sich den Stadtplan und die Namensliste geben und verabschiedeten sich.

»Was jetzt, Chef?«, erkundigte sich Wolf neckisch beim Einsteigen. »Erst Herbolzheim, dann Achern? Oder umgekehrt?«

»Mann, du bist wirklich ein schlaues Kerlchen, Oskar Wolf. Du solltest zur Polizei gehen. Erst Herbolzheim natürlich.« Henrys Laune war noch immer bestens.

»Der nächtliche Zeuge ist ein Mann mit Dackel. Beinahe ein Klassiker. Das wäre was, wenn dieser Eberhard Kopp noch mehr beobachtet hätte, was?«

Wolf schien seine unleidliche Stimmung von heute Morgen überwunden zu haben. Gut so.

Eberhard Kopp wohnte in einer Straße mit etwas älteren Reihenhäusern, nur zwei Straßenzüge hinter den Bahngleisen.

Henry wunderte sich immer wieder darüber, was die Leute bereit waren in Kauf zu nehmen, nur damit sie sich Wohneigentum leisten konnten. Hier zu wohnen musste doch höllisch laut sein. Wer wollte sich denn da noch bei schönem Wetter im Garten aufhalten, wenn ein Zug nach dem anderen lautstark vorbeidonnerte? Für Henry war das unbegreiflich.

Aber da kam auch schon Herr Kopp an die Tür. Er versperrte dem Dackel, der sich neugierig an ihm vorbeidrängen wollte, um den Besuch zu beschnuppern, zunächst mit dem rechten Bein den Weg. Mit seinem scharfen Kommando »Ab ins Körbchen, Frieda!« versaute er der Dackeldame endgültig den Spaß. Nachdem sie sich vorgestellt und ausgewiesen hatten, bat er die beiden Ermittler ins Wohnzimmer. Frieda lag dort fortan beleidigt in ihrem Hundekörbchen und tat nun ihrerseits desinteressiert.

Sie setzten sich. Es roch abgestanden, Eberhard Kopp hielt wohl wenig vom Lüften.

Henry bemühte sich, flach zu atmen. Ohne Umschweife kam sie zum Thema. »Herr Kopp, Sie haben den Kollegen gegenüber ausgesagt, dass Sie wegen Ihrer Schlaflosigkeit öfters auch nachts noch einen Spaziergang mit Ihrem Hund unternehmen. Ist das richtig so?«

»Ja, das stimmt, Frau Kommissarin. Frieda und ich sind gern draußen, stimmt's, Frieda?«

Sobald ihr Name fiel, setzte sich die Hündin in ihrem Korb auf und hob ihre Hängeohren etwas an, um ja nichts zu verpassen. Als aber nichts weiter kam, legte sie sich wieder nieder und grummelte.

»Auch am vergangenen Dienstag nach dreiundzwanzig Uhr?«

»Das habe ich doch Ihren Kollegen schon gesagt. Wissen Sie, vor Mitternacht gehen wir nie ins Bett. Und bevor es dann so weit ist, drehen wir immer noch eine Runde, die Frieda und ich.«

Heftiges Schwanzwedeln der Erwähnten.

»Können Sie sich vielleicht noch erinnern, ob Sie auf Ihrer Runde jemandem begegnet sind, Herr Kopp?« Henry und Wolf schauten den Zeugen gespannt an.

»Begegnet, begegnet … Nee, begegnet ist uns niemand. Manchmal begegnen Frieda und ich der Frau Dilger, gell, Frieda? Die hat einen Pudel. Einen schwarzen. Pudel sieht man ja heutzutage eigentlich kaum mehr, wissen Sie. Sind aus der Mode gekommen, sagt Frau Dilger.« Jetzt lachte er so laut, als hätte er einen Witz gemacht. »Aus der Mode gekommen! Kann man das glauben? Als ob ein Hund so eine Art Hut wäre. Die Leute spinnen doch, sag ich Ihnen. Komm her, Frieda. Hopp!«

Als hätte sie schon die ganze Zeit darauf gewartet, schoss die Dackeldame aus ihrem Körbchen und sprang trotz ihrer kurzen Beine mit einem Satz auf Herrn Kopps Schoß.

Eberhard Kopp, der seinen Heiterkeitsausbruch allmählich wieder in den Griff bekam und Frieda nun mit Streicheleinheiten verwöhnte, nahm den Faden wieder auf. »Also, wie gesagt, Frau Dilger haben wir in der Nacht nicht getroffen. Auch sonst niemanden. Die meisten Leute gehen ja früh ins Bett, wissen Sie. Und in diesem Frühling ist es immer noch recht kühl, oder? Da bleibt man sowieso lieber drin, wo's gemütlich ist. Ich weiß nicht, früher war's im April meistens viel wärmer. Aber dieses

Jahr …« Herr Kopp schien sich in Gedanken zu verlieren, fing sich dann aber wieder. »Sogar der Jogger, der an uns vorbeirannte, hatte noch Handschuhe an.«

»Ein Jogger?«, riefen Henry und Wolf gleichzeitig. Das gab es doch nicht! Da war um diese Zeit noch ein Jogger unterwegs? Eberhard Kopp wunderte sich über die Aufregung der beiden, die er mit seiner beiläufigen Bemerkung ausgelöst hatte.

»Dann haben Sie also in jener Nacht einen Jogger getroffen?«, versicherte sich Henry noch einmal.

»Nein. Den haben wir doch nicht getroffen, die Frieda und ich. Der ist doch von hinten gekommen. Treffen geht nur von vorne.«

»Alles klar, Herr Kopp. Aber Sie haben diesen Jogger gesehen. Oder geht Sehen auch nur von vorne?« Henry blieb ganz ruhig.

»Ja, gesehen haben wir ihn schon, stimmt's, Frieda? Das geht ja in alle Richtungen.«

»Und ist es denkbar, dass der Jogger auf seinem Weg an der Firma Zapf vorbeikam?«

»Nicht bloß denkbar, Frau Kommissarin. Sicher. Er hat uns doch praktisch kurz davor erst überholt, gell, Frieda?«

»Ihre Beobachtung ist sehr wichtig für uns, Herr Kopp. Und jetzt sagen Sie uns doch mal, wie der ausgesehen hat, der Jogger.«

Herr Kopp zuckte zunächst mit den Schultern, dann äußerte er sich doch. »Tja. Wie Jogger eben so aussehen. Anliegendes Zeug halt. Dunkel. Vielleicht sogar schwarz. Nein. Jetzt erinnere ich mich wieder. Als er unter der Straßenlampe gelaufen ist, habe ich es genau gesehen: schwarze Hose, dunkelgrüne Jacke mit so Streifen, die aufleuchteten, schwarze Mütze, Handschuhe und rosafarbene Schuhe. Wirklich wahr: rosarot! Kannst du dich auch noch daran erinnern, Frieda? Ich habe mich noch gewundert über die Farbe der Schuhe. Aber die jungen Leute tragen ja alles, was sie bei den Fußballspielern so sehen.« Herr Kopp schüttelte verständnislos den Kopf.

Henry wunderte sich darüber, dass er nicht auch noch »Das hätte es früher nicht gegeben« gesagt hatte.

Aber er schwieg und kraulte Frieda den Nacken.

»Würden Sie ihn denn wiedererkennen?«, wollte Wolf wissen.

»Das glaube ich nicht. Erstens kam der Jogger von hinten, das Gesicht habe ich praktisch gar nicht gesehen, diesmal. Und zweitens hatte der doch seine Mütze tief heruntergezogen«, antwortete Herr Kopp.

»Was meinen Sie denn mit ›diesmal‹?«, fragte Henry. »Haben Sie ihn denn auch schon ein anderes Mal gesehen? Ohne Mütze und Handschuhe?« Jetzt waren sie und Wolf wie elektrisiert.

»Ja klar, erst neulich, als es auf einmal so warm geworden ist und man dachte, jetzt würde der Frühling endlich richtig in Schwung kommen. Da ist der auch schon gejoggt. Und noch eine Menge anderer Leute. Die meisten joggen aber nur am Tag und nicht so spät in der Nacht wie der. Das Joggen ist ja überhaupt inzwischen fast schon zu einer Plage geworden. Man kann als anständiger Spaziergänger manchmal geradezu froh sein, wenn man nicht schnell vom Gehweg springen muss, weil manche nicht einmal ausweichen. Der vom Dienstag aber schon. Der läuft ja auch immer mitten auf der Straße. Um die Zeit ist ja kein Verkehr mehr.«

Wolf fragte noch einmal, ob er ihn wiedererkennen würde.

»Wenn ich ihn beim Joggen sehen würde, bestimmt. Schon wegen der Schuhe. In normaler Kleidung wäre es schwierig.«

Henry und Wolf sahen sich an. Es wäre so schön gewesen, wenn Herr Kopp den Jogger erkannt hätte. Aber immerhin wussten sie nun von jemandem, der in der fraglichen Zeit an der Firma vorbeigekommen war. Das Puzzle fügte sich allmählich zu einem Bild zusammen.

Sie erklärten Herrn Kopp, dass er am Montag von zwei Beamten abgeholt werden würde, um seine Aussage in Kenzingen protokollieren zu lassen. Danach fuhren sie von Herbolzheim direkt weiter auf die Autobahn Richtung Achern. Sie hatten vor, dort in der Firma Objekt- & Gewerbebau Haslitz vorzusprechen. Immerhin hatte Herr Haslitz, der Chef dieser Firma, ein starkes Motiv, Carsten Zapf von der Bildfläche verschwinden zu lassen. Wenn die Firma von Carsten Zapf, wie bei den letzten Bewerbungen auch, diesmal den Zuschlag für das neue Leistungszentrum in Kenzingen bekommen würde, müsste die Firma Haslitz Insolvenz anmelden. Und in der Branche wurde schon länger gemunkelt, dass Carsten Zapf nicht nur mit legalen Mitteln an seine Aufträge gekommen sei. Diese Informationen hatten sie Jochen Sturm zu verdanken. Henry schob den Gedanken an ihn schnell weg. Jetzt war nicht die richtige Zeit dafür.

FÜNFZEHN

Der Anruf kam unerwartet. Er erreichte sie, als die Autobahn kurz vor Offenburg endlich dreispurig wurde. Henry hörte dem Anrufer zu und gab knappe Antworten. Das Letzte, was Wolf von ihr hörte, war: »Wir kommen.« Als sie auflegte, war ihre Stimmung eine andere.

»Fahr bei der nächsten Ausfahrt raus. Wir müssen zurück.«

»Was ist denn passiert?« Wolf war irritiert, folgte aber ihrer Anweisung und wechselte, sobald sich eine Lücke auftat, auf die rechte Spur.

Jetzt schaute sie ihn fest an. »Das war unser Chef. Jonas Hansmann hat versucht, sich das Leben zu nehmen. Sein Zustand ist kritisch.«

»Was?« Das durfte doch nicht wahr sein. »Hat er sonst noch etwas gesagt? Ich meine, was genau passiert ist?« Wolf hätte beinahe die Ausfahrt verpasst. Er musste vorsichtig sein. In der Richtung, die er jetzt einschlagen musste, wurde der Verkehr auch nach Frankreich geleitet, worauf zahlreiche Hinweisschilder und Abbiegespuren an den Ampeln wiesen. Die trugen aber eher zur Verwirrung unkundiger Verkehrsteilnehmer bei und machten bei verpasster Eingliederung eine Korrektur durch den dichten Verkehr schier unmöglich.

Endlich hatte er es geschafft. Henry, die mit aufgepasst hatte, dass sie trotz der vielen Lkws das entscheidende Schlupfloch auf die A 5 erwischten, hatte mit ihrer Antwort gewartet.

»Er muss versucht haben, sich zwischen zwei Kontrollgängen die Hauptschlagadern mit dem abgebrochenen Teil seiner Brille aufzuritzen. Teilweise erfolgreich.«

»Brillenbügel? Von diesem auffälligen Gestell, das er trägt? Ich dachte, so was ist unzerbrechlich.«

»Nicht, wenn es sich um echtes Horn handelt. Aber sicher keine schnelle Methode, um sich das Leben zu nehmen. Und ohne eine ungeheure Überwindung ist das auch nicht möglich.

Ich mag an die Schmerzen, die er dabei gehabt haben muss, gar nicht denken. Niemals hätte ich ihm das zugetraut.«

»Ich auch nicht. Mir kam er eher feige vor. Wie verzweifelt muss er gewesen sein? Hat er denn nicht geschrien vor Schmerzen? Und hat das keiner gehört?«

»Sie untersuchen es gerade. Anscheinend gab es in einer anderen Zelle zur selben Zeit einen Notfall, der das Personal in ziemliche Aufregung versetzte. Da hat man Jonas Hansmann wohl für kurze Zeit aus den Augen verloren. Beziehungsweise überhört. Möglich, dass auch einmal zu wenig nach ihm geschaut wurde. Aber das weiß ich nicht.«

»Das wird Wellen schlagen.«

»Darauf kannst du wetten! Hoffen wir, dass er überlebt. Ist dir das schon einmal passiert?« Henry seufzte.

»Nein, noch nie. Und dir?«

»Ein Mal. Mein Hauptverdächtiger hat es damals geschafft, sich zu erhängen. Ich habe seinen Unschuldsbeteuerungen einfach nicht geglaubt, weil die Indizien eindeutig gegen ihn sprachen. Niemand gab mir die Schuld an seinem Tod. Aber man selbst weiß, dass man schuldig ist. Es lässt einen nicht mehr los. Manchmal taucht er noch in meinen Träumen auf. Und dann weiß ich, dass ich schuld bin.« Henry seufzte. »Ich hoffe, das bleibt dir erspart.«

»Hoffen wir es einfach für Hansmann. Ich bin mit meinen eigenen Geistern schon genug bedient.«

Henry warf Wolf einen Blick zu, fragte aber nicht weiter nach. Sie fuhren eine Zeit lang schweigend. Dann griff Henry zum Handy.

»Ich rufe jetzt diesen Schlotter aus Achern an und kündige uns für morgen an. Okay?«

»Ja, mach das.«

Im Präsidium angekommen, suchten Henry und Wolf erst gar nicht ihr Büro auf, sondern marschierten gleich durch zu ihrem Vorgesetzten. Horst Baltes erwartete sie bereits. Er war angespannt.

»Seit fünfzehn Jahren sitze ich hier auf diesem Stuhl, und noch nie hat ein Tatverdächtiger versucht, sich das Leben zu nehmen! Was um Himmels willen ist da vorgefallen? Können Sie mir das erklären?«

Henry, die ihm hoch anrechnete, dass er sich nicht über Anrufe von ganz oben bei ihnen beschwerte, die er sicher erhalten hatte, antwortete ruhig: »Jonas Hansmann wurde von uns in Gegenwart seines Anwalts zum Tod von Carsten Zapf befragt. Er hat seiner eigenen Aussage zufolge seinen Freund am Tatort niedergeschlagen und ohnmächtig liegen lassen. Danach will er nach Hause gefahren sein. Wir mussten ihn mit der Tatsache konfrontieren, dass sein Vater Diabetiker ist und er dadurch leichten Zugang zu Insulin hat. Von daher wäre es durchaus vorstellbar, dass er Carsten Zapf nach dem Schlag auch noch die tödliche Dosis Insulin verabreicht hat. Hansmann bestreitet das. Er behauptet, dass ein unbekannter Dritter die eigentliche Tat begangen haben muss.«

»Dann wäre er doch nur wegen Körperverletzung und unterlassener Hilfeleistung dran, wenn er die Wahrheit sagt. Was ist denn da noch geschehen?«

»Nichts. Außer dass er sich auch finanziell in einer sehr misslichen Lage befindet und niemand ihm glaubt, obwohl er vehement seine Unschuld beteuert. Pure Verzweiflung, die in einer Kurzschlussreaktion endete, denke ich.«

Henry bemerkte, dass Horst Baltes sich beruhigt hatte.

Wolf ergänzte: »Wir sind seiner Behauptung auch schon nachgegangen und zu der Ansicht gekommen, dass er theoretisch recht haben könnte mit seiner Vermutung über einen unbekannten Dritten.«

Jetzt zeigte ihr Chef deutliches Interesse. Also erzählte Wolf von dem Jogger, der, wie ein Zeuge bestätigen konnte, in besagter Nacht an der Firma vorbeigelaufen war und Zapf und Hansmann dort bemerkt haben könnte.

»Möglich, dass er ihnen dann in seinem Wagen gefolgt ist, den Streit aus einem Versteck heraus beobachtet hat und nach dem Verschwinden von Hansmann dem ohnmächtigen Carsten Zapf die Spritze gesetzt hat.«

»Ist Ihnen eigentlich klar, wie viele Zufälle in Ihrer Theorie zusammenkommen müssten, wenn das die Wahrheit sein sollte? Ein Jogger zu dieser späten Stunde, der dann auch noch Hansmann und Zapf kennt. Und zwar einer, der Carsten Zapf übel gesonnen ist. Einer, dessen Wagen nahe genug steht, um den beiden rechtzeitig folgen zu können. Und einer, der als umsichtiger Diabetiker in seinem Wagen immer eine Notfalldosis Insulin bereithält und damit schließlich einen Mord begeht.«

»Es klingt konstruiert, zugegeben«, sagte Henry. »Deshalb bleibt für uns Jonas Hansmann immer noch der Tatverdächtige Nummer eins. Aber es ist die einzige Möglichkeit, ihm Glauben zu schenken, wenn wir solche sogenannten Zufälle, wie es sie doch immer wieder gibt, in Erwägung ziehen. Und erscheinen sie uns auch noch so abwegig.«

Henry gab ihrem Chef Zeit, den Gedanken setzen zu lassen. Dann fuhr sie fort: »Das Einzige, was wir uns vorzuwerfen haben, ist, dass wir ihm nicht gesagt haben, dass wir versuchen werden, seinen Aussagen nachzugehen. Das hätte ihm vielleicht Hoffnung gegeben. Es tut mir leid, dass wir das versäumt haben.«

»Aber wir wussten in dem Moment doch selbst noch nichts von anderen Spuren, Henry«, kam Wolf ihr sofort zu Hilfe.

Das stimmte, sie hatten davon noch nichts gewusst. Nicht direkt jedenfalls. Da war nur dieses unangenehme Bauchgefühl gewesen, das sie bei seiner Unschuldsbeteuerung gehabt hatten. Aber würde ihnen dieser Gedanke helfen, falls Hansmann es nicht schaffte? Hätte es den Suizidversuch wirklich verhindert, wenn sie ihm zugesichert hätten, dass sie nach dem geheimnisvollen Dritten suchen würden? Henry hoffte sehr, auf diese Fragen niemals Antworten finden zu müssen.

Bevor sie nach Hause fuhren, schauten sie in der Klinik nach Jonas Hansmann. Was seine physische Gesundheit anging, waren die Ärzte schon etwas optimistischer als bei seiner Einlieferung. Wenn nicht noch etwas Unvorhergesehenes geschähe, würde er durchkommen. Allerdings machte ihnen sein psychischer Zustand Sorgen. Hansmann schien seinen Lebenswillen völlig verloren zu haben. Höchstwahrscheinlich würde man ihn später in die Psychiatrie verlegen müssen. Henry bat den Beamten an der Tür, sie anzurufen, sobald Hansmann wieder ansprechbar wäre.

Danach machten sie sich auf den Weg nach Kenzingen. Henry musste dringend einkaufen. In ihrem Kühlschrank herrschte gähnende Leere. Außerdem würde ihr ein kurzer Abstecher in den Versorgungsmodus sicher guttun und ihr möglicherweise einen frischen Blick auf ihren Fall bescheren. Also auf zum Supermarkt.

Es wurde eine Einkaufsorgie. Henry wurde ohne Vorwarnung von einer Esslust überfallen, die sie dazu trieb, alles Mögliche in ihren Wagen zu laden, wonach ihr im Moment der Sinn stand. Wenn sie nach Hause kam, würde sie einen Brunch veranstalten, der seinesgleichen suchte.

Sie war hochzufrieden. Schwer beladen und voller Vorfreude ächzte sie die Treppe hinauf in ihre Ferienwohnung und verteilte alles auf den freien Flächen. Ob sie Wolf dazuholen sollte? Olaf war anscheinend nicht da.

Da läutete es. Als ob er es geahnt hätte! Henry ging grinsend zur Tür und öffnete sie.

Da stand Thomas.

Zunächst starrte sie ihn völlig perplex an. Dann warf sie aus einem Impuls heraus die Tür schnell wieder zu. Ihr Ex-Mann. Der hatte ihr gerade noch gefehlt. Und überhaupt: Wie war er vor ihre Wohnungstür gekommen?

Jetzt klopfte er. »Henry, mach bitte auf! Wir sind doch erwachsen.«

Erwachsen? Jemand, der mit seiner Fußpflegerin fremdging, glaubte, er sei erwachsen? Und überhaupt, was sollte denn das? Ihr einfach nachzukommen! Wütend riss sie die Wohnungstür auf und fauchte: »Hau ab, du Mistkerl! Du bist hier unerwünscht.«

»Henry, jetzt sei doch nicht so. Ich habe eine lange Fahrt hinter mir, nur um dich zu sehen. Bitte.«

»Henry, tut mir leid«, rief Wolf von unten, »der Kerl muss ein-

fach durchgegangen sein, statt zu klingeln. Brauchst du Hilfe?«
Wolf klang besorgt.

»Ich werde schon mit ihm fertig. Falls nicht, rufe ich«, beruhigte sie ihren Kollegen. Und zu Thomas sagte sie: »Komm rein, aber nur kurz. Ich bin beschäftigt.« Offenbar zufrieden mit seinem Teilsieg, trat ihr Ex-Mann ein und schloss die Tür hinter sich.

Henry beobachtete, dass er sich zunächst prüfend umsah, und hatte – in alter Gewohnheit, ihm zu genügen – schon eine entschuldigende Erklärung für die schlichte Behausung auf den Lippen. Dann besann sie sich aber und unterließ es, sich zu rechtfertigen. Stattdessen verschränkte sie die Arme vor der Brust und schaute demonstrativ auf ihre Armbanduhr.

»Darf ich mich setzen?« Ein charmanter Blick.

»Nein.« Nicht mit mir, mein Freund.

»Gut, dann also im Stehen. Henry, du fehlst mir. Bitte gib mir noch eine Chance.«

Das durfte doch nicht wahr sein. »Du hast sie wohl nicht mehr alle! Wir sind geschieden.«

»Und das bedaure ich zutiefst, Henry. Es war ein Fehler. Der schlimmste, den ich je begangen habe.«

Er klang so aufrichtig. Gefährlich aufrichtig. Und es tat so gut.

»Hat dich deine Tussi rausgeschmissen? Alle Achtung. Scheint ja doch nicht ganz so blöd zu sein, wie ich dachte.« Ja, sie wollte ihn verletzen. Das hatte er verdient.

»Nein, das hat Cora nicht. Aber es ist alles aus den Fugen geraten. Ich vermisse dich. Unser schönes Leben. Hatten wir nicht eine wunderbare Zeit miteinander?«

»Das fällt dir etwas spät ein. Ich bin ganz zufrieden hier. Also verschwinde schleunigst wieder und kümmere dich gefälligst um deine Fußpflegerin und euer Kind«, schleuderte sie ihm jetzt etwas gemäßigter entgegen.

»Ach Gott, Emil!« Ihr Ex fuhr auf der Stelle herum, rannte nach unten und hinaus. Die Türen ließ er offen.

Was war denn jetzt in ihn gefahren? Henry schwante etwas.

Und richtig, nach wenigen Augenblicken kam ihr Ex-Mann atemlos, aber geradezu erleichtert mit einer Babyschale in der Hand wieder zurück. Er hatte Emil im Auto vergessen. War das nicht wieder typisch? Seltsamerweise weinte das Baby nicht.

»Darf ich vorstellen? Das ist Emil.« Thomas konnte seinen Stolz nicht ganz verhehlen.

Henry schwieg zunächst. Sie wurde unsicher. Das Baby konnte nichts dafür.

Thomas wartete.

Henry schluckte. »Was willst du?«, brachte sie leise heraus. Das Baby war ein süßer Wonneproppen. Thomas wusste das natürlich.

»Komm zurück, Henry. Ich brauche dich.« Es klang flehentlich.

»Was ist mit Cora und Emil? Wie denkst du dir das?«

»Wir können doch alles regeln. Hauptsache, du kommst zurück.« Er regelte gern, ihr Ex. Außerdem schien er langsam Oberwasser zu bekommen. Offensichtlich war ihm nicht entgangen, dass sich ihre Angriffslust etwas verflüchtigt hatte. Seine letzte Bitte hatte sie nicht einmal zurückgewiesen.

Zuversichtlich lächelnd nahm er Emil aus der Schale und näherte sich ihr. »Na, ist er nicht knuddelig, der Kleine?«

Henry wollte es nicht, aber automatisch griff sie zu, als er ihr Emil entgegenstreckte. Das Baby nuckelte hingebungsvoll an seinem Schnuller und schaute ihr prüfend in die Augen.

Ihr Ex war indessen zum Fenster spaziert und hatte einen Anruf entgegengenommen. Er hatte immer viel zu telefonieren.

»Thomas, ich glaube, Emil braucht eine neue Windel.«

Das Baby wandte den Blick nicht ab.

»Kannst du das vielleicht kurz übernehmen? Das hier ist wichtig.«

Wie gut sie diesen Satz kannte: »Das hier ist wichtig.« Damit hatte er sich immer schon entzogen, wenn sie etwas von ihm wollte. Wie in einem Flashback durchzuckten sie die Erinnerungen an entsprechende Situationen.

Sie legte das Baby vorsichtig in den Tragekorb zurück, öffnete ihre Wohnungstür und sagte ganz ruhig: »Ich stehe nicht mehr zur Verfügung, mein Lieber. Und jetzt geh.«

Damit hatte Thomas wohl nicht gerechnet. Aber er war intelligent und erkannte, wenn er verloren hatte. Wortlos steckte er sein Handy ein, sah sie einen Moment forschend an, bückte sich nach seinem Sohn und ging stumm an ihr vorbei durch die Tür.

Als Henry sicher war, dass sein Wagen weg war, ließ sie sich hinter der Tür auf den Boden sinken. Sie spürte nichts als Leere. Hatte sie das Richtige getan? Noch einmal würde Thomas nicht kommen. Das wusste sie. Und sie hatte diese Tür nun selbst endgültig zugemacht. War es das, was sie wollte?

Als Henry wieder aufstand, war sie beinahe sicher, dass sie richtig gehandelt hatte. Aber jetzt brauchte sie Gesellschaft.

Wolf folgte ihrer Einladung zum Brunch gern und auf der Stelle. Er fragte nicht nach ihrem Besuch, obwohl er ihr sicherlich ansah, dass dieser ihr zugesetzt hatte. Stattdessen half er ihr, ihre zahlreichen Köstlichkeiten aus den Tüten zu befreien und sie zu einem ausladenden Mahl zu arrangieren.

Seine witzigen Kommentare über ihre Einkäufe brachten Henry schnell wieder zum Lachen und auf andere Gedanken. Es ging ihr doch gut, oder?

Das Krankenhaus meldete sich und gab Entwarnung. Jonas Hansmann war über den Berg. Er werde jetzt psychologisch betreut und danach in die Psychiatrie verlegt.

Henry rief unmittelbar danach den Haftrichter an. Er würde gleich am Montag darüber entscheiden, wie im Falle Hansmann weiter zu verfahren wäre. Eine Sorge weniger.

»Hast du Charly schon gesagt, dass wir ihre Aussage brauchen?«, fragte Henry beiläufig, während sie sich eine Olive nahm.

»Ich habe mit ihr telefoniert, als du Besuch hattest. Sie ist morgen sowieso in Freiburg im Hotel Colombi. Ich habe Rainer Hauff aus dem Team schon gebeten zu kommen und das Gespräch zu leiten. Wegen der Neutralität.«

»Der Vorschlag könnte von mir sein.« Henry grinste ihn an.

»Weiß ich, Chef.« Wolf grinste zurück.

»Sag mal, warum hast du dich denn eigentlich nicht auf meine Stelle beworben?«

»Mit wem hätte ich denn dann jetzt frühstücken sollen?«

Sie kicherten eine Weile. Dann rückte Wolf doch mit der Sprache heraus. »Erstens war ich zu dem Zeitpunkt gerade erst ein halbes Jahr da, und zweitens hat mir Horst Baltes ganz klar gesagt, dass er eine Frau auf der Stelle haben möchte. Das war dann okay für mich.«

»Verstehe. Und wo warst du davor?«

»Im Polizeipräsidium Offenburg. Aber da ich ja schon mit Olaf in seinem Elternhaus in Kenzingen wohnte, habe ich mich, als sich die Gelegenheit bot, nach Freiburg versetzen lassen. Nach Offenburg sind es knapp vierzig Kilometer, nach Freiburg knapp dreißig. Hört sich nach wenig Unterschied an, aber es summiert sich im Laufe der Zeit.«

Sie aßen nun schweigend weiter. Jeder hing seinen Gedanken nach.

Dann unterbrach Henry die angenehme Stille. »Wir werden nie mit Sicherheit sagen können, wer der Täter ist, wenn wir nicht das Messer finden, mit dem Dagmar Drechsler ermordet wurde.« Sie seufzte. »Sicher wirst du das im Auge behalten, wenn du diese Freundin von Dagmar Drechsler befragst. Wie hieß sie noch mal?«

»Ulla Meier. Das werde ich bestimmt. Denn wenn die Tat nicht geplant war, sondern im Affekt passiert ist, könnte der Täter so ein Messer doch ständig bei sich geführt haben. Schon möglich, dass Frau Meier so jemanden kannte.«

»Genau. Und da unser Pathologe von einer Klinge mit über fünfzehn Zentimetern Länge ausgeht, kann es sich dabei ja wohl nicht um ein einfaches Taschenmesser handeln.«

»Das stimmt. Von welcher Art Messer sprechen wir also genau?«

Henry sah an Wolfs Blick, dass er intensiv nachdachte, und sagte dann: »Ich könnte mir vorstellen, dass jemand, der ein Klappmesser mit solch einer kräftigen Klinge bei sich hat, öfter mal in Situationen kommt, in denen er es benötigt.«

»Und wer könnte das sein?«

Sie hatten längst aufgehört zu essen und standen sich jetzt gegenüber.

Henry flüsterte beinahe, als sie aufzuzählen begann: »Aggressive Kriminelle, auch Leute, die meinen, dass sie sich verteidigen müssen – oder Jäger.«

»Ja, Jäger. Ganz genau. In dem Fall könnte es vielleicht eher ein Jagdmesser gewesen sein.«

Jetzt schwiegen sie, aber ihre Augen funkelten.

Wolf unterbrach die Stille zuerst. »Ich lasse eine Liste aller Jäger in der Umgebung erstellen, die damals deutlich älter als zwanzig Jahre waren.« Er sprach noch immer leise.

»Ja, tu das. Einen kennen wir bereits: Manuel Zapf. Aber dann müsste er Dagmar Drechsler doch gekannt haben, obwohl er das vehement bestreitet. Wir müssen dringend noch einmal mit ihm sprechen. Warten wir aber die Beerdigung seines Sohnes ab. Die ist am Montag. Vielleicht haben wir bis dahin ja noch weitere Neuigkeiten.«

SECHZEHN

Der silberfarbene Toyota hielt in einer Nebenstraße nahe dem Zapf'schen Anwesen in Grafenhausen. Hier parkten eigentlich nur die Anwohner, aber das störte die Person, die in Joggingkleidung aus dem Wagen stieg, nicht. Es gab noch reichlich Platz. Am Abend wurde es oft kühl. Die Person nahm ihre Laufjacke aus dem Kofferraum, stülpte sich die Kapuze über den Kopf und band sie fest. Jetzt konnte es langsam trabend losgehen. Man musste sich erst einmal warm laufen, außerdem war dies eine ihr unbekannte Gegend.

Auf den Straßen, die durch das großzügige Wohngebiet führten, war kaum noch jemand unterwegs. Die Kinder waren schon vor Sonnenuntergang in die Häuser gegangen. Menschen, die mit dem Auto nach Hause fuhren, hatten es eilig, hineinzukommen. Hier und da führte jemand seinen Hund Gassi. Sonst nichts.

Die Person erhöhte jetzt auf ihr gewohntes Lauftempo.

Da vorn, am Rand des Ortes, befand sich das Anwesen der Familie Zapf. Sie hatte es sich schon bei Tageslicht angeschaut. Das Grundstück mit der Prachtvilla stieß an zwei Seiten auf offenes Gelände, das nur über Wirtschaftswege zugänglich war.

Die Villa war von der Straße aus nur im Winter einsehbar. Jetzt, im Frühling, sorgte das zarte, frische Blattwerk der Bäume und Sträucher für perfekten Sichtschutz. Schade. Aber es musste auch so gehen.

Die Person bog nach links ab, nachdem sie zwischen Tor und Hecke einen Lichtschimmer vom Haus hatte erspähen können.

Sie würde später noch einmal vorbeikommen, wenn die Bewohner ausgegangen waren. Sie hoffte jedenfalls, dass sie ausgehen würden. Immerhin war Samstagabend. Da blieb einer wie Manuel Zapf doch nicht zu Hause.

Und richtig, als die Person nach etwa einer Stunde erneut an dieser Stelle aufkreuzte, war im Haus alles dunkel. Manuel Zapf war fortgegangen.

In aller Ruhe näherte sich die Person nun dem Haus, nahm einen Schlüssel aus der Tasche, schloss die Tür auf und trat ein. Hier also lebte Manuel Zapf. Die Person inspizierte nacheinander alle Räume, vermied aber, das Licht einzuschalten. Eine Taschenlampe musste genügen.

Am Ende des Rundgangs setzte sie sich auf den Sessel im Wohnzimmer, auf dem Manuel Zapf vor wenigen Stunden wahrscheinlich auch gesessen war. Die Person war erschöpft. Dieser Reichtum, der hier zu sehen war! Unfassbar. Viele Gedanken stürmten auf einmal unkontrolliert durch ihren Kopf und drohten, sie zu verwirren. Das durfte nicht geschehen. Nicht jetzt.

Entschlossen stand die Person auf und schaute sich in dem Raum, der durch das hereinfallende Mondlicht beinahe unheimlich wirkte, letztmalig um, ehe sie ging. Der gelbe Umschlag, den sie auf dem Tisch zurückließ, störte das Gesamtbild ein wenig.

Leise und völlig unbemerkt verließ die Person diesen Ort des verschwenderischen Wohlstands und joggte leichtfüßig in ihren rosafarbenen Schuhen zum Auto zurück.

Morgen. Morgen würde sich alles entscheiden.

Die Person fuhr zügig weg. Sie hatte noch einen weiteren Termin. Vorher wollte sie aber noch die Kleidung wechseln. Obwohl: Die Herrschaften, die sie später noch treffen wollte, waren weniger an Äußerlichkeiten denn an Verschwiegenheit interessiert. Die Vorfreude auf das bevorstehende Geschäft sowie der damit verbundene Nervenkitzel brachten die Augen der Person zum Leuchten.

Charly öffnete die Flügeltüren in Manuels Haus, die zum Garten hinausführten. Sie war vor Manuel aufgestanden und hatte das Bedürfnis nach frischer Luft. Schon gestern Abend, als sie spät zurückgekommen waren, hatte sie den Eindruck gehabt, dass es ein bisschen schweißig roch hier drinnen. Aber sie hatte die wunderbare Stimmung nicht stören wollen. Und sie waren sowieso praktisch sofort miteinander ins Bett gegangen. Das war wunderbar gewesen. Charly hatte gar nicht geahnt, wie sehr sie die körperliche Befriedigung in all den Jahren vermisst

hatte. Jetzt wusste sie es. Ihr Manuel war schon immer ein ein-
fühlsamer Liebhaber gewesen.

In der Küche ließ sich Charly einen Espresso aus der Ma-
schine ein und kehrte damit ins Wohnzimmer zurück. Auf dem
Tisch lag ein gelber Umschlag. Neugierig nahm sie ihn in die
Hand. Keine Adresse, kein Absender. Komisch. Gestern Abend
war er ihr gar nicht aufgefallen. Na ja, sie war ja auch abgelenkt
gewesen.

Charly lächelte, als sie sich daran erinnerte, und nippte an
ihrem Tässchen. Manuel wird sich in diesem Umschlag etwas
hergerichtet haben, was er nachher mitzunehmen gedachte
und auf keinen Fall vergessen wollte. Ja, wenn man älter wird,
braucht man eben immer öfters solche Eselsbrücken, dachte sie.
Sie kannte das. Gelbe Umschläge. Wie verwegen. Das hätte sie
ihm gar nicht zugetraut.

Entspannt trat sie mit der Tasse in der Hand hinaus auf die
Terrasse. Diese Luft. Obwohl sie barfuß war, fror sie nicht. Sie
fühlte sich noch von innen her gewärmt. Langsam trank sie ihren
Espresso aus und bewunderte die Gartengestaltung. Englisch.
Hier hatte jemand mit Ahnung Hand angelegt. Das erkannte sie
sofort. Er sah einfach paradiesisch aus, dieser Garten mit seinen
scheinbar zufälligen Nischen, dem Brunnen, dem Sitzbereich
und dem Gartenteich, um den herum jeweils in verschiedenen
Kombinationen Blumen und Sträucher angeordnet waren, deren
Blütenpracht überdeutlich machte, dass der Frühling, zumindest
was das Wachstum betraf, in vollem Gang war. Unvergleichlich.

Allerdings nur, wenn man die Geräusche der nahen Autobahn
und das Donnern der Züge ignorierte. Außerdem war es viel zu
windig. Im Wetterbericht hatten sie sogar Sturm angesagt. Entschlossen ging Charly wieder hinein und zog die Türen hinter
sich zu. So war das nun mal im Leben: Wer zufrieden sein wollte,
musste sich auf Kompromisse einlassen. Der Garten war trotzdem ein Meisterwerk, entschied sie.

Als Charly ihre Tasse in die Küche zurückbrachte, streifte
ihr Blick die Bücherwand. Ganz oben gab es eine Reihe von
Gartenbüchern. Kein Wunder. Wahrscheinlich war der Garten

ein Hobby von Manuels Frau gewesen. Dass er solche Neigungen hatte, war ihr nie aufgefallen. Er hatte ja auch nicht die nötige Zeit, um sich damit zu beschäftigen, bei seinem Job. Bei Gelegenheit würde sie ihn fragen, ob sie sich den einen oder anderen Band einmal ausleihen dürfte. Charly liebte englische Gärten. Den lästigen Gedanken, dass dies eine offensichtliche Gemeinsamkeit mit Manuels Frau war, schüttelte sie gleich ab. Schluss damit!

Wo blieb eigentlich Manuel? Er wusste doch, dass sie einen Termin in Freiburg hatte. Charly entschied, erst einmal zu duschen. Vielleicht würde er von ganz allein wach werden, wenn sie ihr Piaf-Potpourri wie üblich nach Herzenslust hinausschmetterte.

Wie recht sie hatte. Sie war noch nicht einmal am Ende ihres ersten Lieblings-Chansons angekommen, als die Duschtür sich öffnete und Manuel hereinschlüpfte.

Es wurde ein unvergleichlicher Morgen. Und singen konnte sie schließlich auch zu Hause.

Als Manuel nach einem ausgiebigen Frühstück von Dieter Maiwald, dem Geschäftsführer von Carstens Firma, angerufen wurde und Charly anfing, die Frühstücksreste in der Küche zu verstauen, sah sie ihn: Im Mülleimer ganz obenauf lag der gelbe Umschlag.

Charly stockte in der Bewegung. Seltsam. Sie hatte vermutet, dass er den Umschlag in seine Jacke stecken würde, weil er ihn mitnehmen wollte. Wieso lag er jetzt hier im Müll? Neugierig nahm sie ihn heraus und schaute hinein. Er war leer. Vielleicht hatte er den Inhalt einfach ohne Umschlag eingesteckt, jetzt, wo der gelbe Umschlag seinen Zweck, ihn zu erinnern, erfüllt hatte. Charly ermahnte sich selbst. Das geht dich nichts an, Charlotte Urban. Man schnüffelt nicht im Abfall seines Liebhabers. Wo bleibt da das Vertrauen?

Dennoch nahm sie den gelben Umschlag an sich und ließ ihn flink in ihrer Tasche verschwinden, ehe Manuel zurückkam und verkündete, dass er zum Aufbruch bereit sei.

»Hast du alles?«, konnte Charly sich nicht verkneifen zu fragen, als sie in der Garderobe ihre Jacken anzogen.

»Ja, Mama«, neckte er sie und küsste sie flüchtig auf die Stirn.

»Auch den gelben Umschlag?«

»Den gelben, den grünen und den roten. Alles da. Komm, Schatz, ich will Maiwald nicht warten lassen. Er ist schon in der Firma.«

»Heute, am Sonntag?«

»Das sagt gerade die Richtige. Wer hat denn gleich einen Termin mit Kunden in Freiburg, hm?«

Manuel schien ganz unbefangen und half ihr fürsorglich beim Einsteigen in ihr Auto. Der Sturm hatte inzwischen Fahrt aufgenommen. Alles war in Bewegung. Trotzdem stand Manuel wie ein Fels in der Brandung noch immer in der Einfahrt und winkte ihr nach. Was für ein Mann. Charly seufzte wohlig. Er war einfach umwerfend, ihr Manuel. Und sie würde auf keinen Fall versuchen, ein Haar in der Suppe zu finden. Diesmal nicht. Den Gedanken an den gelben Umschlag in ihrer Tasche hatte sie in ihrem Bewusstsein bereits weit nach hinten geschoben. Sie hatte jetzt an anderes zu denken.

Helen würde gleich vor ihrer verschlossenen Haustür stehen und sich ärgern, wenn sie zu spät käme. Ihre ehemalige Schülerin, jetzt Geschäftspartnerin und Leiterin der kleinen Textilfirma, konnte ganz schön streng sein. Und sie war immer so furchtbar pünktlich.

Wieder seufzte Charly verhalten. Wenn nur der für die Jahreszeit unübliche Sturm nicht wüten würde. Dann käme sie erheblich schneller voran. Aber so musste sie ihr Tempo etwas zurücknehmen, denn ihre alte Ente legte sich in Kurven sowieso gern bedenklich auf die Seite und wurde jetzt zusätzlich noch von der einen oder anderen Böe heftig durchgerüttelt. Die undichten Fenster klapperten bei jedem Angriff noch stärker, und von irgendwoher pfiff es gerade mächtig ins Wageninnere, wo sonst normalerweise nur ein frischer, leichter Luftzug zu spüren war. Das war nichts Neues. Wer so ein Auto fuhr, erlebte die Wetterbedingungen eben hautnah und durfte auf keinen Fall zimperlich sein. Und Charly liebte es, wenn sie spürte, wie ihr Wagen sich tapfer durch jedwedes Wetter kämpfte. Sie fühlte sich dann immer in eine Epoche zurückversetzt, in der kühne Reiter in klappernden Rüstungen den Elementen noch verwegen die Stirn boten.

Aber jetzt hatte sie es eilig. Es war eigentlich nicht weit. Etwas über fünfzehn Kilometer. Schlappe zwanzig Minuten Fahrzeit normalerweise. Heute brauchte sie jedoch länger.

Als sie nach einer halben Stunde endlich am Ziel ankam, stand Helens Auto, ein wetterfester VW Sharan, schon da. Mit so was konnte ja jeder fahren.

Sie stiegen gleichzeitig aus. Helen, im dunkelblauen Business-Kostüm und in hochhackigen Pumps, sah makellos aus. Sie schien noch nicht lange gewartet zu haben, denn sie erwähnte Charlys Verspätung gar nicht, sondern folgte ihr einfach hinauf ins Atelier.

»Schau ruhig schon mal die Mappe mit den Entwürfen durch, die ich vorbereitet habe«, sagte Charly, »und suche noch Ergänzungen dazu raus, wenn du magst. Ich zieh mich nur rasch um. Bin gleich wieder da.«

Helen nickte abwesend. Sie war schon in Charlys Entwürfe versunken. Das war es, was sie wie keine Zweite konnte: Sie sah sofort, ob ein Entwurf realisiert werden konnte. Ein sehr kreativer Vorgang, der im Ergebnis durch die verwendeten Materialien und die oft notwendige Reduktion auf das Wesentliche nicht selten zu ausdrucksstarken Varianten führte. Biologisch ausgedrückt, schuf Helen quasi Mutationen. Eigenständige Werke, die ihren Ursprung in Charlys Entwürfen hatten.

Helen hatte an Charlys Vorschlägen für die Präsentation vor der Abordnung aus Singapur, die sie im Hotel Colombi treffen würden, nichts einzuwenden. Sie hatten den berühmten Draht zueinander und verstanden sich nahezu blind. Das machte die Zusammenarbeit zwischen ihnen so produktiv.

Wo Charly nur blieb? Helen schlenderte hinüber zu einer der Staffeleien und blieb davor stehen. Alles in Pastelltönen.

Charly ließ ihre weiche Seite sehen. Das kam nicht häufig vor. Helen zögerte. Konnte sie eines dieser Bilder mitnehmen? Es gab mehrere davon. Offensichtlich lebte Charly hier eine besonders innige Gefühlslage aus. Sie wählte das beeindruckendste davon aus und legte es auf die Mappe. Mal sehen, wie Charly darauf reagierte.

Dann endlich kam sie. Sie trug einen dunkelblauen Rock, auf dessen unterem Rand diverse Blattformen in helleren Tönen aufgedruckt waren und den Helen sehr mochte. Darüber den obligatorischen langen Pullover, diesmal in Weiß, aufgepeppt mit einem ihrer leuchtend farbigen Schals, und als Abschluss einen weichen Filzhut in dunklem Orange mit breitem Rand. Gut so. Das war Charly.

»Wieso ziehst du nicht deine neuen Stiefeletten an?«, fragte Helen.

»Das sind die reinsten Folterwerkzeuge für meine Zehen. Ihr Aufschrei war nach einmaligem Tragen noch viele Tage schmerzhaft zu spüren, glaub mir. Das tue ich mir nicht noch einmal an. Dieses willst du dazu?«, wechselte Charly rasch das Thema, als sie bemerkte, dass Helen noch ein Bild dazugelegt hatte. Sie nahm es wieder an sich und betrachtete es einen Moment schweigend.

»Es ist sehr berührend, finde ich«, sagte Helen mit Bewunderung in der Stimme. »Eine ganz neue Stimmung irgendwie. Magisch und zerbrechlich. Habe ich das richtig gesehen?«

Charly trug das Bild zur Staffelei zurück. »Es ist noch nicht fertig.«

Helen rührte nicht weiter daran. An was auch immer. Charly würde darüber sprechen, wenn sie so weit war.

Nach nicht mal einer halben Stunde ließ Helen Charly am Polizeipräsidium aussteigen. Die Fahrt war trotz des anhaltenden Sturms sehr angenehm gewesen. Charly wusste die Vorzüge eines wetterfesten, gut gefederten Wagens mit allerlei zusätzlichen Bequemlichkeiten zu schätzen. Aber ihre Ente wegzugeben und einen modernen Wagen zu kaufen war trotzdem keine Option.

Sie machten eine ungefähre Zeit aus, zu der Charly bei Helens Präsentation dazukommen würde. Dann nahm sie ihre unvermeidliche Bügeltasche vom Rücksitz und marschierte zielstrebig auf das Polizeipräsidium Freiburg zu.

Sie war noch nie hier gewesen und war gespannt, wie es in Wolfs Büro aussah. Ein wenig stolz war sie schon auf ihn, den Kriminalkommissar. Die beiden Jungs waren eben wie zwei Söhne für sie. Klar, sie war ja auch Olafs Patentante und nach dem Tod seiner Eltern die einzige Person, die ihm noch geblieben war. Aber auch Wolf war schnell zu ihrem Jungen geworden, als er mit Olaf ins elterliche Haus gezogen war. Sie liebte beide.

Heute würde sie Wolf bei der Arbeit sehen. Das war spannend. Umso mehr, weil Charly sich ausrechnete, dass sie nun doch nähere Einblicke in die Geschehnisse um den Mord an Dagmar Drechsler erhalten würde. Oder wenigstens hoffte sie es.

Als der freundliche Herr Weinig sie auf ihre Frage nach Wolf ins Verhörzimmer bringen wollte, lehnte sie entschieden ab. Sie wollte ihn unbedingt in seinem Büro sprechen. Ob er denn nicht da sei? Julian Weinig lenkte ein und begleitete sie zu Wolfs Büro.

Henry war ebenfalls da. Beide telefonierten, nickten Charly aber lächelnd zu und wiesen auf den einzigen Besucherstuhl. Sie winkte ab.

Hier arbeiteten die beiden? In diesem engen Raum? Charly drehte sich zu der Wand hinter Wolf um, die mit Notizen und Fotos übersät war. Zuerst nur, weil sie hoffte, dass man ihr die Enttäuschung über dieses Büro nicht ansah, dann aber war sie von den Details dort regelrecht gefesselt. Sie schaute sich jedes der Fotos genau an. Die beiden telefonierten immer noch.

Carsten Zapf am Golfplatz, der Lob Wedge, wie Wolf ihn genannt hatte, die Reifenspuren, die Vergrößerung seiner Beule am Kopf. Charly blendete die Stimmen der beiden hinter sich völlig aus. Dann, ein Schritt weiter: die spärlichen Überreste von Dagmar Drechsler. Das war ja unheimlich! Nein, schlimmer. Es war schockierend. Was einmal die verführerische junge Dagmar gewesen war, war zu einem Skelett verkümmert. Nichts, was von ihr wirklich geblieben war. Erbärmlich. Und daneben die unzerstörbaren Attribute der heutigen Zeit: eine Uhr mit Plastikarmband und ein Medaillon.

Charly erstarrte. Nicht irgendein Medaillon, sondern *das* Medaillon. Sie griff sich reflexartig an den Hals. Dann musste sie sich setzen. Alles fing an, sich zu drehen.

»Charly! Ist dir nicht gut?« Wolf hatte das Telefon beiseitegelegt und sich zu ihr heruntergebeugt. Verschwommen sah sie, wie besorgt sein Gesichtsausdruck war.

Henry hielt ihr ein Glas Wasser an die Lippen. »Trink einen Schluck. Soll ich den Notarzt rufen?«

Abwehrend hob Charly die Hand und trank. Es wurde besser. Die Gesichter wurden wieder scharf.

»Nein, nein. Ich bin schon wieder okay. Mein Kreislauf, wisst ihr. Ich hätte etwas essen sollen.«

Schon kramte Henry in ihrer Schublade und zog einen Schokoriegel hervor. »Hier, nimm den. Meine Reserve, bevor mich das Grübeln in den Wahnsinn treibt.«

Charly riss brav das Papier weg und biss ein Stück ab. »Danke. Wirklich, es geht mir wieder gut. Können wir jetzt mit der Befragung anfangen?«

Obwohl die beiden nicht ganz überzeugt schienen, folgten sie Charlys Bitte und gingen mit ihr in den Verhörraum. Wolf erklärte ihr auf dem Weg, dass er draußen auf sie warten würde, und ließ sie dann mit dem Kollegen Hauff und Henry allein.

Durch den Einwegspiegel beobachtete Wolf die Befragung und hing dabei seinen Gedanken nach. Charly war auch seine Freundin, und es war ihm bisher noch nie in den Sinn gekommen, dass ihr etwas passieren könnte. Die Szene eben hatte ihm klargemacht, wie verletzlich sie war. Er würde mit Olaf reden. Vielleicht ernährte sie sich nicht richtig. Was wusste er schon darüber? So ein Schwächeanfall, und sei er auch noch so kurz, sollte jedenfalls nicht auf die leichte Schulter genommen werden. Wolf nahm sich vor, Charly besser im Auge zu behalten. Er liebte diese schrullige Person schließlich auch.

Eine Weile blieb er noch stehen und sah zu. Rainer Hauff machte das wirklich gut, und Henry konnte sich weitgehend zurückhalten. Anscheinend war auch mit Charly wieder alles in Ordnung, denn sie zeigte eine lebhafte Mimik. Wolf schaltete den Ton dazu.

Na bitte. Charly entwarf gerade ein Bild ihrer damaligen Schülerin Dagmar Drechsler. »Dagmar war keine Schönheit. Hübsch ja, aber keine Schönheit im klassischen Sinn. Dennoch war sie die ungekrönte Königin der Schule. Es lag an ihrer Ausstrahlung, an den Signalen, die sie aussandte. Wie sie den Kopf hielt beispielsweise, wie sie ihr Gegenüber aus halb geöffneten Augen ansah und diese dann lasziv öffnete. Und daran, wie sie ihren Körper einsetzte. Haben Sie schon einmal darauf geachtet, wie Menschen stehen? Da gibt es Leute, die stehen fest auf dem Boden. So als hätten sie dort Wurzeln. Verstehen Sie, was ich meine? Das sind Menschen, die sich sehr sicher fühlen, sie schauen einem direkt in die Augen, nehmen ihr Gegenüber mit Interesse wahr. Sie bewegen sich während des Gesprächs wenig. Dann gibt es auch die, die mit Händen und Füßen reden. Also viel gestikulieren und eine lebhafte Mimik zeigen. Das können Sie hervorragend beobachten, wenn zum Beispiel zwei Menschen aus Italien aufeinandertreffen. Das ist gelebte Dramaturgie. Haben Sie das schon einmal gesehen?«

Den beiden Ermittlern schien ihre Darbietung, in der sie all ihr schauspielerisches Talent benutzte, um zu unterstreichen, was sie meinte, gut zu gefallen. Sie forderten Charly deutlich amüsiert auf, fortzufahren.

»Und dann gibt es solche wie Dagmar. Die stehen nicht einfach vor einem und sprechen. Nein, solche Wesen setzen ihren ganzen Körper ein, indem sie ihn scheinbar ganz unbewusst und wie in Zeitlupe ständig zu dehnen oder, besser noch, zu wiegen scheinen. Als ob sie ihren trägen Körper langsam durch fortwährendes, unschuldiges Kreisen zum Erwachen brächten. Damit lenken sie die Blicke ihres Gegenübers unweigerlich auf sich. Männer sind da machtlos. Es weckt sofort ihre Begierden. Und Dagmar war sich dessen bewusst, glauben Sie mir. Sie beherrschte diese Sprache perfekt. Dabei hätte sie es gar nicht nötig gehabt. Sie war eine der begabtesten Schülerinnen in meinem Kurs und wurde auch von den Mädchen gemocht.«

»Gab es Eifersüchteleien? Zum Beispiel, weil sie anderen Mädchen die Verehrer ausgespannt hat?« Rainer Hauff wurde jetzt konkreter.

»Sicher gab es das. Das konnte doch gar nicht ausbleiben, so wie alle hinter ihr herhechelten. Obwohl ich, wenn Sie mich so fragen, nichts Genaues weiß. Ich war schließlich ihre Kunstlehrerin und nicht ihre Vertraute.«

»Sie waren zu der Zeit, also kurz vor Dagmars Abitur, mit Manuel Zapf liiert. Stimmt das?« Er hatte seine Hausaufgaben gemacht, der Kollege.

»Ich hatte eine Beziehung mit Manuel. Und das über Monate.« Charlys Stimme klang fest.

»Aber Sie wussten, dass er verheiratet war?«

»Was tut das jetzt zur Sache? Henry, sag doch auch mal was! Werde ich denn hier verdächtigt?« Jetzt wurde Charly doch ein wenig ungehalten.

Henry beruhigte sie.

»Na gut«, fuhr Charly schließlich fort. »Ja, ich wusste, dass Manuel verheiratet war, aber seine Ehe war am Ende. Er wollte sich scheiden lassen, damit wir beide heiraten konnten. So, sind Sie jetzt zufrieden?«

»Stimmt es, dass er Sie mit Dagmar Drechsler, die damals gerade neunzehn war, betrogen hat?«

Obwohl Charly mit dieser Frage gerechnet hatte, zuckte sie jetzt zusammen. Die Wunde war wieder aufgegangen. Sie spürte es.

»Ich habe damals gemeint, gesehen zu haben, wie sich Manuel und Dagmar küssten. Daraufhin habe ich die Beziehung sofort beendet.«

»Damals? Heißt das, dass Sie Ihre Meinung geändert haben?«

»Ich bin mir inzwischen nicht mehr ganz sicher. Es ist schließlich dreißig Jahre her. Und Manuel bestreitet es. Vielleicht habe ich mich getäuscht. Weil ich blind vor Eifersucht war. Das kann doch vorkommen, oder? Und ich habe ihn inzwischen direkt danach gefragt. Manuel hat mir versichert, dass er nie etwas mit Dagmar hatte. Das glaube ich ihm.«

Charly hatte längst für sich entschieden, wie weit sie in ihrer Aussage gehen wollte. Nämlich genau bis hierhin und nicht weiter. Die Polizei hatte Manuel doch auch geglaubt, als er vorgab, Dagmar gar nicht zu kennen. Und sie wusste momentan selbst noch nicht, was sie sich einbildete und was nicht. Auf keinen Fall aber konnte sie dulden, dass Fremde hier hineinfunkten und alles voreilig zerstörten. Immerhin stand ihr Glück auf dem Spiel.

Was, wenn Manuel die Wahrheit sagte? Sie hatte schon einmal kopflos gehandelt. Sie war Manuel diese kleine Chance schuldig. Und sich selbst auch. Natürlich würde sie Wolf noch alles haarklein berichten. Oder Henry. Oder Olaf. Nur eben ein wenig später. Nach dreißig Jahren kam es auf ein paar Tage mehr oder weniger doch nicht an. Sie musste erst ganz sicher sein.

Rainer Hauff stellte Charly noch ein paar Fragen, die mehr oder weniger auf dasselbe abzielten: Hatte Manuel Zapf damals auch ein Verhältnis mit Dagmar Drechsler gehabt? Aber sosehr er es versuchte, Charly konnte zu keiner eindeutigen Klärung beitragen.

Nach Beendigung der Aussage und ihrer Unterschrift unter dem Protokoll durfte Charly gehen. Wolf sorgte dafür, dass ein Kollege sie ins Hotel Colombi fuhr, wo sie sicher schon ungeduldig erwartet wurde. Danach saßen sich Henry und Wolf eine Weile schweigend im Büro gegenüber, ehe Henry die Stille durchbrach.

»Charlys Aussage reicht nicht aus, um Manuel Zapf zu verdächtigen. Wenn wir nichts anderes vorzuweisen haben, können wir uns eine weitere Befragung sparen. Glaubst du, dass Charly uns die Wahrheit gesagt hat? Oder will sie ihren Freund nur schützen?«

»Bisher habe ich noch nie erlebt, dass Charly gelogen hat. Eher im Gegenteil. Sie setzt sich immer vehement dafür ein, dass die Wahrheit ans Licht kommt. Allerdings sind in diesem Fall so viele Emotionen im Spiel, dass ich eine Verunsicherung bei ihr nicht ausschließen möchte. Vielleicht traut sie ihrer eigenen Erinnerung nach so vielen Jahren nicht mehr. Dann hätte sie uns heute die Wahrheit gesagt. Oder ihre Gefühle für Manuel Zapf machen es ihr zum jetzigen Zeitpunkt unmöglich, die Wahrheit zuzugeben. Das wäre natürlich fatal.«

»Das stimmt.«

»In dem Fall bin ich mir aber sicher, dass Charly ihre Aussage noch korrigieren wird.«

»Dann lass uns jetzt doch Manuel Zapf aufsuchen und selbst noch einmal bei ihm nachhaken.«

Herr Zapf war zu Hause und nicht einmal überrascht, sie zu sehen. Er bat sie herein und beantwortete bereitwillig ihre Fragen. Und obwohl Henry ihn genau beobachtete, konnte sie dabei kein Zögern feststellen. Er schien sich sehr sicher zu fühlen. Oder er sagte einfach nur die Wahrheit.

Manuel Zapf gab zu, was sie ohnehin schon wussten: dass er vor dreißig Jahren eine Beziehung mit Charly Urban gehabt und sie diese beendet habe. Allerdings behauptete er, den Grund dafür nicht zu kennen. Weiterhin bestritt er, Dagmar Drechsler gekannt zu haben. Und was seinen Sohn anging, habe er nicht gewusst, dass dieser ein Spieler gewesen sei. Das habe er gerade erst in Carstens Firma erfahren. Sie hätten nie über Geld geredet. Eigentlich auch über sonst nichts, wenn er ehrlich sei. Carstens Frauengeschichten seien ihm natürlich bekannt gewesen, wenn auch nicht im Detail. Einen Verdacht, wer Carsten das angetan haben könnte, habe er leider nicht. Carsten sei kein einfacher Mensch gewesen, aber genial. So jemand habe eben auch Feinde.

Als sie sich verabschiedeten, wussten sie, dass sie keinen Schritt weitergekommen waren.

SIEBZEHN

Jochen Sturm schaltete den Computer aus. Er streckte sich, stand auf und ging zum Fenster. Sein Artikel war fertig. Endlich. Wenn die Polizei Carsten Zapfs Tod nicht noch in unmittelbaren Zusammenhang mit dem Bestechungsskandal bringen würde, den er aufgedeckt hatte, konnte er in Druck gehen. Danach würden Köpfe rollen. Das war immer so. Politische Köpfe möglicherweise. Denn irgendjemand würde für den Skandal bezahlen müssen und der Justiz zum Fraß vorgeworfen werden. Das war auch immer so. Nicht alle Schuldigen waren zu fassen. Aber sie würden für eine Weile in Deckung gehen müssen. Das half auch schon. Ein wenig zumindest.

Zum Feiern war ihm dennoch nicht zumute. Aber er empfand Genugtuung darüber, dass die Aufdeckung der Machenschaften einiger korrupter Personen dazu führte, dass man solchem Verhalten allein schon wegen der Empörung der Öffentlichkeit sofort einen Riegel vorschieben würde. Er half quasi mit, ein kleines Stückchen Sumpf trockenzulegen. Wenigstens das.

Jochen Sturm schaute durch das Fenster seiner Penthousewohnung auf dem Schlossberg. Er liebte diesen Blick hinunter auf Freiburgs Altstadt, in deren Mitte das Münster wie ein mahnender Zeigefinger emporragte.

Seine Gedanken schweiften ab. Er dachte an den kurzweiligen Abend, den er mit der neuen Kommissarin Henry Wunsch verbracht hatte. Und das zugegebenermaßen nicht zum ersten Mal. Immer wieder war sie in den letzten Tagen vor seinem inneren Auge spontan aufgetaucht. Nun ja, sie war eben auch eine umwerfende Erscheinung. Wenn auch kratzbürstig.

Jochen Sturm lächelte vor sich hin. Er hatte sich wohlgefühlt in ihrer Gesellschaft. Aber weshalb meldete sie sich nicht? Sie hatten doch ausgemacht, dass sie ihn nach der Überprüfung der Mitbewerber von Carsten Zapf um das neue Bauvorhaben der Stadt anrufen würde. Konnte das so lange dauern? Am besten fragte er gleich mal nach. Er brauchte grünes Licht für seinen Artikel.

»Wunsch«, meldete sie sich schnörkellos am anderen Ende der Leitung.

»Jochen hier. Sie erinnern sich? Der nette Journalist, der Ihnen so bereitwillig Informationen lieferte?«

Jochen Sturm! Henrys Herz machte einen kleinen Hüpfer. Er war ihr mit diesem Anruf zuvorgekommen. Sie hätte sich später auch noch bei ihm gemeldet. »Hatten wir nicht ausgemacht, dass ich Sie anrufe? Ich dachte, Sie halten sich an Ihre Abmachungen?«

»Ertappt. Eigentlich wollte ich ja auch nur Ihre bezaubernde Stimme hören. Und das war mir ja jetzt vergönnt. Tschau!«

Henry starrte fassungslos auf ihr Handy. Er hatte aufgelegt. War der verrückt?

Energisch rief sie zurück und wetterte: »Sie legen einfach auf? Was soll denn das? Ich muss mit Ihnen sprechen.«

»Na also, geht doch! Wie konnte ich es bloß zwei Tage ohne Ihren sanften Charme aushalten?«

Er machte sich über sie lustig. Das war doch die Höhe. Sie zog die Luft laut durch die Nase ein, um eine gepfefferte Entgegnung hinterherzuschleudern.

Aber Jochen fiel ihr ins Wort. »War ein Scherz.«

»Sie verstehen, wenn ich später darüber lache?«

»Unbedingt, Frau Kommissarin«, sagte er und fügte dann mit dieser dunklen Stimme, die ihre Wirkung schon am Donnerstag nicht verfehlt hatte, hinzu: »Konnten meine Kandidaten denn nun Ihrer Überprüfung standhalten? Oder muss sich einer für den Mord an Carsten Zapf verantworten? Mein Artikel wäre dann nämlich so weit fertig.«

»Tatsächlich haben wir sowohl mit Herrn Haslitz aus Kehl als auch mit Herrn Schlotter aus Achern gesprochen. Letzterer hätte das stärkere Motiv von beiden. Denn das Fortbestehen der Firma Industriebau Schlotter hängt, wie Sie gesagt haben, wirklich vom Zuschlag für diesen Auftrag der Stadt Kenzingen ab. Aber sein Alibi ist felsenfest: Er hat die Tatnacht in einer

Ausnüchterungszelle verbracht. Damit ist er aus dem Schneider, genau wie Herr Haslitz, der ebenfalls ein Alibi hat.«

Jochen Sturm lachte, und Henry lachte mit.

»Schön. Dann kann ich also meinen Artikel freigeben.«

»Das können Sie. Der Mord an Carsten Zapf hat vermutlich rein persönliche Motive. Aber gleich morgen werde ich Ihre Korruptionsvorwürfe wie abgemacht an das LKA weiterleiten. Das war eine sehr gute Zusammenarbeit, Jochen.« Henry wartete.

»Vielleicht können wir das irgendwann wiederholen.« Pause.

»Ja, vielleicht.« Worauf wartete sie eigentlich?

»Henry?«

»Ja?«

»Kommen Sie morgen zur Beerdigung von Carsten Zapf?«

»Wenn ich es einrichten kann. Sicher ist man bei der Polizei ja nie.«

»Nach der Beerdigung findet in der Firma eine Kundgebung statt. Die Presse ist eingeladen. Ich werde auch da sein.«

»Mal sehen.« Henry konnte nicht umhin, desinteressiert zu klingen.

»Na dann, vielleicht bis morgen?«

»Ja, vielleicht, Jochen. Machen Sie's gut.«

Dann legte sie auf. Wie gut, dass sie nicht mehr an Männern interessiert war. Man erlebte doch immer nur Enttäuschungen.

Die Beerdigung fand in der Bergkirche in Herbolzheim statt, denn die Familie Zapf war evangelisch. Nicht dass Carsten Zapf ein religiöser Mensch gewesen wäre, aber ausgetreten aus der Kirche war er auch nicht. Schon deshalb stand ihm diese kirchliche Zeremonie zu.

Im Innern drängten sich die Trauernden auf den wenigen Bänken. Ganz vorne in der ersten Reihe saß Manuel Zapf im schwarzen Anzug. Der große, stolze Mann wirkte heute verloren. Kleiner. Den Platz neben ihm hielt er frei. Aber außer Claudia, Carstens Braut, und ihrem Vater Heinz Feger wagte sich sowieso keiner auf diese Bank. Denn erstens setzten Vater und Tochter durch ihre abweisende Körperhaltung deutliche Zeichen, dass sie niemanden neben sich duldeten, und zweitens gehörte es sich nicht. Die erste Bank war immer für die Angehörigen reserviert.

Carstens Freund Bastian und seine Frau Karina hatten in der zweiten Reihe Platz genommen. Jonas war ja immer noch in der Klinik. Die Rauers kauerten sich so eng zusammen, dass ihre Schultern sich berührten. Carstens Vertrauensbruch schien im Angesicht des Todes bei den Ehepartnern an Bedeutung verloren zu haben.

Henry, die mit Wolf in der vorletzten Reihe direkt am Gang saß, schaute sich um. Einige Gesichter kannte sie von ihrem Besuch in Carstens Firma. Es waren wohl alle Angestellten gekommen. Unabhängig von der Trauer um ihren Chef trieb sie wahrscheinlich auch die Sorge um ihren Arbeitsplatz hierher. Der Firmenerbe, Manuel Zapf, hatte den Mitarbeitern mitteilen lassen, dass er nach der Trauerfeier bei einer Kundgebung die Nachfolge zu klären beabsichtige. Dafür konnte man schon einmal in die Kirche gehen.

Ob Manuel Zapf Sorge gehabt hatte, dass die Kirche nicht voll würde? Henry schämte sich sofort für diesen Gedanken. Bestimmt hätten sie auch so an der Trauerfeier teilgenommen. Wahrscheinlich war Carsten Zapf sogar von vielen gemocht worden.

Auch Martin Schnack, der Vorstandsvorsitzende des Golfclubs, war anwesend. Die Herren, die ihre Köpfe mit ihm zusammensteckten, kamen Henry nicht bekannt vor.

Es waren auffällig viele Frauen unter den Trauernden, bemerkte sie gerade, als die Kirchentür plötzlich aufflog und eine grazile Dame im Sturmschritt durch das Kirchenschiff eilte, wobei sie ihren schwarzen Hut mit dem Schleier sicherheitshalber mit einer Hand festhielt. Ihr schwarzer Rock mit den leuchtend gelben, bei jedem Schritt aufblitzenden Kreisen schwang um ihre Beine. Auftritt Charly!

Für einen kurzen Moment schienen die Anwesenden vor lauter Staunen vergessen zu haben, weswegen man hier zusammengekommen war. Jeder im Raum blickte Charly hinterher, bis sie neben Manuel Platz genommen hatte. So etwas sah man nicht alle Tage. Aber dann wurde wieder nach vorne geschaut: Die Zeremonie begann.

Jemand spielte hingebungsvoll auf der Orgel. Die gewaltigen Klänge erfüllten im Nu den ganzen Raum bis in den kleinsten Winkel. Ein Schauer durchfuhr Henry. Wann war sie zuletzt in einer Kirche gewesen? Oder lag es daran, dass diese hier so klein war?

Der Pfarrer trat nach vorne. Henry wurde abgelenkt, weil in der Bank hinter ihr eine gewisse Unruhe entstand. Sie schaute sich um. Na klar. Jochen. Zu spät kommen und sich dann dazwischenzwängen. Unmöglich, dieser Typ. Ehe sie sich wieder wegdrehte, fing sie seinen Blick auf. Nur ganz kurz. Aber das Lächeln, das danach minutenlang um ihren Mund spielte, konnte sie nicht abstellen. Auch nicht diesen kleinen Hopser, den sie dabei in ihrem Inneren wahrnahm.

Dann verstummte die Musik. Der Geistliche begrüßte die Anwesenden und sagte ein paar Worte. Er stand mit würdevollem Gesichtsausdruck neben dem schwarzen Sarg. Wahrscheinlich der teuerste, der für eine Feuerbestattung überhaupt zugelassen war, mutmaßte Henry.

Auf dem Sarg lag ein üppiges Bukett aus weißen Lilien. Sehr edel, aber kühl. Henry riss sich zusammen.

Dieter Maiwald war nun an die Stelle des Geistlichen getreten. Offenbar sprach er für die Belegschaft. Natürlich lobte er seinen Chef. Wie kreativ er gewesen sei. Wie innovativ. Wie geschickt er im Umgang mit potenziellen Kunden gewesen sei. Wie sehr sie ihn vermissen würden und so weiter. Er endete mit den Worten: »Carsten Zapf, wir werden alles dafür tun, um Ihr Lebenswerk weiterzuführen. Verlassen Sie sich drauf!«

Was? Klang das nicht schon fast wie eine Drohung? Wolf und Henry wandten gleichzeitig die Köpfe, um sich einen Blick zuzuwerfen. Wolf hatte es also auch so verstanden. Doch schon ging es weiter.

Martin Schnack übernahm. Er sprach über Carstens Freude

am Golfsport, seine Turniersiege, seine Großzügigkeit dem Club gegenüber, seine freundschaftliche Verbundenheit insbesondere auch mit ihm. Zum Schluss legte er eine Hand auf den Sarg und sagte: »Es war ein schönes Spiel mit dir, Carsten.«

Henry stöhnte innerlich auf. Wie lange hatte er wohl gebraucht, bis ihm dieses kitschige Schlusswort eingefallen war?

Da kitzelte sie etwas am rechten Ohr. Jochen hatte sich vorgebeugt, um ihr etwas zuzuflüstern. »Der Bürgermeister von Kenzingen ist auch gekommen.«

Henry folgte mit den Augen der Richtung, in die er vorsichtig zeigte, und nickte. Sprechen konnte sie gerade nicht. Zum einen, weil sie die Andacht nicht stören wollte, und zum anderen, weil ihr gerade ziemlich heiß geworden war und sie deshalb auf der Stelle ihre Jacke aufknöpfen musste. Es waren einfach zu viele Menschen in dieser kleinen Kirche.

Andere Redner lösten sich ab. Das war oft so, wenn eine wichtige Persönlichkeit beerdigt wurde. Und dass Carsten Zapf in Herbolzheim eine der wichtigsten Persönlichkeiten überhaupt gewesen war, machte der Bürgermeister allen deutlich. Bastian Rauer, der in diesem Raum der einzige echte Freund von Carsten Zapf zu sein schien, ergriff das Wort nicht. Ebenso wenig seine Beinahe-Ehefrau Claudia.

Zum Schluss schleppte sich noch Manuel Zapf ans Mikrofon. Es fiel ihm sichtlich schwer zu sprechen. Er musste immer wieder Pausen einlegen. Sein einziger Sohn war gestorben. Er war traurig. Carsten sei ein guter Sohn gewesen. Und er bedaure, es ihm niemals gesagt zu haben. Er sei begabt gewesen. Erfolgreich. Spontan. Ja, leider manchmal auch übermütig. Carsten sei immer davon ausgegangen, dass er sich alles vom Leben nehmen konnte, was er wollte und wann er es wollte. Aber jetzt sei er im Begriff gewesen zu heiraten, sesshaft zu werden. Und genau in diesem Moment sei sein Leben beendet worden.

Manuel konnte nicht mehr weitersprechen. Charly stand auf und führte ihn zum Platz zurück. Ein gebrochener Mann.

Als die Zeremonie vorbei war, fühlte sich Henry erleichtert. Zwar hatte sie bei den letzten Worten des Geistlichen einfach abgeschaltet, aber als die Orgel wieder einsetzte, lauschte sie wie gebannt. Henry genoss das magische Klanggeschenk, bis der letzte Ton verklungen war.

Vor der Kirche versammelten sich einige in Grüppchen, um sich mit gedämpfter Stimme wortreich voneinander zu verabschieden. Andere eilten zu ihren Fahrzeugen. Sie wollten die Kundgebung in der Firma nicht verpassen. Jochen offenbar auch nicht. Er spazierte lässig an Henry und Wolf vorbei und nickte grüßend, ohne Anstalten zu machen, bei ihnen stehen zu bleiben. Der Mann machte Henry noch wahnsinnig.

»Er gefällt dir. Hab ich recht?« Wolf schaute ihm hinterher.

»Da täuschst du dich aber gewaltig. Der ist mir viel zu arrogant. Außerdem bin ich nicht mehr an Männern interessiert«, antwortete sie schnippisch.

Überrascht schaute Wolf sie an, sagte aber nichts.

»Da, sieh dir unsere Frischverliebten an«, wechselte er schließlich das Thema und zeigte auf Manuel und Charly, die gerade gemeinsam aus der Kirche kamen und ihr Gespräch erst unterbrachen, als sie vor dem Eingang standen.

Henry beobachtete, wie Manuel seinen Schlüsselbund aus der Tasche nahm, einen Schlüssel herauslöste und ihn Charly mit einem flüchtigen Kuss auf die Wange zusteckte. Sie küsste ihn ebenfalls, dann trennten sie sich.

Manuel gab ihr seinen Hausschlüssel? So weit waren die beiden schon? Oder war es nur für dieses eine Mal?

Henry bemerkte, dass Wolf diese Szene ebenfalls nicht entgangen war und dass auch er darüber nachdachte.

»Wollen wir?«, fragte er, als auch der Pfarrer die Kirche verlassen hatte und die Männer, die ein wenig entfernt gestanden hatten, dezent herbeiwinkte, wahrscheinlich, um den Sarg ins Krematorium zu schaffen.

Das war nichts für Zuschauer. Henry wandte sich hastig ab und folgte Wolf, der bereits den Autoschlüssel in der Hand hielt.

Jemand hatte den Empfangsbereich von Industriebau Zapf hergerichtet und vor ein paar Stuhlreihen ein Stehpult zwischen zwei neutralen Buchsbäumen platziert. Henry und Wolf hatten Mühe, noch zwei freie Plätze nebeneinander zu finden, bis Jochen ihnen ein Zeichen gab. Ausgerechnet. Er hatte neben sich zwei Stühle frei gehalten. Eigentlich nett von ihm. Henry lächelte ihn dankbar an und vergab ihm.

Dann richteten alle Anwesenden ihre Aufmerksamkeit auf das Rednerpult. Manuel stand jetzt dort. Eine imposante Erscheinung, die gewohnt war, die Blicke anderer auf sich zu ziehen. Einer, der selbst in dieser Situation genügend Kraft aufbrachte, das Nötige zu tun. In das Blitzen der Fotografen hinein begrüßte er seine Gäste mit erstaunlich fester Stimme und kam dann ohne Umschweife zum Wesentlichen.

»Mein Sohn Carsten hat die Firma Industriebau Zapf gleich nach seinem Studium gegründet und zu einem erfolgreichen Unternehmen ausgebaut. Dieser Ort hier war für ihn immer mehr als eine bloße Arbeitsstätte. Es war für ihn der Ort, an dem er sich wohlfühlte. Und das war möglich, weil hier Funktion und Anmut miteinander verschmelzen. So hat es jemand von Ihnen in einem Artikel einmal beschrieben, falls Sie sich noch erinnern, meine lieben Gäste von der Presse. Und nun ist mein Sohn tot. Was soll jetzt aus der Firma werden? Ich bin lange in mich gegangen, meine sehr verehrten Damen und Herren, bis ich zu folgender Entscheidung kam, die, wie ich glaube, auch im Sinne meines Sohnes ist.«

Manuel Zapf schwieg für einen Augenblick und nahm einen Schluck aus dem bereitstehenden Wasserglas. Danach richtete er seinen Blick wieder entschlossen auf die Zuhörer und verkündete, was er beschlossen hatte.

»Erstens: Die Firma wird nicht veräußert. Alle Mitarbeiter behalten also ihren Arbeitsplatz. Zweitens: Dieter Maiwald, der bisher schon als Geschäftsführer tätig war, übernimmt zusätzliche Verantwortungsbereiche. Drittens: Wir planen, Herrn Maiwald einen jungen, kreativen Architekten namens Mike Brenner zur Seite zu stellen, damit Industriebau Zapf auch in Zukunft Außergewöhnliches mit Funktionalem verknüpfen kann. Ich selbst fungiere als Direktor dieser Firma, werde mich aber weitgehend aus den operativen Belangen heraushalten. Vielen Dank, dass Sie gekommen sind. Ich darf Sie nun zu einem kleinen Imbiss einladen. Bitte schön!«

Damit verneigte sich Manuel Zapf und verließ das Rednerpult. Die Gäste applaudierten stürmisch, und die Fotografen schickten dem Redner ein wahres Blitzlichtgewitter hinterher.

Henry und Wolf erhoben sich und beobachteten die Menge. Jochen meinte: »Dass Carstens Vater sich das in seinem Alter noch aufhalst. Ich habe gehört, er habe vorgehabt, in seiner eigenen Firma etwas zurückzutreten. Finden Sie seine Entscheidung heute dann nicht auch erstaunlich?« Er strahlte wieder einnehmend.

Henry schaute schnell weg und überließ Wolf die Antwort.

»Vielleicht will er vermeiden, dass die Mitarbeiter ihre Jobs verlieren. Bei einem neuen Besitzer weiß man ja nie, was passiert.«

»Halten Sie Manuel Zapf für so sozial? Könnte natürlich sein, wer weiß. Und was denken Sie, Henry?«

»Ich? Als sehr sozial würde ich ihn nicht gerade bezeichnen. Aber hauptsächlich denke ich, dass dieser Dieter Maiwald durch den Tod seines Chefs nun ganz schön aufgestiegen ist auf der Karriereleiter. Oder ist da jemand anderer Meinung?«

Sie wiegten bedenklich ihre Köpfe. Dieser Fall bot immer wieder neue Überraschungen, keine Frage.

Nachdem sich Charly mit Manuels Schlüssel Einlass in seine Villa verschafft hatte, musste sie sich vor Aufregung erst einmal setzen. War es richtig, was sie vorhatte? Sollte sie Manuel nicht einfach fragen, statt seine Sachen zu durchsuchen, wenn sie mehr über den gelben Umschlag erfahren wollte? Natürlich wäre das der richtige Weg. Aber dabei würde sie nichts herausfinden. Da war sie sich sicher. Das hatte er schließlich bewiesen, als er ihre Andeutung auf den gelben Umschlag so gekonnt überspielt hatte. Oder hatte er gar nichts vorgetäuscht? Diese Unsicherheit brachte sie noch ganz durcheinander. Sie hatte auch keine Lust auf solche Spielchen. Sie wollte wissen, was los war. Auch wenn sich herausstellen sollte, dass Manuel etwas Wichtiges vor ihr verbarg.

Entschlossen stand sie auf. Wo anfangen? In seinem Büro natürlich. Charly prägte sich die Anordnung der Gegenstände auf Manuels Schreibtisch genau ein. Sie musste vorsichtig sein. Auf keinen Fall wollte sie riskieren, dass er von ihrem Tun etwas erfuhr.

Auf dem Schreibtisch war nichts Auffälliges zu finden. Dann waren die Schubladen dran. Nicht eine davon war abgeschlossen. Hatte er nichts zu verbergen, oder kam außer ihm nie jemand hier herein? In den Schubladen lag nur ein Ersatz-Insulinbesteck. War da nicht etwas mit Insulin gewesen? Charly fegte den Gedanken beiseite, als ihr einfiel, dass Carstens Sohn mit Insulin umgebracht worden war. Lächerlich. Damit hatte Manuel nun wirklich nichts zu tun. Also weiter.

Wenn er den Brief sofort nach dem Auffinden im Wohnzimmer geöffnet hätte, könnte er ihn auch dort – oder später zusammen mit dem Umschlag – in den Müll geworfen haben. Logisch. Er hatte ja nicht so viel Zeit gehabt, denn sie war ebenfalls im Haus gewesen und hätte jeden Moment hinzukommen können. Charly durchsuchte alle Schubladen und Schränke im Wohnzimmer und danach die in der Küche. Im Mülleimer sah sie nun auch noch nach. Nichts.

Enttäuscht setzte sie sich wieder ins Wohnzimmer und sah hinaus in den Garten. Manuel durfte nie erfahren, was sie hier machte. Sie griff sich eines der Gartenbücher aus dem Regal und fing an, darin zu blättern. Charly wusste nichts über Manuels Frau, außer dass die Ehe zum Zeitpunkt ihrer Affäre angeblich schon zu Ende gewesen war. Seltsam, dass diese Frau noch über zwanzig Jahre weiter daran festgehalten hatte, bis sie an Krebs gestorben war.

Und jetzt war auch noch sein Sohn ermordet worden. Sie ließ das Buch sinken. Wie einsam musste er sich fühlen. Bei der Beerdigung waren viele Leute gewesen, aber Verwandte oder persönliche Freunde hatte sie nicht gesehen. Oder waren sie ihr nur nicht vorgestellt worden?

Auf einmal sprang Charly auf. Der schwarze Anzug! Manuel trug heute einen schwarzen Anzug. Er könnte den Brief in dem Jackett haben, das er gestern getragen hatte. Sie lief nach oben ins Schlafzimmer. Und richtig: Das Jackett hing dort ordentlich auf einem Herrendiener.

Charly griff in die Innentasche und holte einen gelben Umschlag heraus, in dem ein zusammengefaltetes Blatt steckte. Sie zog es hervor. Im Stehen las sie, was darauf geschrieben war.

Letzte Warnung
Verkaufst du die Firma, erfährt die Polizei alles!

Sorgfältig faltete Charly das Blatt wieder zusammen und steckte es in die Innentasche zurück. Dann ging sie hinunter und setzte sich.

Manuel wurde also erpresst. Und jetzt? Er musste wahrscheinlich mehrere solcher Briefe erhalten haben, sonst hätte es nicht »Letzte Warnung« geheißen. Aber womit? Das muss in den Briefen davor gestanden haben. Schade, dass sie die nicht auch gefunden hatte. Eines war jedenfalls klar: Manuel war erpressbar. Und er wollte nicht, dass die Polizei davon erfuhr.

Konnte er etwas mit dem Tod seines Sohnes zu tun haben? Niemals! Charly schüttelte energisch den Kopf. Ging es um die Firma? Sie musste nachdenken. Auch darüber, ob sie ihn mit ihrer Entdeckung konfrontieren sollte. Immer mit der Ruhe, Charly!

Beinahe hätte sie das Läuten an der Tür überhört. Sie sprang auf und öffnete. Manuel war gekommen. Er lächelte, als er sie sah.

»Weißt du, wie schön es ist, wenn man nach Hause kommt und die liebende Frau öffnet einem die Tür?« Er nahm sie in die Arme und hielt sie ganz fest. Er brauchte Trost.

Als sie sich wieder voneinander lösten und Manuel ihr ins Wohnzimmer folgte, bemerkte er, dass sie in einem der Gartenbücher gelesen hatte. »Du interessierst dich also tatsächlich für englische Gärten. Wenn du magst, kannst du das Buch ruhig mitnehmen. Ich lese es sowieso nicht.« Er ließ sich auf die Couch fallen.

»Danke. Das werde ich machen. Du bist müde, du Armer. Das war ja auch viel auf einmal. Erst die Beerdigung, dann noch die Kundgebung in der Firma.« War das jetzt die Gelegenheit? Charly zögerte.

»Du hast recht. Ich bin müde. Vielleicht könnte ich tatsächlich etwas schlafen.«

Es ging ihm nicht gut. Seit heute Morgen schien er um Jahre gealtert. Und man trat niemals auf jemanden, der schon am Boden lag. Alte Regel. Charly stand auf, holte eine Decke und legte sie über ihn.

»Dann ruh dich aus. Ich muss sowieso schleunigst zu Helen. Sie hat schon dreimal angerufen. Wir sehen uns, wenn du dich ausgeruht hast, okay?« Zum Abschied küsste sie ihn leicht auf die Wange, aber er hatte die Augen bereits geschlossen.

Charly schlich auf Zehenspitzen hinaus. Dann stieg sie in ihren roten 2CV und fuhr nach Hause. In ihrem Kopf herrschte ein heilloses Durcheinander.

Sie musste dringend nachdenken. Und mit Olaf sprechen. Henry und Wolf waren ja bestimmt noch nicht zu Hause, aber Olaf würde ihr helfen, das Karussell in ihrem Kopf abzustellen. Damit sie wieder eine klare Sicht auf die Dinge bekam.

Was war nur mit ihr los? Wenn sie allein war, warf sie Manuel vor, dass er nicht ehrlich zu ihr war, und wenn sie ihn dann traf, fand sie für alles eine Erklärung. Das war einfach kein Zustand. Sie brauchte dringend eine neutrale Sicht auf die Vorkommnisse der letzten Tage. Hoffentlich war Olaf da.

ACHTZEHN

Henry grübelte bis tief in die Nacht über die beiden Fälle nach. Sie hingen zusammen, davon war sie überzeugt. Aber wo war die Verbindung? Sie konnte sie einfach nicht sehen, obwohl sie wahrscheinlich irgendwo direkt vor ihrer Nase lag.

Sie öffnete die einzige Flasche Rotwein, die noch da war, und versuchte, nicht mehr auf die Notizen zu starren, sondern an etwas anderes zu denken und das Unterbewusstsein seine Arbeit tun zu lassen.

Das war ein Fehler. Ruckzuck tauchte Thomas mit seinem Baby wieder vor ihrem inneren Auge auf. Nicht gut.

Henry trank mehr Wein.

Sie dachte an Jochen Sturm, der heute Nachmittag noch lange bei ihnen gestanden hatte und ein wirklich brillanter Unterhalter war. Sein immer wiederkehrender Blick direkt in ihre Augen hatte sie ziemlich irritiert. Mit keinem einzigen Wort hatte er versucht, sich erneut mit ihr zu verabreden. Auch nicht gut.

Henry goss sich noch mehr Wein ins Glas. Sie trank die ganze Flasche leer.

Dann dachte sie an gar nichts mehr und ging zu Bett. Sie schlief tief. Deshalb hörte sie ihr Handy auch nicht, obwohl es anhaltend klingelte. Sie wachte erst auf, als sich zu dem Hämmern an der Tür noch Wolfs laute Rufe gesellten.

Schlaftrunken und mit schwerem Kopf kam Henry zu sich und tappte zur Wohnungstür. Sie öffnete.

»Na endlich! Nicht mehr lange, und ich hätte die Tür eingetreten. Was ist denn mit dir los? Horst Baltes hat bei mir angerufen, weil du nicht ans Handy gehst. Beeil dich, wir haben eine Leiche.«

Nach diesen Worten folgte Wolf ihr in die Wohnung und schätzte nach einem kurzen Rundblick die Lage richtig ein. Zumal Henry seinen Redeschwall mit einer abwehrenden Handbewegung aufzuhalten versuchte. Ihr war gar nicht nach Reden zumute. Immerhin hatte sie aber verstanden, dass sie sich besser rasch anziehen sollte. Widerstandslos schlurfte sie ins Bad.

Wolf warf inzwischen die Kaffeemaschine an. Kaffee würde sie dringend brauchen. Noch besser wären Kopfschmerztabletten. Kurzerhand rief er Olaf an. »Dr Henry gots nit guet. Bringsch emol zwei Aspirin uffe? Aber es pressiert.«

Dann ließ er heißen Kaffee in die Tasse laufen und wartete im Wohnzimmer. Henry kam verblüffend schnell zurück. Dankbar nahm sie ein paar Schlucke, dann drängte Wolf zum Aufbruch. Henry schien jetzt erstaunlich wach.

Unten erwartete Olaf die beiden und streckte Henry kommentarlos ein Glas mit einer weißlichen Flüssigkeit entgegen. Als Wolf nickte, trank sie schnell noch ein paar Schlucke. Dann waren sie weg.

Im Wagen berichtete Wolf: »Dieter Maiwald wurde von seiner Frau tot in ihrem gemeinsamen Haus aufgefunden. Sie ist heute Morgen mit dem ersten Intercity aus Köln von einer Messe zurückgekommen und in Offenburg in ein Taxi gestiegen. Als sie das Haus betrat, lag ihr Mann leblos am Boden.«

»Maiwald also. Das ist ja höchst interessant. Gestern noch befördert und heute schon tot. Wo müssen wir hin?« Henry war wieder fit.

»Dieter Maiwald wohnte mit seiner Frau in Herbolzheim, wie so viele der bei Zapf Beschäftigten. Unsere Kollegen haben im Zusammenhang mit dem nächtlichen Jogger, den unser Zeuge gesehen hat, alle dort lebenden und in Frage kommenden Personen überprüft. Dabei ist auch Maiwald genannt worden. Allerdings ist der nur am Wochenende gejoggt und fiel damit raus. Vielleicht haben wir zu früh aufgegeben.«

»Ja, ich weiß. Ich hatte ihn ehrlich gesagt auch nicht auf dem Schirm. Als Täter kommt er nun ja nicht mehr in Frage, da lagen wir schon richtig. Aber falls sich herausstellt, dass sein Tod kein natürlicher war, müssen wir darüber nachdenken, wem er im Weg gestanden hat.«

Sie waren angekommen. Maiwalds Haus war nagelneu. Der Garten war noch nicht einmal angelegt. Bei den Nachbarn sah es ähnlich aus. Eine typische Neubausiedlung. Maiwald hatte also gerade gebaut. Da war ihm der Aufstieg in der Firma wahrscheinlich gerade recht gekommen.

Sie gingen an einem Mann in weißem Overall, einem Kollegen von der Spurensicherung, vorbei, stülpten Überzieher über ihre Straßenschuhe und ließen sich die Richtung weisen, in der sie den Toten finden würden. Der Pathologe Bernd Meisner war gerade fertig geworden und kam ihnen entgegen. »Guten Morgen, miteinander. So sieht man sich wieder. Aller guten Dinge sind drei, oder?« Er lachte über seinen eigenen Witz. Dann wurde er sachlich. »Es handelt sich um Dieter Maiwald. Seine Frau hat sofort den Notarzt gerufen, als sie ihn da liegen sah, und wir können von Glück sagen, dass der ein eifriger Zeitungsleser mit Verstand ist. Heute stand nämlich ein ausführlicher Artikel über die Firma Zapf in der Zeitung, und darin wurde Maiwalds neue Position deutlich herausgehoben. Unserem Notarzt war die Sache nicht ganz geheuer, obwohl alles nach klassischem Herzversagen aussah, und er rief die Polizei. Guter Mann! Wer weiß, wie viele Morde unerkannt bleiben. Aber hier hat jemand mitgedacht. Nur deshalb sind wir überhaupt hergekommen. Mal sehen, wohin uns das führt.«

»Gibt es denn Hinweise auf ein Tötungsdelikt?«, fragte Henry.

»Das ist schwierig zu beantworten. Nicht auf den ersten Blick jedenfalls. Es gibt keinerlei sichtbare Gewaltanwendung. Genaueres kann ich allerdings erst sagen, wenn ich ihn obduziert habe. Ich sehe Sie beide also später in der Pathologie?« Meisner machte Anstalten zu gehen.

»Auf jeden Fall. Danke erst mal. Bis dann.«

Damit wandte sich Henry um und betrat, gefolgt von Wolf, den Fundort der Leiche. Dieter Maiwald lag auf dem hellen Parkettboden im Wohnzimmer auf dem Bauch. Seine Füße zeigten zur Sitzgarnitur. Sein Kopf wies Richtung Tür.

»Ist er bewegt worden?«, fragte sie in den Raum hinein, wo weitere weiß verhüllte Personen von der Spurensicherung beschäftigt waren.

»Der Notarzt hat ihn wohl zuerst auf den Rücken gedreht, aber danach wieder in die Ausgangsstellung zurückgelegt, nachdem er feststellen musste, dass jede Hilfe zu spät kam.« Es war eine Frauenstimme, die Henry antwortete. Henry sah die Kollegin zum ersten Mal. »Wir haben uns seinen Namen und die Adresse geben lassen«, fügte sie noch freundlich hinzu und zog sich dann wieder zurück.

Henry bedankte sich und konzentrierte sich wieder auf den Toten.

Wolf kniete neben ihm und sprach vor sich hin: »Der Täter, sofern es einen gab, muss hinter ihm gestanden haben, als es passierte. Deswegen ist er nach vorne gefallen. Er war wohl gerade auf dem Weg, das Wohnzimmer zu verlassen. Vielleicht wollte er seinen Gast zum Ausgang begleiten?«

»Nehmen wir weiter an, er hat den Täter zuvor selbst hereingelassen. Dann kannte er ihn also und führte ihn ins Wohnzimmer.« Henry folgte Wolfs Ansatz und ging ebenfalls in die Knie.

Wolf fuhr fort: »Sie haben nichts zu sich genommen. Es steht kein Glas auf dem Tisch. Habt ihr die Spülmaschine schon überprüft?« Wolf richtete die Frage an die Kollegen von der Spurensicherung.

»Sind dabei«, kam sofort die Antwort.

»Möglicherweise hat der Besucher oder die Besucherin nicht vorgehabt, lange zu bleiben, und wurde wohl auch nicht von Maiwald erwartet«, führte Henry den Gedanken zu Ende.

»In der Spülmaschine steht allerlei schmutziges Geschirr«, ertönte Leo Wanningers sonore Stimme, als er sich zu ihnen gesellte. »Guten Morgen erst einmal.«

Wolf und Henry erhoben sich und begrüßten den Leiter der KTU.

»Wir nehmen von allen Gefäßen Fingerabdrücke. Wenn eines der Gläser vom Täter benutzt wurde, finden wir das raus. Aber es wird eine Weile dauern, bis wir alle Spuren zuordnen können. Was den potenziellen Täter betrifft: Es gibt nirgendwo im Haus Einbruchsspuren. Also falls es sich tatsächlich um Mord handeln sollte, muss das Opfer seinen Mörder selbst hereingelassen haben. Weiter sind wir noch nicht.«

Na bitte, ihre Hypothese schien sich zu bestätigen.

Henry und Wolf suchten Frau Maiwald auf. Sie saß in der Küche. Das hübsche Gesicht der geschmackvoll gekleideten Dame um die vierzig zeigte Spuren von verschmierter Wimperntusche um die Augen, die vom Weinen schon ganz angeschwollen waren. Eine befreundete Nachbarin befand sich neben ihr, hatte den Arm um sie gelegt und spendete ihr Trost. Henry und Wolf stellten sich vor und sprachen Frau Maiwald ihr Beileid aus. Erneut füllten sich ihre Augen mit Tränen. Mit sanfter Stimme bat Henry sie zu erzählen, was passiert war.

»Ich war beruflich in Köln, auf einer Messe. Vier Tage lang. Und weil wir gestern noch alle eingeladen waren, um miteinander den Erfolg zu feiern, bin ich erst heute früh mit dem ersten Intercity gefahren, statt schon gestern Abend den letzten Zug zu nehmen.«

Jetzt schluchzte sie erneut auf und unterbrach ihren Redestrom. Die Nachbarin tätschelte ihr den Rücken und hielt ihre Hand. Frau Maiwald heulte weiter. »Wenn ich doch bloß gestern schon gefahren wäre. Dann wäre das alles nicht passiert!«

Henry schaltete sich ein. »Frau Maiwald, Sie haben ganz sicher keine Schuld am Tod Ihres Mannes. Hatte er denn Probleme mit jemandem?«

»Nein, gar nicht. Er stritt nie. Und er war doch so glücklich, dass der alte Zapf jetzt die Firma übernehmen wollte und alles so weiterlaufen würde wie bisher. Nein, sogar besser. Dieter war so stolz darauf, dass der alte Zapf ihm angeboten hatte, mehr Verantwortung zu übernehmen. Er hat mich nach der Kundgebung gleich angerufen. Wissen Sie, wir hätten das höhere Gehalt wirklich gut gebrauchen können, wo wir doch gerade gebaut haben.« Dabei zeigte sie mit einer Handbewegung um sich herum. Dann weinte sie wieder.

Henry erkundigte sich bei der Nachbarin, ob sie vielleicht beobachtet hatte, wer gestern Abend bei Maiwalds zu Besuch gekommen sei. Natürlich hatte sie nichts gesehen. Sie ließen Frau Maiwald in ihrer Obhut und verabschiedeten sich.

Draußen trafen sie auf einen Kollegen aus Kenzingen, den Henry kannte. Er stand neben seinem Streifenwagen und sorgte dafür, dass niemand unerlaubt den Tatort betrat. Henry wusste, dass sie seinen Namen bestimmt gleich in ihrem Notizbuch finden würde. Flink zog sie es aus ihrer Tasche und sah nach. Jens Peters, natürlich.

Sie ging zu ihm, begrüßte ihn mit seinem Namen und bat ihn, die Befragung der Nachbarn hinsichtlich eines Besuchers in den Abendstunden zu organisieren. Jens Peters schien erfreut darüber, dass sich die Kommissarin aus Freiburg seinen Namen gemerkt hatte. Er werde sich sofort darum kümmern. Sie könne sich ganz auf ihn verlassen.

Henry ließ einen zufriedenen Kollegen zurück. Ihr kleines Notizbuch hatte sich wieder einmal bewährt.

»Lass uns zuerst in die Firma fahren, damit wir alles sichern können, ehe sich jemand an Maiwalds Schreibtisch zu schaffen macht«, schlug sie Wolf vor.

Der sah das genauso. »Und danach sollten wir unbedingt noch mit Manuel Zapf sprechen. Der hatte in den letzten Tagen doch bestimmt am meisten Kontakt mit Maiwald. Vielleicht gab es ja einen Vorfall.«

Wolf fuhr für seine Verhältnisse geradezu rasant durch die engen Straßen zur Firma Zapf. Offensichtlich schien ihn die Aussicht, dass sie womöglich nicht als Erste in Maiwalds Büro sein könnten, risikofreudiger zu machen. Henry sagte nichts dazu. Als er plötzlich heftig bremsen musste, weil er den Zusammenstoß mit einem Radfahrer vermeiden wollte, blieb er stehen.

»Es tut mir leid.«

»Nichts passiert.«

»Wir haben es versaut. Maiwald hätte nicht auch noch sterben dürfen.«

»Das treibt dich also um.«

»Dich nicht?« Wolf legte den Gang ein und fuhr weiter, diesmal auf seine gewohnte Art.

»Ich denke, der Täter wird unvorsichtig. Und wer unvorsichtig ist, macht Fehler. Selbstvorwürfe bringen uns dabei auch nicht weiter.«

Wolf wusste, dass sie recht hatte, und er wollte ihr das auch sagen, während er auf den Parkplatz der Firma einbog. Da fielen ihm einige Männer auf, die Kartons aus dem Gebäude heraustrugen. »Schau mal, Henry. Da ist etwas im Gange.«

Auch Henry hatte die Männer gesehen. Ihr schwante nichts Gutes.

So schnell sie konnten, eilten sie hinein, um zu erfahren, was hier gerade ablief. Aber sie kamen nicht weit. Ein schlanker Herr im Anzug stoppte sie und forderte sie auf, sich auszuweisen.

»Ah, Kollegin Wunsch und Kollege Wolf. Ich habe schon mit Ihnen gerechnet. Mein Name ist Rainer Baum vom LKA. Ich leite die Ermittlungen im Korruptionsfall Zapf. Ab sofort ist Carsten Zapf für Sie tabu. Ich muss Sie bitten, jetzt zu gehen.«

»Wie bitte?« Henry war außer sich. »Der Mord an Carsten Zapf ist ganz allein unsere Angelegenheit. Den lasse ich mir von Ihnen nicht einfach so wegnehmen. Überhaupt: Wer hat Sie denn über den Korruptionsfall informiert? Ich war das. Und jetzt gehen Sie mir aus dem Weg.«

Energisch wollte sich Henry an ihm vorbeidrängen, aber Rainer Baum verstellte ihr erneut den Weg und hielt ihr sein Handy hin. »Hier, Ihr Chef am Apparat.«

Widerwillig riss sie ihm das Telefon aus der Hand und meldete sich. »Wunsch. Was ist hier los, Chef?«

»Ah, Frau Wunsch. Hören Sie, wir können da erst einmal nichts machen. Das LKA hat jetzt das Sagen. Kommen Sie bitte ins Präsidium. Wir finden eine Lösung. Ich verspreche es Ihnen.«

Henry war sauer. Wortlos gab sie Rainer Baum sein Handy zurück und drehte auf dem Absatz um.

Aber da war der LKA-Mann schon neben ihr. »Nicht so schnell, Frau Wunsch. Wir treffen uns heute Nachmittag auf dem Polizeipräsidium, und da übergeben Sie mir dann alle Akten zum Fall Carsten Zapf. Ihre Ermittlungen in diesem Fall enden ab sofort. Ist das angekommen?«

Henry sagte nichts, aber ihre Augen blitzten. Am liebsten hätte sie vor Wut etwas zu Boden geschleudert. Dieser arrogante Mistkerl! Zum Glück wusste er noch nichts von Maiwald. Jetzt hieß es: Schnell sein, ehe das LKA die neuesten Vorkommnisse spitzkriegte. Solange sie nichts davon wussten, war es immer noch ihr Fall.

»Ich fahre!«, bestimmte Henry, als sie mit Wolf zum Wagen zurückgekehrt war, und forderte den Autoschlüssel. »Wir dürfen keine Zeit verlieren, sonst legen die ihre Hand auch noch auf Maiwalds Leiche.«

Wolf war ganz ihrer Meinung. Immer wieder kam es vor, dass das LKA einen Fall an sich riss und die sorgfältige und gewissenhafte Arbeit fähiger Kollegen mit überheblicher Geringschätzung einfach überging. Manchmal kam es jedoch auch zu fruchtbaren Kooperationen zwischen den Ebenen. Inzwischen sogar immer häufiger. Auch das hatte Wolf schon erlebt. Aber nicht mit diesem Rainer Baum. Kein Wunder, dass Henry wütend war. Wolf war es auch.

Henry jagte den Wagen im Höchsttempo über die kurze Autobahnstrecke. Sie wäre am liebsten noch länger in diesem Tempo weitergefahren, aber da kam schon die Ausfahrt in Sicht. Was ärgerte sie sich eigentlich so? Sie selbst hatte doch dem LKA die Unterlagen von Jochen Sturm zukommen lassen. Es war also Jochens Schuld, dass dieser Baum ihr jetzt den Fall wegnahm. Na, dem würde sie was erzählen. Der sollte sich nur in Acht nehmen. Aber das musste bis zum Abend warten. Jetzt stand die Rettung des Falls im Vordergrund.

Statt zum Polizeipräsidium fuhr Henry schnurstracks zur Pathologie. Den Weg kannte sie inzwischen so gut, dass sie sich vollständig aufs Fahren konzentrieren konnte. Wolf atmete hörbar aus, als sie angekommen waren.

Bernd Meisner war überrascht, sie so schnell zu sehen. Als Wolf »LKA« seufzte, verstand er.

»Dann sollten wir keine Zeit verlieren. Kommen Sie.«

Offenbar war Meisner gerade erst fertig geworden, denn sein

Assistent räumte noch auf. Das ließ den Pathologen unbeeindruckt. Er berichtete zunächst, dass der Leichnam äußerlich unversehrt sei und zunächst auch weiterhin alles auf einen natürlichen Tod hingewiesen habe. Allerdings habe er dann doch etwas gefunden. Henry und Wolf hörten gespannt zu.

»Sam, helfen Sie mir doch bitte mal, ihn umzudrehen«, rief er seinem Assistenten zu, der am Rand des Saals mit einem Schlauch beschäftigt war. Sam ließ sofort von seiner Tätigkeit ab und kam zu ihnen. Das Umdrehen des Toten ging schnell, die beiden waren ein eingespieltes Team.

Dann händigte Bernd Meisner den beiden Kommissaren genau wie beim letzten Mal eine Lupe aus und forderte sie auf, selbst zu schauen. Es war nicht schwer für sie, den kleinen Einstich im Nacken zu entdecken, denn sie hatten schon vermutet, wonach sie suchen sollten. Der Pathologe strahlte.

»Der gleiche Tathergang? Insulin?«, fragte Wolf.

»Leider können wir nicht mehr nachweisen, ob diesem Mann tatsächlich Insulin gespritzt wurde. Auch nicht, ob es sich um eine andere Substanz handelte, die ebenfalls nach einer gewissen Zeit nicht mehr nachzuweisen ist. Unser Pech.«

»Dann können Sie gar nicht beweisen, dass es Mord war?«, fragte Henry besorgt.

Meisner lächelte. »Ich will es mal so sagen: Nach sorgfältiger Untersuchung kann ich einen Infarkt ausschließen. Der Mann war in bester körperlicher Verfassung. Sein Herz war kerngesund. Wozu hätte er also eine Injektion in den Nacken gebraucht? Die Einstichstelle ist deutlich zu sehen.«

Henry ahnte, dass gleich noch etwas kommen würde. So gut kannte sie Meisner bereits. Er liebte seine kleinen Auftritte. Nur allzu lang durfte sie ihn diesmal nicht gewähren lassen. Das LKA saß ihnen im Nacken.

Da kam er auch schon zum Punkt. »Ich stelle es mir folgendermaßen vor: Der Täter, der hinter dem Opfer stand, hat Maiwald den linken Arm um den Hals gelegt und ihn einen Moment festgehalten. Sehen Sie, so.«

Er schlang seinen linken Arm um Wolfs Hals, wodurch dieser reflexartig mit den Händen danach griff und versuchte, ihn wegzureißen, weil er Luftnot bekam.

»Haben Sie gesehen? Das Opfer, also Maiwald, muss sofort nach dem Arm des Täters gegriffen haben, um sich zu befreien. Um sich Luft zu verschaffen. Der Täter muss also groß und kräftig genug gewesen sein, um etwa eine Minute lang sein Opfer so festhalten zu können. Bis dahin wirkt das Insulin oder diese andere nicht mehr nachweisbare Substanz, die der Täter seinem Opfer in die Halsschlagader injiziert hat. Ziemlich brutal, wenn Sie mich fragen.«

»Sind Sie sicher?«

Jetzt sah Meisner sie beinahe beleidigt an. »Das mit dem Arm habe ich erschlossen, aber dass der Täter hinter dem Opfer stand und ihm eine Spritze in den Hals gerammt hat, ist wasserdicht.«

Henry und Wolf tauschten einen Blick. Wieder hatte sich ein Stückchen ihrer Hypothese bewahrheitet.

»Was haben Sie unter seinen Fingernägeln gefunden?« Henry fragte ganz ruhig, aber ihre Augen blitzten.

»Sie haben es sofort verstanden, Henry!« Bernd Meisner strahlte übers ganze Gesicht und klopfte dabei leicht auf Wolfs Rücken, der noch immer hustete. »Unter seinen Fingernägeln habe ich zwei schwarze Fäden entdeckt. Und auf der Rückseite seines Hemdes Haarschuppen.« Jetzt konnte er den Triumph in seiner Stimme nicht länger unterdrücken.

Wolf hatte sich auch wieder beruhigt und lobte ihn. »Sie sind ein Teufelskerl, Bernd. Reicht das alles für eine DNA-Analyse?«

»Es reicht. Und damit lege ich mich jetzt auch fest. Dieter Maiwald ist ermordet worden.«

Selten waren Henry und Wolf so zufrieden aus der Pathologie gekommen. Jetzt würden sie den Täter bald kennen – sie hatten seine DNA.

Wolf fuhr zurück ins Präsidium. Von unterwegs rief Henry Julian an, damit er von allen aktuellen Akten Kopien für sie anfertigte. Niemand würde ihr so kurz vor dem Ziel den Fall entziehen. Ihre Wut war verflogen.

Genau bis zu dem Augenblick, in dem sie im Chefbüro wieder auf diesen arroganten Rainer Baum stießen, der sich gerade gegenüber Horst Baltes aufspielte.

»Ab sofort ist Ihnen jede weitere Ermittlung im Fall Carsten Zapf untersagt, Kollegin Wunsch. In meiner Funktion als Leiter im Korruptionsfall Zapf bin ich weisungsbefugt, das wissen Sie. Ich werde diesbezüglich auch keine Verstöße dulden. Habe ich mich klar genug ausgedrückt?«

Horst Baltes versuchte, ihn zu besänftigen. »Ja sicher, Herr Baum. Einen Korruptionsfall aufzuklären steht im Interesse der breiten Öffentlichkeit, keine Frage. Wir unterstützen das natürlich. Ich bin sicher, Frau Wunsch wird Ihnen bei der Aufklärung der aktuellen Mordfälle nicht in die Quere kommen. Kollegiales Miteinander ist eines der hervorstechendsten Merkmale unserer Mordkommission, nicht wahr, Frau Wunsch?«

Henry nickte heftig und presste vorsichtshalber die Lippen zusammen, um nicht in Versuchung zu geraten, etwas zu sagen.

Ihrem Chef genügte das. Er fuhr fort: »Dennoch muss ich darauf bestehen, dass die Mordermittlung Zapf, Maiwald und Drechsler weiterhin in der Verantwortung meines Teams bleibt. Wenn auch meinetwegen alle Schritte, die in Richtung Firma Zapf gehen, ab sofort mit Ihnen abgesprochen werden müssen. Da sind wir uns doch einig, oder, Frau Wunsch und Herr Wolf?« Nach Bestätigung heischend schaute ihr Chef sie beinahe flehentlich an.

Wolf hatte die Stirn gerunzelt und sah nicht eben zufrieden aus. Henrys Lippen bildeten noch immer einen Strich. Das war keine Zustimmung, aber immerhin erwiderten sie nichts.

»Nun, Dagmar Drechsler bleibt Ihr Fall«, sagte Rainer Baum. »Mit Zapf und Maiwald haben Sie nichts mehr zu tun. Ganz einfach zu merken, oder?«

Es war nicht nur seine Wortwahl, es war vor allem sein Gesichtsausdruck, mit dem er seine Worte unterstrich, den Henry kaum ertragen konnte. Sie schaute zu Wolf. Der runzelte zwar immer noch die Stirn, aber sein Blick war aktiver. Was ging ihm wohl durch den Kopf?

»Natürlich, Herr Baum. Wir halten uns da raus. Die Aufgaben

des LKA haben selbstverständlich Priorität. Wir verstehen das. Wenn Sie uns benötigen, melden Sie sich. Und: Viel Erfolg Ihnen und Ihrem Team.« Wolf war aufgestanden und wandte sich nun an seine Kollegin. »Henry, du hast doch nicht unseren Termin vergessen? Kommst du? Ach, und Chef, Sie denken doch daran, dass Henry und ich den Rest des Nachmittags nicht mehr im Haus sind, oder? Auf Wiedersehen.«

So schnell hatte Wolf sich damit abgefunden? Horst Baltes schien erstaunt, aber auch erleichtert bei Wolfs Worten. Henry hingegen war enttäuscht. Hatte ihr Kollege so wenig Kampfgeist? Dennoch folgte sie stumm seiner Aufforderung und ließ sich mit hinausziehen. Mit dem letzten Blick, den sie dem LKA-Mann zuwarf, registrierte sie sein zufriedenes Grinsen.

»Spinnst du? Wir beschränken uns auf Dagmar Drechsler? Was ist denn in dich gefahren?«, fragte Henry draußen.

Wolf grinste nun viel breiter als Rainer Baum, und er sah verschmitzt dabei aus. »Wir verlagern die Zentrale zu uns nach Hause. Offiziell feiern wir unsere Überstunden ab, und tatsächlich arbeiten wir von dort aus weiter. Was meinst du?«

Jetzt war auch Henry wieder besserer Laune. Sie hätte nicht gern einen faden Ja-Sager zum Partner gehabt. Und sie war froh, sich in Wolf nicht getäuscht zu haben.

Danach verpflichteten sie Julian zur Geheimhaltung und teilten ihm mit, unter welcher Adresse sie zu finden seien. Dann verließen sie das Präsidium. Im Vorbeigehen konnten sie beobachten, dass einer der Besprechungsräume gerade zu einer Art Kommandozentrale der LKA-Kollegen umfunktioniert wurde. Henry und Wolf warfen sich lediglich einen vielsagenden Blick zu und eilten weiter.

NEUNZEHN

Jochen Sturm hatte nach dem Erscheinen seines investigativen Artikels über die Vergabe von Bauaufträgen in verschiedenen Kleinstädten der näheren Umgebung viel Zuspruch erhalten. Genau genommen hatte er nahezu den ganzen Vormittag am Telefon verbracht, um all die Glückwünsche, Interviewanfragen, Dankesbezeugungen von im ungleichen Wettkampf unterlegenen Baufirmen, ja sogar Jobangebote mehrerer überregionaler Zeitungen entgegenzunehmen.

Die Öffentlichkeit war empört. So schnell würde man sich so etwas in dieser Gegend nicht noch einmal erlauben können. Und es hatte bereits Festnahmen in verschiedenen Ämtern durch das LKA gegeben. Jochen Sturm hatte durch die Offenlegung der Missstände dafür gesorgt, dass es in Zukunft ein bisschen gerechter zugehen würde. Wieder einmal.

Eigentlich hätte er doch glücklich sein müssen mit dem, was er ins Rollen gebracht hatte, und das war er natürlich auch. Aber diesmal fehlte etwas. Henry hatte sich nicht gemeldet. Hatte sie seinen Artikel nicht gelesen? Und wenn doch, warum rief sie nicht an? War das zu viel verlangt? War er vielleicht zu eitel? Zu stolz?

Das war es nicht. Jochen hätte es nur gern gesehen, dass sie einen Eindruck von dem bekam, was er tat. Dass sie erkannte, dass sie sich im Prinzip um dasselbe bemühten. Um Gerechtigkeit. Dass er einer war, dem sie vertrauen konnte. Das traf es. Also warum rief sie nicht an?

Jochen schenkte sich ein halbes Glas Rotwein ein und schaute durchs Fenster.

Sie wird keine Zeit gehabt haben. Ob er sie einfach selbst anrufen sollte? Oder würde sie dann denken, dass er nach Komplimenten fischte? Ach was! Er war doch kein kleiner Junge mehr.

Jochen wählte ihre Nummer.

Henry war sofort dran. »Ja?«

»Jochen hier.« Er hatte ein wenig Herzklopfen.

»Jochen? Dass Sie es wagen, noch einmal bei mir anzurufen. Das LKA ist aufgetaucht und hat mir meinen Fall abgenommen. Und Sie sind schuld!« Henry legte auf.

Verdutzt starrte Jochen seinen Apparat an, als hätte Henry gerade damit nach ihm geworfen. Hier war etwas ganz und gar nicht so gelaufen, wie er es sich erhofft hatte.

Man hatte ihr also den Fall entzogen. So wie er sie einschätzte, war sie niemand, der das einfach so geschehen ließ. Was konnte er tun, um ihren Zorn zu besänftigen? Rastlos tigerte er durch sein Penthouse. Von hier konnte er jedenfalls gar nichts ausrichten. Wahrscheinlich würde sie einen weiteren Anruf von ihm nicht einmal mehr entgegennehmen.

Kurz entschlossen nahm er seinen Wagenschlüssel und verließ das Haus.

Nicht lange danach läutete es an Henrys Tür. Olaf stöhnte. So ging es jetzt schon die ganze Zeit, seit er Wolf und Henry die Wohnung unten überlassen hatte, damit sie genügend Platz schaffen konnten, um dort ihre »Zentrale« einzurichten. Julian war inzwischen auch da.

Olaf legte sein Cello, auf dem er gerade geübt hatte, auf dem Boden ab und ging zur Tür. Sicher noch einer von Wolfs Kollegen. Sie läuteten alle zuerst bei Henry – also bei ihm –, aber er war ja geduldig.

Vor ihm stand Jochen Sturm, dessen Foto er heute in der Zeitung gesehen hatte. Henrys Typ! Er hielt einen riesigen Blumentopf mit einem Kaktus in den Händen. Olafs Erscheinen schien ihn zu irritieren. Einen Mann in der Wohnung hatte er wohl nicht erwartet.

»Ich, äh … Entschuldigung. Ich wollte eigentlich zu Henry. Sorry, ich hatte ja keine Ahnung …«

Olaf starrte auf das bizarre Gastgeschenk hinab und erklärte ihm: »Sie ist mit den anderen Kollegen unten. Sie arbeiten. Ich bin nur nach oben ausgewichen, damit ich üben kann. Sind Sie sicher, dass ein Kaktus das Richtige ist?« Der Zweifel in Olafs

Stimme war nicht zu überhören, während er die Pflanze kritisch in Augenschein nahm.

»Nicht irgendein Kaktus. Die Königin der Nacht! Soll ich da jetzt einfach so hineinplatzen? Ich meine, wenn dort gearbeitet wird?«

Henry konnte ihm nicht egal sein, wenn er sich so verunsichern ließ. In seinem Artikel hatte er jedenfalls deutlich selbstbewusster gewirkt. Olaf grinste. »Unbedingt!«

»Aber doch nicht mit dem hier? So vor den Kollegen?« Fast ein bisschen verzweifelt streckte Jochen Sturm ihm den Kaktus entgegen.

»Da könnten Sie recht haben. Geben Sie her, ich stelle ihn einfach schon mal rein.«

Olaf sah Jochen Sturm noch einen Moment hinterher, als der nach unten ging. Dann trug er Henrys Geschenk in die Wohnung. Vielleicht war der Kaktus ja doch keine so schlechte Wahl. Und der Typ gefiel ihm auch.

Das Spiel an der Eingangstür wiederholte sich ein Stockwerk tiefer. Diesmal war Henry die Überraschte.

»Jochen? Was tun Sie denn hier? Ich habe zu arbeiten. Auf Wiedersehen!« Sie wollte ihm bereits die Tür vor der Nase zuschlagen, aber damit hatte Jochen schon gerechnet und reflexartig seinen Fuß dazwischengestellt.

»Es tut mir leid, dass Sie meinetwegen Ärger haben. Das habe ich nicht gewollt. Wirklich. Vielleicht kann ich es ja wiedergutmachen, indem ich Ihnen jetzt helfe?«

Henry hielt inne. Sie wusste nicht, wie er das machte, aber nachdem sie seinen Blick aufgefangen hatte, konnte sie nicht mehr zornig auf ihn sein. Im Gegenteil: Widerwillig musste sie sich eingestehen, dass sie sich sogar freute, ihn zu sehen. Sehr unpassend in der augenblicklichen Situation. Also nur nichts anmerken lassen. Sie öffnete die Tür ein Stück weiter, denn Hilfe konnten sie eigentlich ganz gut gebrauchen, wie sie zugeben musste. Dennoch bemühte sie sich um einen kühlen Ton und entgegnete schnippisch: »Aber halten Sie sich gefälligst zurück.«

Jochen blickte sich um, als Henry ihn den anderen vorstellte. Außer Wolf, den er schon kannte, waren da noch Julian Weinig, der Kriminalassistent, und Natalie Beckmann aus dem Ermittlerteam, die auf einer Liste nach etwas zu suchen schien.

Jochen Sturm fackelte nicht lange. »Gibt es vielleicht einen Laptop für mich? Ich könnte in meinem Archiv Hintergrundinformationen über Dieter Maiwald heraussuchen, wenn Sie möchten.«

Mit einem einzigen Blick auf die behelfsmäßige Übersichtswand, für die eine zweiteilige Schiebetür in den nächsten Raum herhalten musste, hatte er nämlich sofort gesehen, dass außer dem Begriff »Opfer« neben Maiwald praktisch noch nichts stand.

»Das wäre sehr hilfreich. Danke.« Wolf händigte ihm einen Laptop aus und machte da weiter, wo er eben aufgehört hatte.

Henry nahm ihr Handy und wollte in die Küche gehen, um dort ungestört zu telefonieren, als es schon wieder an der Tür läutete. Ohne sich unterbrechen zu lassen, öffnete sie im Vorbeigehen die Wohnungstür. Da stand ihr Chef! Sie hielt erstarrt inne. Jetzt war sie fällig.

Horst Baltes kümmerte sich nicht weiter um ihre Reaktion, sondern spazierte einfach an ihr vorbei zu den anderen, ohne etwas zu sagen. Im Wohnzimmer blieb er stehen. Es war kein Laut mehr zu hören. Alle starrten ihn an. Jeden Moment würde das Donnerwetter auf sie hereinprasseln. In flagranti erwischt. Die Dienstanordnung übergangen. Er hatte allen Grund zu wettern.

Horst Baltes schrie nicht. Seine Stimme war sogar ziemlich ruhig. »Überstunden abfeiern also, was?« Er sah zu Henry und Wolf, die sich noch immer nicht rührten. »Und Sie, Herr Weinig? Was macht Ihr Fieber?« Julian schaute ertappt zu Boden. »Und Sie, Frau Beckmann, welche Erklärung haben Sie anzubieten?«

»Verlängerte Mittagspause«, antwortete sie und musste sich furchtbar räuspern, da ihre Stimme plötzlich belegt war.

Nun fiel sein Blick auf den Journalisten Jochen Sturm.

Der lächelte entwaffnend. »Das Richtige tun, statt die Dinge nur richtig zu tun, oder nicht?«

»Herr Jochen Sturm, wenn ich mich nicht irre. Meinen Glückwunsch zu Ihrem Erfolg. Ihr Artikel ist großartig.« Der Chef
schien sich weiter darüber unterhalten zu wollen.

Das reichte Henry. Sie unterbrach: »Es ist alles meine Schuld.
Ich übernehme die volle Verantwortung, Herr Baltes. Ich habe
meine Kollegen gezwungen, hier mitzumachen.«

Da ließ Horst Baltes von Jochen ab und richtete seine Aufmerksamkeit wieder auf die Beamten. »Sie waren das also, Frau
Wunsch. Hätte ich mir ja denken können. Gerade mal eine Woche hier und schon folgt Ihnen das Team, welchen Weg Sie auch
einschlagen.« Er legte eine Pause ein. Dann nahm er sich einen
Stuhl, setzte sich und sagte: »Respekt! Kann ich vielleicht auch
mitmachen?«

Erlösendes Gelächter war zu hören.

»Ich frage gar nicht, wie Sie das herausbekommen haben,
aber ich mag Sie«, stellte Henry erleichtert fest. Dann stand sie
auf und ging endlich in die Küche, um zu telefonieren.

Horst Baltes wurde von Jochen gebeten, ihm bei der Auswahl
der nützlichen Informationen aus seinem Archiv zu helfen.

Sie kamen gut voran, wobei nicht alle Spuren Erfolg bescher-
ten. Obwohl Julian und Natalie alles versuchten, um herauszufinden, welche Handys zur Tatzeit in unmittelbarer Nähe
zum Tatort eingeloggt gewesen waren, waren sie bisher nicht
wirklich auf einen passenden Verdächtigen gestoßen. Es hatte
zur Tatzeit, also gegen zwanzig Uhr, noch zu viel Bewegung
um das Haus von Dieter Maiwald herum gegeben. Und nahezu
alle, die dort vorbeigekommen waren, hatten Handys bei sich
getragen. Eine wahre Schwemme von Telefonnummern also,
die sie auszuwerten hatten.

Der Vergleich mit den Nummern, die zum Zeitpunkt des
Mordes an Carsten Zapf in der Nähe des Golfplatzes eingeloggt
gewesen waren, hatte auch nichts ergeben. Nur Hansmann und
Zapf hatten sich so spät in der Nacht nachweislich dort befunden. Der Täter, falls es ein anderer als Hansmann gewesen sein
sollte, hatte wohl kein Handy bei sich gehabt. Vielleicht absicht-

lich nicht? In jedem Krimi konnte man schließlich erfahren, dass Handys Spuren hinterließen.

Auch im Fall Maiwald könnte der Täter bewusst auf ein Handy verzichtet haben. Falls er die Tat von vornherein geplant hatte. Falls sie eher spontan erfolgt war, lag die Wahrscheinlichkeit, dass er ein Handy dabeigehabt hatte, sehr viel höher. Also weiter.

Das Archiv von Jochen Sturm brachte interessante Details über Dieter Maiwald zum Vorschein. Bei der Polizei wusste man, dass Presseleute über solche Archive verfügten. Sie waren die Grundlage für ihre Arbeit, und nicht selten – da sie nicht denselben Vorschriften unterlagen wie die Polizei – waren sie genauer und ausführlicher.

So auch im Fall Dieter Maiwald. Als Geschäftsführer der Firma Zapf war er von Jochen Sturm im Rahmen seiner Recherchen zum aktuellen Korruptionsfall schon durchleuchtet worden.

Dieter Maiwald war verheiratet, hatte keine Kinder. Da das Haus abbezahlt werden musste, blieb dem Ehepaar Maiwald am Monatsende nicht viel Geld übrig. Im letzten Jahr hatten sie auf Urlaub verzichtet.

Nach Jochens Recherchen war Maiwald nicht an der Korruption beteiligt gewesen. Anscheinend hatte er den Weg der Tugend nie verlassen. Das Motiv für die Tat war also nicht dort zu suchen. Möglich, dass es innerhalb der Firma Neider gab, die ihm den Aufstieg nach Carstens Tod nicht gönnten. Wer würde dafür in Frage kommen?

Der Journalist und der Leiter der Mordkommission Freiburg waren sich so sympathisch, dass sie mittlerweile zum Du übergegangen waren. Punkt für Punkt gingen sie miteinander die Möglichkeiten durch, die sich aus Jochens Übersicht herauskristallisierten. Am Ende kamen nur wenige Personen in Frage.

Einmal natürlich Manuel Zapf, aber das war Unsinn, er hatte Maiwald doch eigenhändig befördert. Dann vielleicht noch der junge Kollege von Maiwald, dieser Architekt Mike Brenner?

Aber ob der sich Maiwalds Job überhaupt zugetraut hätte? Fraglich.

Oder war es doch jemand, der die Übersicht über die Finanzen hatte und seit Längerem dort arbeitete? Sascha Drechsler aus der Buchhaltung vielleicht? Viel Erfahrung hatte er, ja. Aber sonst? Jochen schaute unter dem Stichwort »Persönlichkeit« nach. Sascha Drechsler stotterte sporadisch. Nicht gut. Den konnten sie also getrost streichen, oder?

Horst Baltes sah das nicht ganz so. Objektiv war das zeitweise Auftreten seines Stotterns sicher ein Handicap, aber wer konnte sagen, ob Sascha Drechsler das selbst auch so sah?

Sie nahmen seinen Namen mit auf die Liste und reichten ihre Ergebnisse an Henry weiter. Es läutete schon wieder. Offenbar war jetzt Schichtwechsel. Natalie tauschte mit Merle Obitz.

»Arzttermin«, brachte sie nach einer Schrecksekunde heraus, als sie ihren Chef da sitzen sah.

Der nickte nur lächelnd und wandte sich dann wieder Jochen zu.

Dann stand plötzlich Olaf im Türrahmen. Er hatte sich wohl mit Natalie beim Hinausgehen die Klinke in die Hand gegeben. »Hat hier keiner Hunger?«, rief er in die Gruppe hinein.

Alle Augen richteten sich auf ihn. Wer war denn das? Wolf löste sich aus der neugierigen Gemeinschaft und stellte sich neben ihn. »Das ist Olaf Disch, mein Lebensgefährte. Darf ich vorstellen: Merle Obitz, unsere Zweitjüngste, Julian Weinig, ohne den bei uns gar nichts läuft, Horst Baltes, unser Chef, und Jochen Sturm, Journalist.«

Olaf strahlte, als hätte man ihm einen Pokal überreicht. Wolf hatte sich gerade vor den Kollegen zu ihm bekannt! »Ich könnte Pizza bestellen und einen Salat dazu machen?«, bot er an.

Horst Baltes stand zuerst auf, um ihm die Hand zu schütteln. »Es freut mich, Sie kennenzulernen, Herr Disch. Gut, dass Ihr Partner endlich rausgerückt ist mit der Wahrheit. Sie sind erster Cellist im Theater in Freiburg, nicht wahr? Pizza und Salat klingt prima für mich.«

Wolf wunderte sich. Sein Chef hatte gewusst, dass er schwul

war? Und nichts gesagt? Er seufzte erleichtert. Offenbar spielte es für ihn keine Rolle.

Danach begrüßten die anderen Olaf ebenfalls. Der kriegte das Strahlen gar nicht mehr aus seinem Gesicht. Bald darauf zog er sich in die Küche zurück.

Unterdessen wurde im Wohnzimmer weitergearbeitet. Es ging zu wie im Taubenschlag. An der Eingangstür war längst der Türentriegler aktiviert. Das ständige Geklingel hatte zu sehr gestört.

Die Kollegen wechselten sich nach einer gewissen Zeit immer wieder ab, damit nicht eine Person zu lange im Präsidium fehlte und dadurch unangenehm auffiel. Wer etwas essen wollte, bediente sich in der Küche.

Olaf hatte nämlich mittlerweile verschiedene Salate auf der Arbeitsplatte bereitgestellt und sich dann wieder nach oben in Henrys Wohnung verzogen. Er wollte nicht stören. Und außerdem hatte er heute Abend noch Probe und musste bald los. Davor wollte er sich noch ein wenig hinlegen. Orchestermusiker zu sein war herrlich, aber die Arbeitszeiten forderten einem viel ab. Zum Glück hatte er einen Partner, der aufgrund seines Berufs Verständnis dafür hatte, weil es ihm ähnlich erging. Olaf lächelte in sich hinein. Heute war ein besonders guter Tag.

Seine Gedanken schweiften ab. Er dachte an das Gespräch mit Charly. Als sie gestern vorbeigekommen war, war sie ziemlich aufgelöst gewesen, und Olaf hatte lange gebraucht, um herauszufinden, was mit ihr los war. Aber dann hatte er es verstanden.

Es ging um diesen Manuel. Ihren alten und neuen Freund. Ein Vertrauenskonflikt. Jetzt schon. Für Olaf eigentlich absehbar. Für Charly ein Erdrutsch. Die alte Wunde war wieder offen. Sie litt, und Olaf konnte nichts tun, als zuzuhören und sie zu trösten. Er wusste, dass Vernunft nicht half, wenn Emotionen im Spiel waren. Er musste sie mit ihr zusammen aushalten. Das half ihr ein klein wenig. So lange, bis sie selbst wieder in der Lage war zu erkennen, dass sie diesem Mann nicht vertrauen konnte.

Olaf war sicher, dass es so ausgehen würde. Er hoffte nur, dass es bald so weit war, denn es tat weh, sie so verunsichert zu sehen. Im Grunde war es ihr jetzt schon klar, vermutete Olaf. Schließlich hatte sie sich damals von ihm getrennt, weil er sie betrogen hatte. Und nun, da sie wieder zusammen waren, genügte schon der kleinste Anlass, um das Vertrauen in seine Aufrichtigkeit wieder ins Wanken zu bringen. Und das würde immer wieder passieren. Charly war einfach zu intelligent, um das nicht zu begreifen.

Olaf hatte ihr geraten, offen mit Manuel darüber zu sprechen. Je früher sie Klarheit hätte, desto besser. Charly hatte daraufhin ihre Augen getrocknet und erklärt, dass sie sich das wirklich vornehme. Heute werde sie Manuel nicht mehr sehen, aber morgen, spätestens übermorgen.

Als sie gegangen war, hatte sie einen recht entschlossenen Eindruck gemacht. Und heute, als sie miteinander telefoniert hatten, schien sie noch immer entschlossen, ihren Vorsatz durchzuführen. Das hatte Olaf beruhigt. Seine Charly würde das hinkriegen. Bei diesem Gedanken schlummerte er weg.

Kurz nachdem sich Horst Baltes sehr zu seinem Bedauern von der ungewöhnlichen Zusammenkunft verabschieden musste, tauchte Charly auf. Sie sagte nicht viel, warf einen Blick auf die zusätzlichen Stühle an dem kleinen Tisch, die verschobenen Sitzmöbel und den Zettelwust an den Schiebetüren und verstand. Außer Henry und Wolf war nur noch Jochen da.

Als sie ihn streng anschaute und dabei ihre linke Augenbraue etwas anhob, beeilte er sich aufzustehen, ihr die Hand zu reichen und zu sagen: »Jochen Sturm. Ich wollte sowieso gerade gehen, gnädige Frau.« Dann entfernte er sich. Nicht ohne Henry bedauernd zuzunicken und ihr mit einer Geste zu signalisieren, dass er sie anrufen würde.

Als die Tür ins Schloss gefallen war, wollte Charly wissen: »War das dein Jochen, Henry?« Diese Frage musste einfach sein.

»Das ist nicht *mein* Jochen. Aber ja, es ist der Jochen, wegen dem ich neulich den Schal von dir ausgeliehen habe.«

»Er sieht gut aus und kann sich benehmen«, kommentierte Charly.

»Du bist aber nicht deshalb gekommen, oder? Suchst du Olaf? Er ist oben. Er brauchte seine Ruhe«, kam Wolf seiner Kollegin zu Hilfe.

»Nein, ich wollte zu dir, Wolf. Es trifft sich gut, dass du auch da bist, Henry.« Charlys Stimme klang ernst.

»Komm, setz dich doch.« Bisher hatten sie gestanden, aber Wolf vermutete, dass Charly über eine wichtige Sache mit ihnen sprechen wollte und dazu ein bisschen Zeit brauchte.

»In all den Jahren, in denen ich manchmal Informationen über deine Fälle hatte, habe ich dein Vertrauen nie missbraucht, Wolf. Das weißt du.«

»Natürlich weiß ich das. Du hast meine Ermittlungen nie gestört, Miss Marple.«

Offensichtlich fiel es ihr nicht leicht, mit dem herauszurücken, was sie bedrückte und weswegen sie gekommen war. Wolf wollte es ihr mit der scherzhaften Anrede einfacher machen. Sie schickte ihm einen dankbaren Blick.

»Als ich neulich bei euch im Büro war, habe ich das Medaillon von Dagmar Drechsler auf einem Foto gesehen.« Sie machte eine Pause und wühlte so lange in ihrer unförmigen Bügeltasche, bis sie fand, was sie gesucht hatte. »Ich war schockiert darüber und konnte nicht gleich mit euch darüber sprechen. Es tut mir leid.« Wieder machte sie eine kleine Pause.

Henry und Wolf unterbrachen sie nicht.

Da sprach Charly weiter: »Das habe ich vor mehr als dreißig Jahren von Manuel geschenkt bekommen.«

Damit schob sie ein kleines schwarzes Kästchen über den Tisch. Genau vor die beiden Kommissare, die auf dem Sofa dicht nebeneinandersaßen. Henry nahm es langsam in die Hand und öffnete es. »Ein Medaillon. Es sieht aus wie das von Dagmar.«

Es folgte ein Moment der Stille, dann sprach Wolf: »Manuel Zapf hat uns also angelogen, er kannte Dagmar Drechsler. Wir müssen sofort zu ihm.«

Henry schien der gleichen Ansicht zu sein, denn sie machte ebenso wie Wolf Anstalten aufzustehen.

Charly rief dazwischen: »Nein, bitte wartet!« Die beiden setzten sich wieder und schauten Charly an. Sie sprach jetzt schneller. »Auf einen Tag mehr oder weniger kommt es doch nicht an, oder? Manuel hat mich belogen, und ich muss das selbst mit ihm klären. Morgen treffe ich ihn. Ich bitte euch, lasst mir noch diese eine kleine Chance. Es geht um meine Liebe. Vielleicht ist das die letzte Gelegenheit, überhaupt noch einmal eine solche Liebe zu erleben. Ich muss aus seinem Mund hören, was er mir zu dem Medaillon sagen wird. Das versteht ihr doch, oder?« Flehentlich schaute sie die beiden Kommissare an.

Die zögerten, verständigten sich nur mit den Augen. Dann bestimmte Henry: »Gut, Charly. Wir machen es so. Es ist jetzt sowieso schon spät. Morgen geben wir dein Medaillon in die KTU, damit die überprüfen können, ob es das gleiche ist wie das von Dagmar Drechsler. Danach sprechen wir mit Manuel. Du hast also morgen Vormittag noch freie Bahn, bis wir kommen. Ist das so in Ordnung für dich?«

Charly nickte. Ihr fiel ein Stein vom Herzen, dass Wolf und Henry so verständnisvoll waren.

Morgen war also der Tag der Wahrheit. Sie würde klare Worte sprechen und Manuel hoffentlich auch. Sie hätte das Medaillon gern bei diesem Gespräch dabeigehabt, aber da war leider nichts zu machen, das erkannte sie schnell. Nun ja, es würde auch ohne gehen. Dass Manuel erpresst wurde, behielt Charly sicherheitshalber noch für sich. Das würde sie der Polizei dann nach dem Gespräch mit ihm beichten. Das war immer noch früh genug, fand sie.

Die drei blieben noch eine Weile beieinander sitzen und plauderten, bis Olaf schließlich herunterkam. Er musste zur Arbeit. Henry und Charly zogen sich zurück.

In ihrer Wohnung erwartete Henry eine Überraschung. Auf dem Tisch lag eine Zeitung mit dem groß aufgemachten Artikel von Jochen. Daneben stand ein Kaktus. Das war zu viel. In Sekundenschnelle griff sie zum Telefon.

»Jochen Sturm, du magst ja so mancherlei im Sturm erobern. Aber doch nicht mit einem Kaktus! Mich jedenfalls nicht. Was soll das? Dabei fand ich dich heute Nachmittag so angenehm. Der Jochen ist ein Guter, dachte ich. Mit dem kann man zu tun haben, dachte ich. Und dann das! Ein Kaktus? Spinnst du?«

Damit unterbrach sie die Verbindung, ohne ihm auch nur ein einziges Wort der Erklärung zu gönnen – und ohne zu bemerken, dass sie ihn in ihrer Empörung geduzt hatte. Schade, dass es keinen Hörer mehr gab, den man auf die Gabel knallen konnte. Dafür warf sie sich jetzt aufgebracht auf ihr Sofa und trat heftig nach dem Tisch. Nicht sehr damenhaft. Dabei starrte sie ununterbrochen mit funkelnden Augen auf ihr Handy. Er würde das doch wohl nicht auf sich sitzen lassen? Aber so schien es. Kein Läuten. Nichts.

Allmählich beruhigte sie sich wieder. Dann las sie Jochens Artikel. Zweimal sogar. Er war spannend formuliert, gespickt mit brisanten Fakten, die den Finger genau in die Wunde legten. In der Haut der Betroffenen wollte sie jetzt nicht stecken. Carsten Zapf konnte froh sein, dass er das nicht mehr erleben musste. Welch grotesker Gedanke.

Jedenfalls stand fest: Jochen hatte es drauf. Das musste man ihm lassen. Wieso fühlte sie auf einmal diesen Stolz? Das war ja völlig unangebracht. Henry rief sich zur Ordnung. Selbst die Tatsache, dass sogar ihr Chef so angetan von Jochen Sturm war, bedeutete noch lange nicht, dass sie etwas mit ihm zu tun haben sollte. Ganz und gar nicht.

Henry schaltete den Fernseher ein und zappte sich lustlos durch die Programme. Las auch den Rest der Zeitung. Als auch das erledigt war, fühlte sie noch immer diese innere Unruhe. In Bremen, dachte sie, würde ich jetzt meine Lieblingsbar aufsuchen. Mich ablenken, Leute treffen vielleicht. Ins Kino gehen. Bremen hatte was zu bieten. Aber Kenzingen? Unruhig stand sie auf. In Freiburg gab es auch jede Menge Möglichkeiten. Aber sollte sie jetzt noch nach Freiburg fahren? Allein? Ohne zu wissen, wo sie hingehen könnte? Nein, das war keine gute Idee. Sie brauchte jemanden, der sich dort auskannte.

In diesem Moment läutete es an der Tür. Feierabend hatte man auch nie, wenn Kollegen im Haus wohnten. Insgeheim war sie froh. Wahrscheinlich hatte Wolf noch etwas mit ihr zu besprechen, das würde sie wenigstens ablenken. In Socken ging sie zur Tür, öffnete – und stand Jochen gegenüber. Er schien mindestens so verunsichert wie sie und befürchtete offenbar, dass sie ihm die Tür gleich wieder vor der Nase zuschlagen würde. Er sagte nichts.

Dann ging er einen Schritt auf sie zu, nahm sie in die Arme und küsste sie heftig. Henry wusste nicht, wie ihr geschah, nur dass sich in ihrem Körper eine ziemliche Hitze auszubreiten begann. Da ließ er sie aber auch schon wieder los.

»So, das wollte ich schon die ganze Zeit machen. Und was den Kaktus angeht: Das ist nicht einfach ein Kaktus, Henry. Es ist die Königin der Nacht. Stachelig zwar, aber wenn sie blüht – einmal im Jahr, und zwar nur für ein paar Stunden in der Nacht –, dann rührt sie selbst Kenner zu Tränen. So schön ist sie. Das hat mich an dich erinnert, Henry. Du tust alles dafür, deine Schönheit zu verbergen, und bist so kratzbürstig, dass man beinahe verzweifeln könnte. Aber ich bin sicher, dass sich hinter alldem eine ganz wundervolle Frau verbirgt. Du wirst mich also nicht so leicht vertreiben. Und jetzt zieh dich um, wir gehen aus. Ganz privat. Dann werden wir schon sehen, wohin das führt.«

Noch ein wenig schwindlig von Jochens Worten huschte Henry ohne Widerworte in ihr Schlafzimmer und zog das schwarze Kleid an. Es wurde langsam Zeit, dass sie sich was Neues zum Anziehen kaufte.

Königin der Nacht. Sie lächelte sich im Spiegel zu. Für heute hatte sie genug Stacheln gezeigt. Und dieser Kuss! Mein Gott, wie lange war sie schon nicht mehr geküsst worden? Und so schon gar nicht. Aber Vorsicht, ermahnte sich Henry. Nichts überstürzen.

Beim Verlassen der Wohnung fasste Jochen sie leicht um die Taille, und Henry ließ es zu. Der Abend war gerettet.

ZWANZIG

Die Nacht war frisch. Der späte Jogger, der durch das Wohngebiet von Herbolzheim lief, hatte den Kragen seiner dunkelgrünen Jacke hochgestellt. Seine rosafarbenen Laufschuhe tanzten rhythmisch, aber nahezu geräuschlos über den Asphalt. Er hatte wieder nicht schlafen können in dieser Nacht. Wie so oft. Aber das Laufen würde ihn müde machen, sodass er später dann doch einschlafen würde. Das war immer so.

Er atmete gleichmäßig. Beim Ausatmen stieß er graue Wölkchen aus. Nach einiger Zeit hatte sein Körper den Laufrhythmus angenommen und reagierte automatisch. Von jetzt an konnte er sich ganz auf seine Gedanken einlassen. Das war gut, denn sein Kopf war voll davon. Genauer gesagt: Jemand hatte seinen Plan durchkreuzt, und er brauchte eine Alternative.

Unerwartetes war passiert. Maiwald war tot. Ein tragischer Zufall, oder hatte da jemand nachgeholfen? Wie auch immer, es veränderte alles. Dabei hatte sein Plan doch bisher wie am Schnürchen funktioniert. Zumindest der Teil mit der Firma. Nicht der Teil, bei dem er nach und nach an Geld aus der Firma gekommen wäre. Das wäre der nächste Schritt gewesen. Nun ja, ganz stimmte das mit dem Geld ja nicht, musste er vor sich selbst zugeben und dachte an sein nächtliches Geschäft mit den Münzen. Ein wenig hatte er doch schon eingenommen.

Seine Briefe an Manuel Zapf hatten jedenfalls bestens gewirkt. Wobei sich der Jogger im Nachhinein darüber wunderte, dass so eine vage Drohung wie »sonst erfährt die Polizei alles« offenbar genügt hatte, damit dieser der Forderung nachkam. Was mochte der feine Herr Zapf wohl ausgefressen haben, dass er lieber nichts riskieren wollte? Egal. Aber gut für ihn. Er hätte der Polizei gegenüber nämlich gar nichts Illegales über Manuel Zapf zu berichten gehabt. Er hätte ihm ein bisschen Ärger machen können. Das schon. Aber dann hätte er sein eigenes Geheimnis offenbaren müssen. Gut, dass es nicht dazu gekommen war.

Manuel Zapf hatte die Firma offiziell übernommen, Maiwald hätte sie weitergeführt. Alles prima. Und er hätte nach und nach unbeachtet von allen davon profitiert, sich regelmäßig kleinere Summen von Zapf auszahlen lassen und die Firma im Auge behalten. Darüber gewacht sozusagen.

Das hätte keinem geschadet. Denn er hätte von Zapf nie so viel verlangt, dass es ihm richtig wehgetan hätte. Nein, er wollte ihn doch nicht ruinieren. Um Gottes willen, nur das nicht! Er hätte immer nur so viel von ihm gefordert, dass er sich nach und nach auch etwas mehr hätte leisten können. So war der Plan gewesen.

Und jetzt das. Würde die Firma ohne Maiwald überhaupt fortbestehen? Und würde sie auch den unerwarteten Korruptionsvorwurf überleben? Oder war sie schon verloren? Das wäre ihm gar nicht recht. Die Firma sollte der Familie Zapf erhalten bleiben. So war es vorgesehen.

Der Jogger machte sich Sorgen. Er brauchte einen neuen Plan. Einen Plan, der ihn seinem eigentlichen Ziel näher brachte. Selbst dann, wenn es die Firma nicht mehr geben sollte.

Falls er sich jedoch gezwungen sehen sollte, seine finanziellen Forderungen anderweitig zu stellen, wäre es bestimmt nicht mehr so leicht, nicht für alle sichtbar in die Geschehnisse hineingezogen zu werden. Eine Tatsache, die er bisher hatte umgehen können. Eine Tatsache, die Gefahren für ihn mit sich brachte.

Der Jogger seufzte. Er konnte jetzt nicht mehr zurück. Zu viel hatte er bereits riskiert.

Charly nahm ihre braune Bügeltasche vom Haken und verließ das Haus. Sie war weder aufgeregt noch zauderte sie. Sie war entschlossen. Heute würde sie nicht lockerlassen, bis Manuel ihr alle Fragen beantwortet hätte. Sie musste einfach wissen, woran sie war. Wenn er an einer Beziehung mit ihr interessiert war, durfte es keine Tabus zwischen ihnen geben. Das würde sie ihm unmissverständlich klarmachen.

Unterwegs dachte sie darüber nach, ob sie denn grundsätzlich dazu bereit war, ihm seine Lüge zu verzeihen. Schwierig.

Vor dreißig Jahren hätte Charly mit einer Antwort auf diese Frage keine Sekunde gezögert. Nein! Nicht, wenn die Lüge einen Betrug verschleiern sollte. Aber heute, nachdem der Betrug schon dreißig Jahre zurücklag, konnte sie auf diese Frage, ohne ihn angehört zu haben, keine eindeutige Antwort geben. Sie würde sehen, wie er reagierte. Ob er überhaupt zur Offenheit bereit war oder weiterhin auf seiner Lüge bestand.

Mit Schwung bog sie in die Einfahrt von Manuels Villa ein. Unter ihren Reifen knirschte der Kies. Als sie ausstieg und die Autotür hinter sich zufallen ließ, fühlte sie doch eine gewisse innere Anspannung. Wie albern war das denn? Charly schüttelte den Kopf über sich selbst. War sie nicht langsam erwachsen genug?

Sie läutete. Manuel ließ sie nicht lange warten. Man sah ihm seine Freude über ihr Kommen an, und als er sie zur Begrüßung in die Arme nahm, fühlte sich das sehr gut an. Charly entspannte sich sofort und folgte ihm hinein.

Als sie Platz genommen hatten, platzte sie mit ihrem Anliegen auch gleich heraus: »Manuel, du musst offen zu mir sein. Auf einer Lüge können wir keine Beziehung aufbauen, weißt du? Deshalb will ich jetzt eine ehrliche Antwort. Hast du damals, vor dreißig Jahren, mit Dagmar in deinem Auto geknutscht oder nicht?« Charly sah ihm ernst in die Augen.

Manuel schaute ebenso ernst zurück. Offenbar verstand er, dass seine Antwort entscheidend war.

Charly kam es so vor, als blickten sie sich minutenlang stumm an. Es war beinahe so, als blickten sie sich gegenseitig auf den Grund ihrer Seelen.

Dann antwortete Manuel: »Ich habe immer nur dich geliebt, Charly. Damals wie heute. Aber eines Tages hat mich dieses Mädchen an der Tankstelle angesprochen. Ich schwöre dir, es ging von ihr aus! Es kam eines zum anderen, und schon hatte sie mich, wo sie mich haben wollte. Ich konnte mich ihrer sexuellen Ausstrahlung einfach nicht entziehen. Nenne es Schwäche oder Dummheit. Es stimmt beides. Sie wollte in Wahrheit nicht einmal mich, sondern nur mein Geld. Aber das habe ich in meiner

Eitelkeit zunächst übersehen. Ich war ein Idiot. Das habe ich aber erst gemerkt, als ich dich verloren hatte. Glaub mir, ich gäbe alles dafür, wenn ich es rückgängig machen könnte.« Schweigen. Charly horchte in sich hinein. Schmerzte der Betrug von damals noch immer? Nein. Manuel hatte endlich die Wahrheit gesagt. Das spürte sie. Er hatte nichts beschönigt. Sie fühlte, dass sie bereit war, ihm zu verzeihen. Nach so vielen Jahren konnten sie einen neuen Anfang versuchen. Sie kannte jetzt die Wahrheit. Und sie hatte nicht einmal das Medaillon als Beweis hinzuziehen müssen. Manuel hatte gestanden. Auch er wollte offenbar keine Lüge mehr zwischen ihnen.

»Manuel?«

Er hob seinen verlorenen Blick und sah sie an.

»Manuel, du hast mir damals den Boden unter den Füßen weggezogen, aber weißt du was? Ich will dir jetzt endlich verzeihen.«

Da richtete sich Manuel wie in Zeitlupe auf, und ein Lächeln verdrängte nach und nach seinen ungläubigen Gesichtsausdruck, bis es in ein Strahlen überging. Er sprang auf, riss Charly an sich und wirbelte sie im Kreis herum.

Auch Charly war überglücklich, als wäre eine unsichtbare Last von ihr gefallen. Als wäre alles plötzlich ganz leicht geworden. Warum hatte sie nur so lange mit diesem Gespräch gewartet? Es war doch alles gut. Jetzt konnte sie Manuel wieder vertrauen.

Dieser schien wie ausgewechselt. »Setz dich bitte wieder hin, Charly. Ich gehe jetzt in die Küche und mache uns einen herrlichen Kaffee. Es gibt sogar Kuchen. Lass mich dich verwöhnen, mein Schatz. Mach es dir gemütlich, schau vielleicht so lange in eines der Gartenbücher, die du so toll findest. Es wird nämlich noch ein wenig dauern, bis ich alles bereitgestellt habe. Ich beeile mich. Ab jetzt wird alles nur noch wunderbarer werden für uns, du wirst schon sehen!«

Die Worte sprudelten nur so aus Manuel heraus, und Henry amüsierte sich darüber. Die Lüge musste ihn wohl sehr belastet haben, denn die Erleichterung darüber, dass er ihr endlich alles gestanden hatte, war ihm deutlich anzusehen. Nun gut, ließ sie sich eben ein wenig von ihm verwöhnen, wenn er meinte.

Charly stand unschlüssig vor der Regalwand und schaute prüfend über die Buchrücken. Dann nahm sie eines der Gartenbücher seiner Frau heraus, das sie neulich schon durchgeblättert hatte. Sehr interessant. Aber hatte sie eben nicht noch eines über preisgekrönte Gärten gesehen?

Hinter ihr lief Manuel immer wieder herein und hinaus, um den Tisch komplett einzudecken. Anscheinend hatte er darin wenig Übung, denn sonst hätte er sicher nicht so oft gehen müssen. Aber ihn schien das heute nicht zu stören.

Charly fand endlich, was sie gesucht hatte. Es war das letzte Buch in der Reihe. Da sie sich beim Herausnehmen ziemlich strecken musste, bekam sie es nicht richtig zu fassen. Der dicke Bildband über prämierte englische Gärten glitt ihr aus der Hand und stürzte an ihr vorbei nach unten. Noch vor dem Aufprall öffneten sich die Seiten, und etwas Hartes fiel klirrend auf den Boden.

»Oh«, entfuhr es Charly vor Schreck, wobei sie sich flink nach dem Gegenstand bückte und ihn in die Hand nahm.

Ein Messer. Warum war da ein Messer im Buch? Einen Moment lang drehte sie es ratlos in der Hand hin und her, ehe sie ein harter Gegenstand so heftig am Kopf traf, dass sie die Besinnung verlor.

Als Charly wieder zu sich kam, lag sie auf dem Sofa. Ihre Hände und Füße waren gefesselt. Manuel saß neben ihr. Er hatte ein Coolpack in der Hand, welches er nun vorsichtig auf ihren schmerzenden Kopf legte. Seine Miene drückte Besorgnis aus.

»Charly, mein Schatz. Es tut mir so leid! Ausgerechnet du musst finden, wonach ich seit Jahren gesucht habe. Du hast das Messer gesehen, und jetzt kann ich dich nicht mehr gehen lassen. Verstehst du das, mein Schatz?«

Manuel strich ihr sanft über die Wange, aber Charly verstand gar nichts. Sie war verwirrt, und ihr Kopf tat weh. »Mach mich sofort los, Manuel! Was soll denn das? Warum bin ich

gefesselt? Hast du den Verstand verloren um Gottes willen?«
Charly drehte sich auf einen Ellbogen und versuchte, sich dabei
hochzustemmen. Keine Chance.

Manuel schaute ihr traurig bei ihren Bemühungen zu. Dann
klebte er ihr mit einem Streifen Paketband den Mund zu. Ihre
wütenden Blicke ignorierte er einfach.

»Charly, hör zu. Wir müssen hier weg. Dein Wagen steht
hinterm Haus, am Bediensteteneingang. Damit fahren wir. Es ist
alles vorbereitet, wir müssen nur noch einsteigen. Du brauchst
keine Angst zu haben, ich werde dir nichts tun, meine geliebte
Charly. Also versuche nicht, dich zu wehren. Wenn du das tust,
muss ich dich noch einmal schlagen, und das willst du doch nicht,
oder?« Manuel war ihrem Gesicht ganz nahe gekommen und
küsste sie nun zärtlich auf die Stirn.

Charly starrte ihn nur an und begriff nichts. Das hier passierte
doch nicht etwa wirklich? Das konnte doch gar nicht sein. Ge-
wiss hatte sie einen Alptraum. Ja genau! Und gleich würde sie
daraus erwachen, und alles wäre wieder gut.

Aber Charly wachte nicht auf. Entsetzt erlebte sie, wie Manuel sie auf eine Wolldecke legte, sie zuerst durch das Wohnzimmer und durch den Flur bis zur Hintertür schleifte und sie
dann kurz liegen ließ, bis er diese weit geöffnet hatte. Ihre Ente
stand direkt davor.

Nun griff Manuel ihr unter die Arme und zog sie rückwärts-
gehend zu ihrem Auto. Es kostete ihn große Anstrengung, bis
es ihm endlich gelungen war, sie auf die Rückbank zu hieven.
Er atmete schwer, stöhnte mehrmals und schob und zerrte an
ihr, sodass sie immer wieder irgendwo anstieß.

Charly versuchte, die Schmerzen zu ignorieren, und schloss
einfach die Augen, solange die Prozedur dauerte. Als sie endlich
mit angezogenen Beinen auf der Rückbank lag, legte Manuel
eine Decke über sie. Auch über den Kopf.

»Entschuldige, Süße. Wenn wir angekommen sind, nehme
ich die Decke wieder weg. Versprochen.«

Charly wehrte sich nicht. Obwohl sie Manuel völlig ausgeliefert war und noch immer nicht glauben konnte, was gerade

mit ihr geschah, fühlte sie merkwürdigerweise keine Angst. Sie war überzeugt: Manuel würde ihr nichts tun.

Es war eine sehr lange Fahrt. Nach einer gefühlten Ewigkeit hielt Manuel an. Die Decke wurde von ihr genommen und das Klebeband mit einem Ruck entfernt.

»Aua!«, schrie Charly auf.

Nachdem Manuel ihr geholfen hatte, sich auf der Rückbank aufzusetzen, sah sie sich um. Ihre Ente stand in einem Wald vor einer Hütte.

»Wo sind wir?«, fragte sie.

Manuel musste sich tief hinabbücken, um ihre Fußfesseln mit einem Teppichmesser zu durchtrennen. Schnaufend erhob er sich.

»Schön hier, nicht wahr? Das ist meine kleine Jagdhütte. Sie ist gut ausgestattet. Du wirst es gleich sehen. So, Charly, jetzt steig aus. Du kannst selbst ins Haus gehen. Diese Schlepperei ist gar nicht gut für meinen Rücken.«

Manuel nahm sie am Arm und führte sie hinein.

Tatsächlich war das Häuschen gar nicht so übel für eine Jagdhütte. Komisch, dass er sie nie mit hierhergenommen hatte. Sie sah die Hütte heute zum ersten Mal.

Außer einem Tisch und ein paar Schränken gab es auch eine Art Diwan. Dahin führte Manuel sie. Sie sollte sich darauf setzen. Nun band er ihre Beine erneut zusammen. Die Hütte sollte also ihr Gefängnis sein. Nun reichte es aber wirklich.

»Manuel, es ist genug jetzt!«, herrschte sie ihn an. »Du wirst mich doch nicht ernsthaft hier einsperren wollen. Ich weiß ja noch nicht einmal, warum du das tust. Jetzt rede endlich mit mir! Ich bin sicher, wir können das wie vernünftige Menschen regeln.«

Aber Manuel hatte anscheinend anderes zu tun. Wieder und wieder ging er zum Auto hinaus, das er wohl schon gepackt hatte, als sie noch ohne Bewusstsein gewesen war. Er brachte Kisten mit Wasserflaschen, Plastikbehälter voller Obst, zwei Packungen Toastbrot und allerlei Knabberzeug. Dann setzte er sich zu ihr.

»Mehr konnte ich in der Eile nicht auftreiben. Aber mach dir keine Sorgen, ich bringe dir später noch richtiges Essen, mein Schatz. Es wird dir an nichts fehlen.«

Wie konnte er nur so freundlich mit ihr sprechen und sie trotzdem so eiskalt gefangen halten? Charly konnte es nicht fassen.

»Manuel, jetzt sag mir endlich, was hier los ist. Hat es mit dem Messer zu tun, das aus dem Buch herausgefallen ist? Hat es deine Frau dort vor dir versteckt? Ich finde, du bist mir eine Erklärung schuldig.«

»Das stimmt. Ich bin dir wirklich eine Erklärung schuldig, Charly. Aber sie wird dir nicht gefallen. Das sage ich dir gleich im Voraus. Da du das Messer jedoch schon gesehen hast, spielt es nun auch keine Rolle mehr.«

Charly wartete, während Manuel sich sammelte. Dann fuhr er fort: »Ich sagte dir ja bereits, dass Dagmar hinter meinem Geld her war. Es hat nicht einmal einen Monat gedauert, da war sie schwanger.«

Charly zuckte innerlich zusammen, sagte aber nichts, sondern ließ ihn weiterreden.

»Du weißt, ich war verheiratet, und Carsten war gerade mal fünf Jahre alt. Ich konnte solche Komplikationen nicht gebrauchen. Meine Frau hätte mich vor die Tür gesetzt, und da wir einen Ehevertrag hatten und sie das Bauunternehmen mit in die Ehe gebracht hatte, wäre mir nichts mehr geblieben. Das war mir die Sache nicht wert. Also gab ich Dagmar Geld für eine Abtreibung. Sie nahm es, und danach haben wir uns nicht mehr gesehen. Da du dich von mir getrennt hattest und die Affäre mit Dagmar beendet war, konzentrierte ich mich auf meine Arbeit, leckte meine Wunden und hielt mich zurück, was Frauen anging.«

Manuel schien seine Gedanken auf die Vergangenheit zu lenken, denn Charly beobachtete, dass sich sein Blick ins Unbestimmte verlor. Sie wartete, bis er weitersprach.

»Nach ungefähr einem Jahr meldete Dagmar sich wieder. Ich hatte nicht damit gerechnet und freute mich. Wie früher verabredeten wir uns an einer Tankstelle in Ringsheim. Ich wollte sie dort abholen und hierherbringen. Wir waren damals schon mehrmals hier gewesen, weißt du. Ich besorgte alles, was sie gern mochte: Champagner, Leberpastete, Oliven, Baguette und so weiter. Ich freute mich ehrlich gesagt auf ein Schäferstündchen mit ihr, nach einem Jahr ohne sexuellen Spaß. Du weißt ja, meine Frau war eher prüde. Na ja. Sie hatte andere Vorzüge. Zunächst war mit Dagmar alles so wie immer, aber statt mit mir ins Bett zu gehen, sagte sie, dass sie mehr Geld brauche. Ich war geschockt. Sie nannte mich einen alten Deppen, der junge Mädchen ausnutze und glaube, er könne alles umsonst haben. Damit sei jetzt Schluss. Sie müsse auch sehen, wo sie bleibe.«

Erneut trat eine Pause ein. Im Stillen bewunderte Charly ihre Schülerin Dagmar für diesen Auftritt. Leider war ihre Einsicht zu spät gekommen.

Manuel hatte seinen Blick nicht mehr auf sie gerichtet, seit er begonnen hatte, die Geschichte zu erzählen. Jetzt fuhr er fort: »Ich hatte nie vor, Dagmar auszunutzen, und ich hätte mir damals sogar vorstellen können, sie für Sex zu bezahlen. Wirklich wahr. Aber dann wurde sie immer unangenehmer und beschimpfte mich weiter. Sie drohte, alles meiner Frau zu erzählen, wenn ich ihr kein Geld gäbe. Dabei schaute sie mich gehässig an. Ich schwöre, es war Hass in ihrem Blick und Genugtuung darüber, dass ich ihr völlig ausgeliefert war. Und da ist es passiert: Ich zog mein Jagdmesser aus der Scheide und stieß es in diese verlogene, hinterhältige, bösartige Abzockerin. Einmal nur. Aber sie war sofort tot. Ich war geschockt, das musst du mir glauben. Ihren Tod hatte ich nicht gewollt. Es ist einfach passiert. Es war ein Unfall.«

Wieder nahm er sich etwas Zeit, bevor er weitersprach: »Ich war es, der sie auf dem sumpfigen Feld, weit weg von meiner Hütte, vergraben hat. Niemals wäre sie gefunden worden, wenn nicht mein dämlicher Sohn ausgerechnet dort mit dem Metalldetektor nach einem Schatz gesucht hätte. Keine Ahnung, ob er fündig wurde. Aber er fand Dagmar.« Manuel lachte kurz auf. »Eine Laune des Schicksals. Ich wurde nie verhaftet. Dagmar wurde damals als vermisst gemeldet, was ich allerdings nicht wusste. Und sie hatte wohl auch ein Kind, wie ich durch Zufall vor Kurzem erfahren habe. Von wem, das sei einmal dahingestellt. Von einem Kind habe ich nichts gewusst. Aber glaube mir, von diesem unseligen Tag an, an dem Dagmar starb, war mein Leben vorbei.«

Jetzt endlich sah er Charly wieder in die Augen. Sie blickte ihn nur fragend an.

»In der Nacht von Dagmars Tod war ich so fertig, dass ich nicht nur den Champagner allein austrank, sondern auch noch eine ganze Flasche Rotwein, die ebenfalls zu meinem Picknick gehört hatte. Keine Ahnung, wie ich es mit dem Wagen nach Hause geschafft habe. Ich fuhr ihn in die Garage und torkelte ins Haus. Meine Frau tobte nicht. Aber während ich schlief, hat sie wohl das blutbefleckte Messer auf dem Beifahrersitz des Wagens gefunden. Einen Tag später hat sie mir mitgeteilt, dass sie das Messer in ein Schließfach gesperrt und bei einem Anwalt eine Verfügung hinterlegt habe. Im Falle ihres Todes würde ich nur dann den Schlüssel dafür erhalten, wenn eine natürliche Todesursache belegt sei. Bis dahin würde sie mich beobachten und beim kleinsten Fehltritt meinerseits das Messer sofort an die Polizei weiterreichen. Von da an führte ich eine mustergültige, wenn auch lieblose Ehe. Und nach dem Tod meiner Frau musste ich feststellen, dass es dieses Schließfach mit dem Messer gar nicht gab.«

Nun schaute Manuel Charly an. »Und dann kamst du wie ein Wunder wieder in mein Leben. Und ausgerechnet du findest das Messer, das bis dahin nie wieder aufgetaucht war. Was soll ich jetzt nur tun? Gehen lassen kann ich dich nicht, mein Schatz. Ich muss nachdenken. Schlaf ein bisschen, ich muss in die Firma. Carsten war weit davon entfernt, eine weiße Weste zu haben. Liegt wohl in der Familie.«

Von nun an sagte Manuel nichts mehr. Er verband Charlys Fußfesseln mit einer Kette, die ihr einen gewissen Bewegungsradius erlaubte, damit sie auch auf die Toilette nebenan gehen konnte. Dann ließ er sie allein. Das Licht blieb an, die Fensterläden waren verschlossen. Der Bildband mit dem Messer lag auf dem Tisch, den sie nicht erreichen konnte. Offenbar wollte er die Tatwaffe nicht in seinem Haus haben.

Erschöpft von allem und entgegen jeder Vernunft fiel Charly fast sofort in einen tiefen Schlaf.

Manuel hingegen machte sich, ein Jagdgewehr über der Schulter, zu Fuß auf zur Straße, um sich von einem Taxi nach Hause bringen zu lassen. Seine Tarnung war gut gewählt: ein Jäger auf der Pirsch, dessen Wagen einen Platten hatte. Kann schon mal vorkommen. Pech.

EINUNDZWANZIG

Im Präsidium ging es hoch her. Die Mitglieder des Teams von Rainer Baum in ihren dunklen Anzügen und glänzenden Schuhen, die sich hinter offenen Türen über Tastaturen beugten und über Headsets Gespräche führten, wirkten wie Fremdkörper in den sonst so ansprechend gestalteten Räumen. Sie blieben im Wesentlichen unter sich. Und wenn es doch zu einer flüchtigen Begegnung kam, zum Beispiel in der Kaffeeküche, unterband ihre höfliche, aber herablassende Art jeglichen Versuch einer Kontaktaufnahme. Nach kurzer Zeit hoffte jeder in der Abteilung nur noch, dass der Auftritt des LKA bald beendet wäre. Henry und Wolf hofften das auch. Sie erfuhren nichts. Schlimmer noch: Rainer Baum schien nicht länger an ihren Informationen zum Fall Maiwald interessiert zu sein. Das war jedenfalls Henrys Eindruck, als sie ihm mitteilen wollte, was Jens Peters bei seiner Anwohnerbefragung herausgefunden hatte. Zwei Anwohnern war ein dunkler SUV mit getönten Scheiben zur ungefähren Tatzeit am Dienstagabend aufgefallen. Manuel Zapf fuhr genau so einen Wagen. Henry hätte Baum gern die Meinung gesagt, als er ihre Nachricht betont gelangweilt entgegennahm. Aber sie beherrschte sich.

»Gehe ich richtig in der Annahme, dass Sie das schon wussten?« Henrys Stimme klang zuckersüß.

»Ja, das stimmt. Wissen Sie, wir verfügen über ganz andere Möglichkeiten als Sie hier in der Provinz. Machen Sie sich nichts draus. Manuel Zapf wurde auf der Rückfahrt in der Dreißigerzone geblitzt. Die Uhrzeit passt exakt zum Tatzeitpunkt. Und die DNA von Maiwalds Mörder, unter anderem aus Hautschuppen, die er am Tatort zurückließ, haben wir selbstverständlich mit der DNA von Carsten Zapf verglichen. Reine Routine bei uns. Das Ergebnis hat gezeigt, dass der Mörder Maiwalds eng mit Carsten Zapf verwandt sein muss. Überrascht, Frau Kollegin?«

Henry schluckte und zählte bis drei, bevor sie nachfragte: »Sie planen also, Manuel Zapf wegen des Mordes an Herrn Maiwald festzunehmen?«

»Sie haben es erfasst, liebe Frau Wunsch. Ich lade Sie ein, uns zu begleiten, wenn wir die Villa Zapf stürmen.«

»Was? Sie wollen stürmen? Aber Manuel Zapf ist ein alter Mann. Er wird sich doch widerstandslos festnehmen lassen. Wozu solch ein Aufwand?«

Wieder dieses überhebliche Grinsen in Baums Gesicht, in das Henry am liebsten hineingeschlagen hätte.

»Lassen Sie das getrost die Profis entscheiden. Sind Sie nun dabei oder nicht?«

Selbstverständlich war sie das. Und Wolf ebenso. Natürlich würden sie dabei unter Rainer Baums Kommando stehen. Nicht besonders angenehm, aber dabei sein wollten sie auf jeden Fall.

Sie fuhren mit mehreren Wagen und verständigten sich über Funk. Henry und Wolf folgten im letzten. Rainer Baum hatte das SEK bereits angefordert. Man würde sich an einem bestimmten Punkt treffen und dann gemeinsam zur Villa vorrücken. Die Zielperson sei soeben mit dem Taxi an der Villa vorgefahren. Sie habe ein Jagdgewehr umhängen und gehe jetzt ins Haus.

»Manuel kommt mit dem Taxi? Obwohl er zwei Autos in der Garage hat?« Henry wunderte sich.

»War er tatsächlich auf der Jagd? Das Gespräch mit Charly muss kurz gewesen sein, wenn er dafür auch noch Zeit hatte.«

»Stimmt, Wolf. Ich ruf besser bei Charly an, nicht dass sie überhaupt noch nicht bei ihm war und dann mitten in den SEK-Sturm gerät. Hast du die Nummer im Kopf?«

Wolf nannte sie ihr. Aber die Leitung war tot.

»Ich frag mal Olaf, vielleicht hast du die Zahlen vertauscht.«

Das hatte Wolf nicht. Olaf nannte dieselbe Nummer.

Henry versuchte es weiter, aber ohne Erfolg. Diese Telefonnummer schien es einfach nicht zu geben. Was war mit Charlys Handy passiert? Wo steckte sie überhaupt?

Henry rief noch einmal bei Olaf an und bat ihn, bei ihr zu

Hause nachzusehen. Vielleicht war sie krank geworden, oder ihr Handy war kaputt. Man wusste ja nie.

Dann kamen sie an der Villa an. Die Straßen waren bereits abgesperrt. Die Organisation klappte wie am Schnürchen. Schusswesten wurden verteilt.

Henry und Wolf sahen sich an. Dass Manuel Zapf wahrscheinlich der Mörder von Maiwald war, dafür hatten Baums Leute ja nun neben Indizien auch den Beweis, aber dass man ein solches Überfallkommando brauchte, um ihn festzunehmen, glaubten sie beide nicht. Als Wolf diesbezüglich einen letzten Vorstoß beim Leiter dieses Aufgebots wagte, wurde ihm entgegnet, dass Manuel Zapf angesichts des Jagdgewehrs an Gegenwehr denken könnte. Es war nichts zu machen.

Der Sturm auf die Villa erfolgte über mehrere Seiten. Das gleichzeitige Eindringen der vermummten Gestalten mit ihren Gewehren im Anschlag, verbunden mit lautem Kommandogeschrei und allgemeinem Getöse, musste Manuel Zapf, der auf seinem Sofa gelegen hatte, so erschreckt haben, dass er aufsprang, sich an die Brust fasste und bewusstlos niedersank. Er erlitt einen Herzinfarkt und wurde nach den sofort eingeleiteten Wiederbelebungsmaßnahmen der Männer, die eben noch aus dem Nichts über ihn hereingebrochen waren, erstversorgt und danach mit Blaulicht ins Krankenhaus nach Lahr gebracht.

Die Aktion war in den Augen von Henry und Wolf missglückt. Zwar hatten Baums Leute den Tatverdächtigen dingfest gemacht, aber um welchen Preis? Es war nicht einmal sicher, ob Manuel Zapf den Infarkt überleben würde. Selbst Rainer Baum schien mit dem Ergebnis nicht glücklich zu sein. Zumindest äußerte er sich nicht dazu. Schon gar nicht ihnen gegenüber. Das war auch nicht zu erwarten gewesen. Im Übrigen hatten die beiden Kommissare noch andere Sorgen: Charly war nach wie vor nicht erreichbar.

Da meldete sich Olaf endlich. Er hatte einen Zweitschlüssel für ihr Haus und gab durch, dass Charly nicht daheim sei. Ihr Auto stehe nicht vor dem Haus, und ihre Handtasche fehle. Es werde ihr doch nichts passiert sein?

Wolf versuchte, ihn zu beruhigen. »Jetzt machsch di nit verruckt, si wird scho naime sy. Villicht isch si bi dr Helen? Gang emol dört ane go luege. I ruef deno a, wenn i öbbis hör.«

Henry informierte Julian. Er würde das Notwendige einleiten. Falls Charly einen Unfall gehabt hatte und verletzt in ein Krankenhaus gebracht worden war, würden sie es bald wissen.

Beinahe gleichzeitig beendeten sie ihre Gespräche. Jetzt hieß es abwarten. Inzwischen waren die Straßensperren aufgehoben worden, und die Einsatzwagen des SEK hatten das Gelände wieder verlassen. Die Männer des LKA hatten mit der Durchsuchung der Villa begonnen. Von der Straße aus gab es nichts mehr zu sehen, sodass die Neugierigen, die sich trotz des Werktags dort eingefunden hatten, allmählich weggingen. So ein gigantischer Aufmarsch und dann so wenig Action. Das hatten sie im Fernsehen schon besser gesehen.

Henrys erster Impuls war, auch gleich zurückzufahren, aber dann entschied sie sich um. »Komm mit, Wolf, das hier brauchen wir diesem Baum nicht auch noch durchgehen zu lassen!«

Wolf schloss seinen Wagen ab und folgte ihr. Nach ein paar Schritten hatte er Henry eingeholt. Natürlich hatte sie recht. Wenn man Manuel ganz normal festgenommen hätte, wäre er nicht zu Tode erschrocken und hätte wahrscheinlich auch keinen Infarkt erlitten. Dann könnten sie ihn jetzt nach Charly fragen.

Rainer Baum stand in der Diele und telefonierte. Henry ging direkt auf ihn zu. »Legen Sie auf!«

Baum hielt ihr abwehrend eine Hand entgegen und drehte sich ein wenig weg, während er weitersprach.

Henry schob sich direkt vor ihn. »Legen Sie sofort auf!«

Baum ignorierte sie weiter.

Da griff Henry blitzschnell nach seinem Handy und tippte auf den roten Punkt. »So, Herr Baum! Ihre Wunden können Sie später lecken. Sie haben es verbockt, und das wissen Sie.«

Baum wollte ihr sein Handy entwenden, aber Henry war schneller und hielt es hinter ihren Rücken. »Sie kriegen es gleich wieder, aber erst hören Sie mir zu. Unsere Freundin Charlotte Urban ist verschwunden. Sie wollte sich heute Vormittag mit

Manuel Zapf treffen. Ihr Auto ist weg, telefonisch ist sie nicht erreichbar, in ihrem Haus ist sie auch nicht. Vielleicht handelt es sich um eine Entführung. Wir überprüfen bereits alle Krankenhäuser und Polizeidienststellen. Dass der Verdächtige uns nichts dazu sagen kann, ist Ihre Schuld. Also tun Sie gefälligst etwas, Sie Profi. Sonst werden Sie mich kennenlernen!« Damit knallte sie ihm das Handy auf die Brust, das er reflexartig entgegennahm, drehte sich um und ging.

Als sie endlich im Auto saßen, atmete Henry tief aus. »Das hat jetzt gutgetan. Leider kann ich mich nicht wirklich darüber freuen, denn ich mache mir Sorgen um Charly.«

»Was denkst du, wie es mir geht?« Wolf seufzte.

Das Handy klingelte. Es war Rainer Baum. Henry schaltete auf laut.

»Hier Baum. Frau Wunsch, wir haben einen Erpresserbrief in Zapfs Haus gefunden. Wussten Sie, dass er erpresst wurde?«

»Jetzt schlägt's aber dreizehn! Was unterstellen Sie mir?« Henry wurde schon wieder ärgerlich.

»Nein, nein. So habe ich das nicht gemeint, Frau Kollegin. Könnte es denn sein, dass Ihre Freundin etwas damit ...? Ich meine, dass sie etwas darüber wusste?«

Ganz so überheblich klang Rainer Baum diesmal nicht. Vielmehr schien er darum bemüht, sie nicht erneut zu verärgern. Na also. Ging doch.

»Wenn, dann hat sie uns nichts gesagt. Sie wollte Manuel Zapf in einer rein privaten Angelegenheit aufsuchen. Der Anlass dazu liegt dreißig Jahre zurück.«

»Wir überprüfen gerade die Fingerabdrücke. Ich melde mich dann.«

»Moment. Haben Sie Nachricht aus der Klinik? Wie geht es Manuel Zapf?« So leicht kam ihr der Profi vom LKA nicht davon.

»Nun, die Lage ist kritisch. Mehr kann man noch nicht sagen.«

»Halten Sie mich bitte auf dem Laufenden, mein Lieber«, konnte Henry sich nicht verkneifen zu sagen, ehe sie auflegte. Sie war sicher, dass er die kleine Spitze verstanden hatte.

Wolf und sie lächelten sich zu. Es tat gut, wieder selbst Entscheidungen zu treffen.

»Wohin jetzt, Chef?«

Und besonders gut tat es, wenn man einen Partner hatte, der einen auch ohne Worte verstand. »Ist Hansmann eigentlich immer noch in der Klinik?«

Wolf fragte bei ihrem Assistenten Julian nach und erfuhr, dass sich Jonas Hansmann in der Psychiatrie in Emmendingen befand.

»Dann lass uns dem jetzt einen Besuch abstatten.«

Der Mann im silberfarbenen Toyota hatte jetzt über eine Stunde geduldig ausgeharrt. An der Hütte war alles ruhig. Auch der rote Citroën von der Bekannten von Manuel Zapf stand noch da. Vielleicht sollte er einfach zurückfahren. Was hatte er schließlich davon, wenn er erfuhr, mit wem die sich in der Hütte vom Chef traf. Denn dass es seine Hütte war, war klar. Die Verfolgung war eine Gelegenheit gewesen, die er ganz spontan ergriffen hatte. Um mehr Informationen über diese neue Freundin zu erhalten. Um vorbereitet zu sein, falls es nötig wäre.

Aber nun stand er hier mitten im Wald und verstand gar nichts mehr. Er hatte nur eine Person im 2CV von Manuel Zapfs Freundin sitzen sehen. Als er zur Hütte geschlichen war, hatte er jedoch gedämpft zwei Stimmen gehört. Eine männliche und eine weibliche. Die zweite Person im Wagen musste er also übersehen haben. Aber wer konnte das gewesen sein? Inzwischen hörte er gar keine Stimmen mehr, wenn er an der Hüttenwand lauschte. Seltsam.

Der Mann im silberfarbenen Toyota wurde allmählich ungeduldig. Er schaute auf die Uhr. In der Firma hatte er sich per E-Mail krankgemeldet. Er würde jetzt dort anrufen und noch einen Tag dranhängen. Wer weiß, wie sehr ihn seine Aufgaben noch beanspruchen würden. Es konnte immer wieder etwas Unvorhergesehenes geschehen.

Mara, die Empfangsdame, meldete sich. Sie habe ihn sowieso anrufen wollen, denn die Firma werde vorläufig zugemacht.

Wie bitte?

Manuel Zapf liege mit einem Herzinfarkt in der Klinik. Man wisse nicht, wie es weitergehe und ob überhaupt. Eine Katastrophe!

Erschüttert legte der Mann auf. Was jetzt? War Manuels neue Freundin hier in der Waldhütte? Und wenn ja, warum war sie nicht an seinem Krankenbett? Er brauchte Gewissheit. Aus dem Handschuhfach entnahm er ein schlichtes Schlüsselmäppchen, an dem nur ein einziger Schlüssel hing. Er hatte es aus Carstens Schreibtischschublade genommen, ohne zu ahnen, in welches Schloss dieser Schlüssel passte. Jetzt war ihm der Zufall zu Hilfe gekommen. Es musste sich um den Schlüssel zu dieser Hütte handeln. Und er würde ihn jetzt benutzen. Er würde nur einen Blick hineinwerfen, um zu sehen, ob er recht hatte und sich wirklich Zapfs neue Freundin dort drinnen aufhielt. Danach würde er gleich wieder von außen abschließen und schnell verschwinden. Das müsste doch gehen. Gut, dass im Kofferraum eine Skimaske und Handschuhe lagen.

Geräuschlos schlich er sich an. Von drinnen war kein Laut zu hören. Der Mann schob vorsichtig den Schlüssel ins Schloss und hielt mit der anderen Hand den Knauf fest. Er lauschte. Absolute Stille. Dann drehte er den Schlüssel langsam und versuchte, ruhig zu atmen, denn sein Herz schlug jetzt wie wild. Er zählte innerlich bis drei und drückte die Tür auf.

Auf der Liege lag eine schlafende Frau. Die Freundin seines Chefs. Er erkannte sie sofort. Sie war gefesselt. Sonst war niemand zu sehen. Verblüfft näherte er sich ihr und schaute auf sie hinab. Wer hatte sie gefesselt? Er stupste sie ein wenig an. Als sie aufwachte, schoss sie mit einem Schrei in die Höhe und riss sich die zusammengebundenen Hände vors Gesicht. Sie hatte Angst vor ihm. Natürlich.

Der Mann ging zwei Schritte zurück und machte eine abwehrende Bewegung mit den Händen. Die Frau beruhigte sich. Mehr noch, obwohl sie nicht wissen konnte, weshalb er eingedrungen war, ahnte sie offenbar, dass ihn die Situation überraschte.

»Helfen Sie mir! Manuel hat mich gefesselt und hier eingeschlossen. Schnell, machen Sie mich los. Nicht dass er zurückkommt!« Sie flehte ihn an.

Der Mann zögerte. Manuel Zapf hatte seine eigene Freundin entführt? Wieso denn das? Er lag doch mit einem Infarkt in der Klinik. Log seine Freundin ihn an? Oder war Manuel vielleicht die zweite Person gewesen, die er gehört hatte und die kurz danach wieder verschwunden war? Aber wie? Das Auto stand doch noch vor der Tür. Zu Fuß? Dem Mann schwirrte der Kopf.

Er setzte sich auf den kleinen Tisch am Fenster. Nur jetzt nicht übereilt handeln! Er brauchte Zeit zum Nachdenken. Die Frau war wenigstens nicht verletzt. Er würde für Hilfe sorgen, sobald er sich gesammelt hatte.

Die Frau redete in einem fort weiter, aber der Mann wollte nichts mehr hören. Sie tat ihm leid. Aber er musste auch an sich denken. Dann traf er eine Entscheidung. Er würde sie hier zurücklassen, Manuel konnte ja gar nicht zurückkommen. Er versuchte, ihr das durch Zeichen klarzumachen. Er würde gehen und telefonieren. Verstand sie das? Vielleicht. Sie flehte weiter. Da entschied er, ihr wenigstens die Fesseln durchzuschneiden, damit sie ein bisschen Erleichterung hatte. Denn falls es ihr dadurch später gelingen sollte, sich aus der Hütte, die er natürlich wieder verschließen würde, zu befreien, wäre er bereits weit genug weg und könnte nicht mehr erwischt werden. Eine gute Idee.

Der Mann suchte nach einem Werkzeug, mit dem er die Plastikbänder durchschneiden konnte. Das erwies sich als schwierig. Eine Schere gab es nicht, und die zwei Messer, die in der Schublade lagen, waren alles andere als dazu geeignet, Plastik zu durchtrennen. Mist.

Die Frau hatte seine Absicht verstanden und wollte ihm behilflich sein. Als er mit seinem Versuch scheiterte, erzählte sie von dem Jagdmesser im Buch. In welchem Buch? In dem, neben dem er die ganze Zeit gesessen hatte?

Tatsächlich: Da lag ein Jagdmesser zwischen den Seiten. Wie in einem Krimi. Aber was hatte das nun wieder zu bedeuten?

Die Frau wollte nichts dazu sagen, das bemerkte er gleich. Und da er unbedingt vermeiden wollte, sich durch seine Stimme zu erkennen zu geben, war die Kommunikation zwischen ihnen sehr reduziert. Die Frau redete sich mit Unwissenheit heraus. Aber es war Manuels Messer, das hörte er heraus.

Nun gut. Mit dem Jagdmesser gelang es ihm, ihre Fesseln mühelos durchzuschneiden. Als sie von der Liege aufstehen wollte, drohte er ihr jedoch. Das machte ihr Angst, und sie blieb dort sitzen, bis er hinausgegangen war und die Tür wieder verschlossen hatte. Das Messer hatte er mitgenommen.

Jonas Hansmann hatte nichts mehr vom Klischee eines Autoverkäufers an sich. Er war still und in sich gekehrt. Die Untersuchungshaft, sein Selbstmordversuch und die Zeit danach, die er hier unter psychiatrischer Aufsicht verbracht hatte, hatten ihn verändert. Es war nicht abzusehen, wann er aus der Psychiatrie entlassen werden konnte. Das Autohaus war geschlossen. Die Insolvenz stand ihm ebenso bevor wie ein Gerichtsverfahren wegen versuchten Totschlags und unterlassener Hilfeleistung im Fall Carsten Zapf. Jonas Hansmann würde wahrscheinlich auch nach seiner Entlassung weiterhin professionelle Hilfe brauchen, um wieder auf die Beine zu kommen.

Henry und Manuel trafen ihn im weitläufigen Park der Klinik und setzten sich mit ihm auf eine der zahlreichen Bänke in der gepflegten Anlage. Da die Zeit drängte, kamen sie gleich zur Sache. Henry begann.

»Herr Hansmann, wir brauchen Ihre Hilfe. Charlotte Urban wird vermisst. Wir vermuten, dass Carstens Vater sie irgendwo versteckt hält. Kennen Sie vielleicht einen Ort, an dem das möglich wäre?«

»Carsten musste nie jemanden verstecken. Wieso sollte ich also so einen Ort kennen? Was versuchen Sie ihm denn jetzt noch anzuhängen?«

Henry spürte eine gewisse Feindseligkeit.

Wolf übernahm. »Es geht nicht um Carsten, Herr Hansmann. Wir suchen eine entführte Frau. Überlegen Sie doch bitte mal, wo Carsten hingegangen ist, wenn er, sagen wir mal, ein verschwiegenes Plätzchen brauchte?«

Von Mann zu Mann also? Tatsächlich hatte Wolf damit Erfolg. Hansmann beugte sich ein wenig zu ihm vor und verriet: »Im Sommer nutzte er gern mal die Jagdhütte seines Vaters für so was. Er besaß einen Schlüssel. Wissen Sie, die Mädchen finden das romantisch.«

Wolf nickte verstehend. »Und sagen Sie mir jetzt auch noch, wo wir diese Jagdhütte finden?«

Während Jonas Hansmann begann, eine ausführliche Erklärung abzugeben, wie man zu dieser Hütte gelangte, klingelte Henrys Handy. Rainer Baum. Sie nahm den Anruf im Stehen entgegen.

»Frau Wunsch, wir haben sie! Wir haben überprüft, wo Manuel Zapfs Handy heute Morgen eingeloggt war, und sind dann gleich hingefahren. Frau Urban war in einer Jagdhütte eingesperrt. Sie ist wohlauf, wird aber soeben ins Kreiskrankenhaus nach Emmendingen gebracht, um dort gründlich untersucht zu werden. Wünschen Sie, ihre Befragung zu übernehmen?«

»Ja, das übernehme ich sehr gern. Vielen Dank, Herr Baum. Wir sehen uns später im Präsidium.«

Dann wandte sie sich aufgeregt Wolf zu. »Sie haben sie! Kommst du, Wolf? Vielen Dank, Herr Hansmann – und alles Gute.« Damit war sie auch schon auf dem Rückweg durch den Park.

Wolf kam ihr lachend hinterher. »Henry, woher ...?«

»Schlüssel!« Henry wollte jetzt keine Zeit mehr verlieren.

Widerstandslos gab Wolf ihr den Wagenschlüssel und zückte sein Handy. Er musste Olaf Bescheid geben.

»Olaf? Mir hän si! Dr Charly gots guet. Chunsch zum Krankehuus in Emmedinge? Si wird dört no durecheckt. Chasch si deno abhole.«

Nun legte er doch besser auf, denn Henry startete den Wagen. Und was das hieß, hatte Wolf jetzt schon einige Male erleben müssen. Er machte aber keine Bemerkung darüber, sondern beschränkte sich auf Hinweise zur Route.

Sie erreichten ihr Ziel schnell und stiegen atemlos aus, wenn auch aus verschiedenen Gründen. Wolf hastete voraus, denn Henry bekam schon wieder einen Anruf von Rainer Baum.

»Ja?«

»Frau Wunsch, es war noch ein zweites Handy an der Jagdhütte eingeloggt. Wir haben dessen Halter inzwischen auch ermittelt.«

»Jetzt sagen Sie schon.«

»Es handelt sich um Sascha Drechsler. Er muss dem Entführer gefolgt sein. Wir fahnden bereits nach ihm.«

»Passen Sie auf Manuel Zapf auf, vielleicht ist Sascha Drechsler ja der Erpresser. Wir sind jetzt an der Klinik. Ich melde mich, wenn ich mit Frau Urban gesprochen habe.«

Einen Moment hielt Henry inne. Auf einmal konnte man mit Baum tatsächlich zusammenarbeiten.

Dann eilte sie ebenfalls in die Klinik. Nach kurzem Durchfragen fand sie Wolf, der auf einem Stuhl vor einem der Behandlungszimmer neben Olaf saß. Er war bleich.

ZWEIUNDZWANZIG

Sascha Drechsler jagte seinen silberfarbenen Toyota entgegen seiner sonstigen Art über die B 3 nach Norden. Er musste nachdenken. Es wurde immer komplizierter. Er war jetzt schon auf der Höhe von Ettenheim. Wie weit sollte er denn noch fahren? Ewig konnte er doch nicht so weiterrasen.

Da fiel ihm urplötzlich der ideale Ort ein. Er bog nach links von der B 3 ab. Richtung Kappel. Er würde zum Taubergießen fahren. Dort war bestimmt nicht viel los um diese Tageszeit. Dort würde er zur Ruhe kommen und entscheiden, was er tun sollte.

Und tatsächlich stand auf dem Parkplatz nur noch ein weiteres Auto. Sascha Drechsler stieg aus, schlug den Kragen seiner Jacke hoch und steckte die Hände in die Taschen. Dass er fror, hatte nichts mit dem Wetter zu tun, denn die Sonne zeigte sich bereits wieder. Es kam von innen.

Nach ein paar Schritten war er oben auf dem Rheindamm und schaute ins Wasser. Unaufhaltsam wälzten sich die grauen Wassermassen an ihm vorbei, und weitere kamen nach. Es hörte nicht auf. Ging immer weiter. Ein drängendes Auf und Ab.

Sascha wandte sich ab und marschierte los. Auf dem Damm konnte er kilometerweit geradeaus gehen. Das war jetzt genau das Richtige für ihn. Er schritt kräftig aus. Was sollte er tun?

Manuel Zapf hatte seine Pläne durchkreuzt. Die Polizei würde ihn sicher verhaften, wenn er aus der Klinik entlassen wurde. Vorausgesetzt, er überlebte den Infarkt. Er hatte immerhin eine Entführung begangen. Das ließen sie ihm sicher nicht durchgehen. Und das Messer! Wenn er das richtig verstanden hatte, gehörte es Manuel Zapf. Sascha blieb stehen, nahm es aus seiner Jackentasche und schaute es sich genauer an: ein Jagdmesser mit Flecken an der Klinge. Blut? Nicht ungewöhnlich für ein Jagdmesser. Aber weshalb war es in einem Buch versteckt gewesen? Auf einmal keimte in Sascha Drechsler ein furchtbarer Verdacht: Mit diesem Messer hatte Manuel Zapf etwas Schreckliches ge-

tan! Etwas Unvorstellbares. Sascha raufte sich die Haare. Der
Gedanke an Geld schien ihm in Anbetracht seines Verdachts auf
einmal ganz nebensächlich. Er traf eine Entscheidung: Manuel
Zapf durfte diesen Infarkt nicht überleben.

Völlig aufgewühlt und gleichzeitig erleichtert, weil er nun
wusste, was zu tun war, drehte er um und ging zum Wagen zurück. Jetzt musste er allerdings vorsichtig sein. Die Frau in der
Hütte würde bestimmt über ihn sprechen, wenn man sie fand.
Wer weiß, wie schnell sie auf ihn kommen würden, mit all den
technischen Möglichkeiten, die ihnen zur Verfügung standen.
Kurz entschlossen schleuderte er mit einer weit ausholenden
Bewegung sein Handy in den Rhein. Das Auto ließ er stehen
und ging zu Fuß weiter. Er hatte ein Ziel.

Nach einer heißen Dusche, wobei sie diesmal auf jeglichen Ge-
sang verzichtet hatte, um ihre besorgten Freunde nicht länger als
nötig warten zu lassen, saß Charly wohlig in einen blauen Bademantel mit gelben Enten gehüllt in ihrem Ohrensessel, rührte in
einer Kaffeetasse und schaute von einem zum anderen. Sie hatte
in aller Ausführlichkeit erzählt, was sie von Manuel erfahren
hatte. Henry hatte sie mitfühlend angesehen und sich nebenher
eifrig Notizen gemacht. Wolf hatte äußerlich ruhig, doch mit
besorgtem Gesichtsausdruck zugehört, und Olaf war – aufgewühlt durch das Gehörte – mehrfach aufgestanden und hatte
sich nach ein paar schnellen Schritten durch den Raum wieder
hingesetzt. So waren sie eben, ihre Freunde, die fast schon so
etwas wie ihre Kinder waren.

Als es nichts mehr zu berichten gab, drängte Henry zum Aufbruch. Sie würden Charly in der Obhut von Olaf lassen und
versuchen, den Fall abzuschließen. Henry beunruhigte die Ahnung, dass Drechsler Manuel Zapf möglicherweise gefährlich
werden konnte.

»Wir hätten nach Manuel Zapf sehen müssen«, sagte sie zu
Wolf, als sie im Eiltempo zum Auto hasteten.

»Aber Baum hat doch jemanden vor seine Tür gesetzt, oder?«

»Sicher bin ich nicht, obwohl ich darum gebeten habe. Also beeil dich bitte.«

Wolf fuhr so schnell, wie es ihm möglich war. Der Weg nach Lahr kam ihm plötzlich lang vor. Hoffentlich waren sie nicht zu spät. Hoffentlich täuschte sich Henry diesmal.

Henry gab indessen alle Informationen, die sie von Charly erhalten hatten, an Baum weiter. Die Fahndung hatte leider noch nichts ergeben, da das Handy von Drechsler nirgendwo mehr eingeloggt war. Baums Kollegen würden jetzt seine Wohnung durchsuchen. Henry informierte Baum darüber, dass sie auf dem Weg in die Klinik waren. Dann legte sie auf.

Sascha Drechsler wunderte sich, wie einfach es doch gewesen war, in der Klinik an einen weißen Kittel zu gelangen. Jedenfalls einfacher, als vom Taubergießen hierherzukommen. Er hatte dafür sogar einen Wagen stehlen müssen.

Aber nun war er ja hier. Und an seinem Kittel war sogar ein Namensschildchen befestigt: Assistenzarzt Dr. Renk. Das Schicksal meinte es gut mit ihm.

So ausgestattet, fuhr er mit dem Aufzug nach oben und besorgte sich zunächst einmal einen Kaffee aus dem Automaten. Von Weitem sah er einen Streifenpolizisten vor einer Tür hinten im Flur sitzen. Aha, dort war es also. Jetzt musste er nur noch eine günstige Gelegenheit abpassen.

Soeben kam eine Krankenschwester aus dem Zimmer. Sie musste schnell weiter. Jeder hatte es hier eilig. Auch Drechsler beschleunigte seine Schritte. Scheinbar in Gedanken versunken, rempelte er den Polizisten vor der Tür leicht an und schüttete dabei seinen Kaffee über dessen Hose.

»Oh nein, wie ungeschickt von mir! Entschuldigen Sie vielmals.« Dr. Renk war untröstlich.

Aber der Polizist, der zunächst reflexartig aufgesprungen war und nun den nassen Fleck auf seiner Hose anstarrte, winkte ab. »Schon okay.«

Er hastete so schnell wie möglich zur Toilette, um zu retten, was zu retten war. Verständlich.

Dr. Renk alias Sascha Drechsler betrat nun ungehindert das Krankenzimmer. Er bewegte sich wie in Trance. Gleich wäre es so weit. Mit wenigen Schritten war er am Bett und schaute auf Manuel Zapf hinunter.

Manuels Augen waren geschlossen. Sein Gesicht war fahl. Die Infusion, die an einem Ständer aufgehängt war, musste dem prallen Beutel nach zu urteilen gerade erneuert worden sein und lief tröpfchenweise in seine Armvene. Mehrere Kabel führten von seiner Brust in ein Überwachungsgerät, dessen Monitor verschiedenfarbige Wellen sendete. Manuel Zapf schien über den Berg zu sein.

Sascha zog sich einen Stuhl heran und rüttelte leicht an der Schulter des Patienten, bis dieser die Augen öffnete. Als er Sascha über sich gebeugt sah, begannen seine Augen zu flackern, und er setzte zu einem Schrei an. Aber Sascha hielt ihm blitzartig das Messer an die Kehle, woraufhin Manuel Zapf stumm blieb und seine Augen sich in Todesangst weiteten.

»Hör mir zu, Vater!«, zischte Sascha halblaut, wobei er das Wort »Vater« dann aber herausschrie. »Ja, du hast richtig gehört: Du bist mein Vater. Ich wollte es zuerst auch nicht glauben, aber als Oma wegen ihrer Demenz in ein Heim kam, musste ich ihr Häuschen räumen. Und was meinst du, was ich gefunden habe? Fotos. Von meiner Mutter und einem Mann, der aussah wie dein Sohn Carsten. Aber der konnte es ja nicht sein, nicht wahr? Du warst es. Habe ich recht? An ein paar Haare von dir zu kommen, war nicht sonderlich schwer gewesen. Und der DNA-Test bestätigte dann meine Vermutung: Du bist zu hundert Prozent mein Vater! Hast du nicht gewusst, dass Dagmar dir einen Sohn geboren hat?«

Saschas Stimme war lauter geworden, das Stottern war wie weggeblasen. Nun kam er seinem Vater mit dem Gesicht so nahe, dass sie sich beinahe berührten.

»Hast du meine Mutter umgebracht? Mit diesem Messer? Und warum? Weil du wusstest, dass sie ein Kind von dir hatte? Weil du dich nicht verantwortlich fühlen wolltest für diesen Sohn? Für mich? Los, antworte!« Sascha richtete sich ein wenig auf, seine Augen sprühten Blitze, während er weiterhin seinen Vater anstarrte.

Manuel schluckte. Er versuchte, sich möglichst wenig zu bewegen, und schielte immer wieder auf das Messer an seiner Kehle. Seine Antwort kam flüsternd, als sich die Spitze nun spürbar tiefer in seine Haut bohrte. »Ich habe nichts von deiner Existenz gewusst. Und ich wollte Dagmar nicht töten, glaube mir.« Er begann zu schwitzen.

»Du hast das nicht gewollt? Das ist alles? Kannst du dir vorstellen, wie ein kleiner Junge sich fühlt, dem man erzählt, dass seine Mutter abgehauen ist? Dass sie ihn nicht wollte?« Wieder kam er Manuels Gesicht ganz nahe.

»Es tut mir leid«, flüsterte Manuel erneut, wobei sein Blick immer ängstlicher wurde.

»Es tut dir leid? Weißt du, was das für ein Schock war, als ich erfahren musste, dass meine Mutter mich gar nicht absichtlich verlassen hat? Sie hat mich geliebt! Hörst du, Vater? Sie hätte mich nie freiwillig verlassen. Sie wurde getötet. Von dir!« Nun rannen ihm ein paar Tränen über die Wangen, und das Messer zitterte leicht, aber Sascha zog es nicht zurück.

Als Manuel Zapf wieder etwas sagen wollte, hielt Sascha Drechsler ihm den Mund zu und sprach weiter: »Es hat mich erneut aus der Bahn geworfen, als die Polizei mir von ihrem Tod berichtete. Als sie mir erzählt haben, dass jemand meine Mutter ermordet hat. Das fühlte sich an wie schon vor einem Jahr, als ich erfuhr, dass du mein Vater bist. Seit damals stottere ich. Seit damals leide ich unter Schlafstörungen. Und seither plane ich, dir alles heimzuzahlen.« Seine Hand gab Manuels Mund frei, aber er drückte die Messerspitze etwas fester in seine Haut. »Zuerst wollte ich nur dein Geld. Da wusste ich ja noch nicht, dass du auch der Mörder meiner Mutter bist. Das bist du nämlich, Vater, ein feiger Mörder!«

Manuel Zapf fing an, heftiger zu atmen, aber Sascha erwartete keine Antwort mehr von ihm. Er redete einfach weiter. Seine Stimme war nahezu tonlos, während die Tränen an seinem Gesicht hinunterliefen.

»Und jetzt hast du meinen Plan sowieso komplett verdorben. Du machst mir nur Schwierigkeiten, Vater! Aber weißt du was? Es gibt einen neuen Plan: Ich werde dich jetzt töten. Genau wie du es mit meiner Mutter getan hast. Mit deinem eigenen Messer!« Er holte aus.

Da flog die Tür auf, und Henry und Wolf stürmten mit gezogenen Waffen herein. Sascha Drechsler ließ das Messer sofort fallen. Er hätte ja doch nicht zugestochen. Oder? Jetzt musste er sich setzen. Ihm war schwindlig. Er zitterte. Seine Beine sackten weg. Man kümmerte sich um ihn.

Das Prozedere seiner Verhaftung bekam er nur noch peripher mit, während er die Augen geschlossen hielt. Es ging nicht anders. Er musste sich endlich ausruhen, denn er fühlte sich unendlich müde. Vielleicht konnte er endlich einmal schlafen.

Henry und Wolf waren zufrieden. Manuel Zapf würde sich für seine Taten verantworten müssen. Sascha Drechsler war wegen des Mordes an Carsten Zapf und des versuchten Mordes an Manuel Zapf festgenommen worden. Bei der Durchsuchung seiner Wohnung hatte man die verschwundenen Schlüssel von Carsten Zapf gefunden. Außerdem zwei antike Goldmünzen und eine Halskette aus der Römerzeit. Die KTU überprüfte gerade, ob diese Kostbarkeiten an der Stelle ausgegraben worden waren, an der man auch Dagmar Drechsler entdeckt hatte. Sascha Drechsler hatte den Einbruch in die Firma nur vorgetäuscht, aber die Fundstücke aus dem Tresor an sich genommen. Hauptsächlich war es ihm darum gegangen, die Polizei auf eine falsche Fährte zu locken. Und dies war ihm ja auch gelungen.

Das Messer, das sie Sascha Drechsler in der Klinik entwendet hatten, wurde auf Blutspuren untersucht. Sie konnten eindeutig Dagmar Drechsler zugeordnet werden. Es handelte sich bei dem Messer also um die Tatwaffe. Außerdem stellte sich heraus, dass Sascha Drechsler Diabetiker war, was sich wohl vom Vater auf den Sohn vererbt hatte.

Als man ihn im Verhör danach fragte, weshalb er Carsten Zapf getötet habe, gab er an, er habe das Familienvermögen zusammenhalten wollen. Denn Carsten sei dabei gewesen, seine Firma zu verzocken. Dem habe er unbedingt einen Riegel vorschieben müssen. Er habe ja nicht gewusst, wie weit Carsten in seiner Spielsucht noch gegangen wäre. Ob er nicht auch noch Wege gefunden hätte, seinen Vater mit in den Ruin zu ziehen. Und dann hätte er, Sascha Drechsler, wieder ohne etwas dagestanden. Nein, das habe er auf gar keinen Fall zulassen können. Beim nächtlichen Joggen habe er Licht im Büro seines Chefs gesehen und beschlossen, sein Auto zu holen und ihm zu folgen. Bis zum Golfplatz. Dort habe er die überraschende Gelegenheit für den Mord genutzt.

Auffallend war, dass Sascha Drechsler bei seiner Darlegung wieder nicht stotterte. Als er jedoch zum Mordversuch an seinem Vater befragt wurde, änderte sich sein Verhalten. Er schien verwirrt, atmete schwer und brachte kaum mehr ein Wort heraus. Der schnell hinzugerufene Arzt diagnostizierte einen psychischen Zusammenbruch und überwies ihn in die Psychiatrie.

Ob die schwarzen Fäden unter Maiwalds Fingernägeln zu einem von Manuels Pullovern passten, wurde noch überprüft, war aber nicht mehr entscheidend, denn die Hautschuppen hatten den Täter bereits eindeutig identifiziert.

Manuel Zapf war bei seiner Tat überzeugt gewesen, dass es sich bei Maiwald um den Erpresser gehandelt hatte. Es war in jedem Erpresserbrief stets nur um den Erhalt der Firma gegangen. Nie um Geld. Aber die Sorge, dass vielleicht doch jemand etwas über seinen Mord an Dagmar Drechsler wissen und der Polizei einen Hinweis geben könnte, hatte ihn keine Ruhe mehr finden lassen. Nach Maiwalds Rede bei der Beerdigung war er dann endgültig davon überzeugt gewesen, dass er seinen Erpresser ausfindig gemacht hatte. Ein Fehler. Denn der war immer ein loyaler Mitarbeiter gewesen, ohne kriminelle Absichten. Man würde Manuel Zapf dazu später noch ausführlich befragen müssen, wenn er sich erholt hätte.

Kurioserweise hatten Vater und Sohn zweimal zur gleichen Mordwaffe gegriffen: dem Insulin und dem Jagdmesser. Nur dass Sascha Drechsler letztendlich doch nicht zugestochen hatte.

Es würde noch lange dauern, bis alle Details im Zusammenhang mit den Morden geklärt wären. Aber jetzt war der Druck von den Ermittlern genommen, da die Schuldigen gefunden waren und sich die Finsternis endlich gelichtet hatte. Die friedliche Idylle konnte im Breisgau nun wieder Einzug halten.

Henry stand am Fenster ihrer Ferienwohnung, hatte ein Glas Rotwein in der Hand und sah hinaus. Das Telefon klingelte. Es war Jochen.

»Herzlichen Glückwunsch, Henry. Ich habe gehört, du hast deinen Fall gelöst?«

Seine Stimme entfaltete sofort ihre Wirkung. »Wo du überall deine Ohren hast. Da muss man sich ja vorsehen. Kommst du gleich zu mir?« Henry gurrte geradezu in den Apparat.

»Deshalb rufe ich an. Leider bin ich auf dem Weg nach Stuttgart. Ein Informant will mich dort dringend treffen. Es scheint wichtig zu sein. In zwei Tagen bin ich zurück.« Bedauern lag in seiner Stimme.

Henry hatte Verständnis. Natürlich. Sie hatten ja Zeit und brauchten nichts zu übereilen. Da spielten zwei Tage keine Rolle. Trotzdem schade.

Als sie ihr Glas leer getrunken hatte, holte sie etwas Wasser aus der Küche und goss ihren Kaktus. Sie betrachtete ihn sorgfältig von allen Seiten. Es würde noch einige Zeit dauern, bis er eine Knospe trieb, da war sie sich ziemlich sicher.

Anstelle einer Danksagung

Als ich einmal mit einer klugen Freundin über Danksagungen in Büchern gesprochen habe, meinte sie: »Beim Lesen eines Buches baut sich bei mir auch immer eine gewisse Vorstellung vom Autor auf, die dann leider oft in seiner Danksagung am Ende wieder zerstört wird. Es wäre besser, die Autoren würden ganz darauf verzichten.«

Das tue ich. Aber voller Dankbarkeit.